TÚ Y YO DESPUÉS DEL INVIERNO

Laia Soler

Tú y yo
después del invierno

PUCK

Argentina – Chile – Colombia – España
Estados Unidos – México – Perú – Uruguay – Venezuela

1.ª edición: Marzo 2018

Copyright © 2018 *by* Laia Soler Torrente
All Rights Reserved
© 2018 *by* Ediciones Urano, S.A.U.
Plaza de los Reyes Magos 8, piso 1.º C y D – 28007 Madrid
www.mundopuck.com

ISBN: 978-84-96886-74-2
E-ISBN: 978-84-17180-76-8
Depósito legal: B-1.531-2018

Fotocomposición: Ediciones Urano, S.A.U.
Impreso por: Rodesa, S.A. – Polígono Industrial San Miguel
Parcelas E7-E8 – 31132 Villatuerta (Navarra)

Impreso en España – *Printed in Spain*

A todos los que se atreven a equivocarse.

«There should be stars for great wars
like ours. There ought to be awards
and plenty of champagne for the survivors.»

One Last Poem For Richard,
SANDRA CISNEROS

Su nombre era una isla.

Una tierra de leyendas, verde como los pulmones del mundo y mágica como el corazón de un niño, bautizada por los poetas con el mismo nombre que le había regalado a ella su abuela, enamorada de una tierra demasiado alejada del humilde pueblo de montaña que la vio nacer y morir. Fue ella quien le enseñó a responder a los niños que se reían de su nombre.

Mi nombre no es raro, aprendió a decir. Tú tienes un nombre feo y normal. Mi nombre es una tierra llena de hadas, fantasmas y seres mágicos, decía cuando era una niña; una isla ni grande ni pequeña, capital Dublín, hablan inglés. Y a medida que iba creciendo: hay quien la llama Éire o Isla Esmeralda, algunos también hablan gaélico, se dicen cristianos pero uno diría que su dios es la cerveza, la más famosa es de color negro, o quizás su dios sea la patata, la comen con todo, una guerra entre 1919 y 1921 les valió su independencia, su mitología está llena de duendes con calderos llenos de oro y fantasmas que anuncian la muerte de seres queridos, es la cuna de grandes hombres y mujeres, lugar de nacimiento de Joyce y Wilde y O'Hara y Yeats.

Aprendió a encadenar nombres que para quien la escuchaba sonaban a libro de esos que dicen que se deben leer y en los que ella se había perdido desde que podía tenerse en pie. Nombres de grandes poetas, fechas que marcaron la historia, anécdotas que recordaba haber oído por ahí o leído por allá. Leyó y memorizó todo lo que pudo sobre la isla con la que compartía nombre, porque, para ella, no saber no era una opción.

Leía porque le gustaba saberlo todo y hablaba porque era la forma más fácil de defenderse. Aprendió que la gente callaba cuando ella hablaba de cosas que escapaban a sus conocimien-

tos. Hablaba del país que le había dado su nombre, de pintores expresionistas, de filósofos y científicos que se habían ganado su respeto incluso cuando no estaba de acuerdo con ellos, de lo que había ahí arriba, de la fidelidad de los lobos, de las nubes, de astronautas y y materia oscura y galaxias por descubrir, de hombres pisando la luna y sueños de banderas clavadas en planetas rojos y en planetas que aún no conocían. Había aprendido todas esas cosas sola, en un rincón de la biblioteca del pueblo. Los libros eran sus mejores amigos; ellos siempre tenían respuestas a las preguntas que no podía dejar de hacerse.

Hablaba para hacer callar a los demás, para tomar las riendas y para aprender a escucharse. Siempre sabía qué decir, porque sabía dónde buscar las respuestas a sus preguntas.

¿De dónde viene mi nombre?

¿Cuándo voy a crecer?

¿Hay lobos en el bosque que rodea nuestra casa?

¿Qué había antes del Big Bang?

¿Cómo vuelan los aviones?

¿Y las naves espaciales?

¿Qué significa que los abuelos ya no volverán de su viaje a la playa?

¿Por qué no puedo dormir?

¿Cuándo dejaré de crecer?

¿Cómo se hace para dejar de estar triste?

Sus preguntas crecieron con ella y empezó a darse cuenta de que había algunas que no sabía cómo responder; aún peor: había preguntas para las que no sabía dónde buscar la respuesta.

Los libros enmudecieron.

Su mundo empezó a agrietarse y también ella.

No se lo dijo a nadie.

Su nombre era una isla y ella lo era también: pequeña, dura como una roca, indefensa contra los golpes del océano, siempre a su merced.

Me gusta el invierno porque la nieve lo llena todo de luz. Llegan los forasteros, los turistas, las familias con trineos, los fines de semana bajando por las montañas del valle, los labios cortados, los músculos entumecidos, el viento en la cara. El invierno es la mejor época del año, porque cuando llega, Valira deja de hibernar.

—¡Erin!

Miro hacia atrás. Bruno me hace gestos con las manos desde el porche para que corra hacia casa. ¿Está loco? Esta es la primera nevada del año. No voy a moverme de aquí hasta que mi jersey esté empapado y mi cuerpo empiece a tiritar.

—¡Ven! —grito, con los ojos dirigidos de nuevo al cielo.

No me hace falta mirarle para poder verle. Las piernas demasiado abiertas, los brazos cruzados sobre el pecho y la cabeza moviéndose de un lado a otro.

Me quedo donde estoy, con los copos de nieve alunizando sobre mi cara.

Hacía tiempo que esperaba este momento. La primera nevada. Los primeros copos de nieve. Y yo, en medio de mi jardín, con los ojos puestos en ese cielo gris que parece deshacerse solo para quienes estamos en este valle. Si la nieve cuaja, mañana el pueblo estará blanco y el invierno habrá llegado oficialmente, aunque aún estemos entrando en noviembre. Aquí no es el calendario el que marca el paso del tiempo: el poder lo tiene el cielo. Él es quien dice cuándo empiezan y terminan las estaciones, cuánto tiempo estará viva Valira.

En el hotel, *nieve* es una palabra mágica, porque significa pistas de esquí abiertas y, por tanto, avalancha de turistas. Con la llegada del frío, las reservas se disparan. Llegan las familias, los grupos de amigos, las parejas de escapada romántica. Victoria lleva semanas quejándose; odia la temporada de invierno: mal tiempo, frío, demasiado movimiento en el hotel, turistas maleducados, forasteros a los que hay que formar, horas extras, huéspedes patosos que se rompen una pierna aprendiendo a esquiar en la pista de debutantes del hotel. Tiene razón en todo, pero ¿qué más da? Hay nieve por todas partes.

El invierno es mi época favorita y por eso no me muevo por mucho que Bruno no deje de gritar que voy a ponerme enferma si no entro en casa. Al final se rinde y viene a mi lado. Yo entrelazo mis dedos con los suyos. Me gusta el calor de su piel.

Me doy cuenta entonces del frío que tengo, pero no digo nada.

—Eres una cabezota.

—Lo sé.

Me da un beso en la mejilla.

—La primera nevada.

—La primera. —Apoyo la cabeza sobre su hombro.

—Hacía años que no nevaba tan pronto. —Su bufido me remueve el pelo y yo aprieto los labios.

Si le pregunto qué pasa, él empezará a enumerar: las máquinas no están preparadas, seguro que ni se ha comprado la sal para las carreteras, va a haber placas de hielo por todas partes, los turistas van a empezar a llegar demasiado pronto, los forasteros aún no estarán trabajando, los hoteles no darán abasto, en la tienda tenemos muy poca cosa, mi padre querrá abrir también los domingos, vamos a vernos muy poco, ya podemos despedirnos del sol, los fantasmas de los feéricos que vivían en los bosques van a aparecerse y nos van a aniquilar a todos por pervertir sus tierras. De acuerdo, esto último es cosecha propia. Bruno no cree en esas cosas. Pero diría todo lo demás. En realidad, lo ha dicho. He tenido que escuchar las mismas quejas los dos inviernos que hemos pasado juntos. Ya he aprendido que con él a veces es mejor asentir y esperar a que su pesimismo escampe.

Dos inviernos con él.

Bruno había sido siempre un nombre más de la quinta del 95. Bruno Alins, de los Alins de la tienda de deportes Alins de toda la vida, dos años mayor que yo, sin hermanos, callado pero simpático, que en cierta ocasión encontró a una turista que se había perdido cerca del lago Asters y que estudiaba en la Universidad de Aranés cuando yo me marché del pueblo.

Eso era todo cuanto recordaba de Bruno cuando mi familia y yo volvimos a Valira. Lo normal para alguien a quien consideraba solo un conocido, ¿verdad? Pues no. Al parecer, era una vergüenza. Recuerdo perfectamente las palabras de Ona: ¿Dónde estaba tu vena cotilla, Erin? Quise decirle que no recordaba haber tenido nunca una de esas y que, en caso de haberla tenido, la habría perdido en algún momento de mis dos años viviendo en una gran ciudad. Una de las pocas cosas buenas que puedo rescatar de esa época es que aprendí por las malas que a nadie le importa de verdad lo que hace su vecino. Si quieren saberlo, es por morbo o curiosidad, no por preocupación.

Claro que no le dije nada de eso, porque cuando Ona supo que Bruno llevaba haciéndose el encontradizo desde que hacía unas semanas me había ayudado a encontrar las botas de esquí perfectas, no me dejó hablar más.

Estábamos en este mismo jardín y aún éramos tres. ¿O «ya éramos solo tres»? De las cuatro chicas de la quinta, primero se marchó Paula y, un año después, Aurora. Ahora ya solo quedamos dos.

Pero no es el presente lo que importa, sino esa tarde de hace un par de años. Ona habló mientras Aurora y yo la escuchábamos sin decir demasiado; un «ajá» o un «no me digas» de vez en cuando, solo para hacerle saber que seguíamos conectadas a su monólogo. Habló de los amigos de Bruno (suficientes), de sus exnovias (pocas), de sus notas (buenas), de su familia (perfecta). Le faltó darme su grupo sanguíneo.

Es B negativo, por cierto.

Lo sé ahora porque todo lo que me contó Ona sobre él hace algo más de dos años, sentadas a unos metros de donde estoy ahora, no son más que anécdotas. Ahora lo sé todo sobre él.

Le gusta el verano y los días de sol. Vive prácticamente conectado a su iPod. Se pasaría todas las noches de su vida viendo una peli mientras come palomitas. Es hijo único con carácter de hijo único: le gusta estar solo, es trabajador y sabe lo que quiere, tanto que a veces no escucha y se convierte en un cabezota exasperante; pero también sabe pedir perdón, es inteligente y es imposible aburrirse con él, porque le gusta hablar de cualquier cosa. Si sabe de algo, para demostrarlo; si no sabe, para aprender. Trabaja desde hace años en la tienda de deportes, a jornada parcial cuando estudiaba y completa desde que terminó la carrera; nunca ha buscado otra cosa porque quiere seguir con el negocio familiar cuando sus padres se jubilen. No imagina un futuro lejos de este pueblo. Aun así, valora mucho su independencia. Al poco tiempo de terminar la carrera, alquiló un pequeño piso con Gabriel, un chico de su quinta. Tiene una tortuga llamada *Tortuga* y miedo a los cocodrilos, aunque no haya visto uno en su vida. Le gusta la naturaleza y las tardes con los amigos en el bar, odia llamar la atención y que la gente levante la voz.

Sé cuándo fue su primer beso, su primera vez, dónde le rompieron el corazón y quién fue. Sé que en el Casa Gina siempre pide tallarines al pesto, que cuando se enfada le tiembla el párpado derecho y que nunca reconocería que no entiende por qué decidí quedarme en Valira.

Han cambiado muchas cosas en dos años. A veces me pregunto cómo sería mi vida si hubiera tomado otras decisiones, pero en momentos como este, con Bruno abrazándome por la cintura, mi haya cerca y el invierno haciéndose sobre Valira, no querría estar en otro lugar.

A la mañana siguiente, Valira está blanca, y una semana más tarde ya puedo decir con seguridad que el invierno se ha aposentado en el valle para quedarse. Los días son más grises y el frío más afilado. Ni siquiera los más valientes se atreven a salir de casa sin abrigo y todo el mundo —al menos aquellos con dos dedos de frente— ha vuelto a meter las cadenas en el maletero del coche. El tiempo es traicionero aquí arriba; a veces las grandes nevadas llegan sin avisar. En el trabajo las cosas están tranquilas. Victoria, no tanto.

Cuando el viernes llego al hotel, la encuentro detrás del mostrador con el mismo moño, el mismo maquillaje impoluto y la misma sonrisa de siempre. Pero yo la conozco; puedo ver las diferencias. Algunos mechones escapan de su recogido, habitualmente perfecto, porque no para de tocárselo, y mira a todas partes y a ninguna al mismo tiempo. La clave, de todos modos, está en sus labios: casi despintados de tanto morderlos por culpa de los nervios, se curvan de forma imprecisa.

—Has llegado pronto —digo, mientras me siento en mi silla. El reloj de la centralita marca las ocho y un minuto.

—Dicen que los forasteros van a llegar la semana que viene.

Victoria es la única de todos mis amigos a la que no le gusta esa palabra. *Forastero.* ¿La explicación? No es de Valira. O quizás es porque hace no tanto tiempo ella era una forastera. Victoria llegó hace unos cuatro años; como todos los demás, con un contrato temporal para la temporada de invierno y muy pocas cosas en la maleta. Su plan, me lo ha dicho mil veces, era ahorrar un poco e irse con la llegada de la primavera, pero encontró el amor y, un poco más tarde, un contrato indefinido en el Grand Resort. Y aunque le gusta decir que ojalá hubiera encontrado todo eso en otra parte, en el fondo le gusta Valira. Se ha adaptado bien. En muchas cosas ya es una valirense más: le gusta la nieve, hablar de la vida de los demás, desayunar en la pastelería Aldosa y terminar en día con una cerveza en el bar El Valle. Sin embargo, hay momentos en los que se hace evidente que no creció aquí. Si lo hubiera hecho, se le iluminarían los ojos al oír la palabra *forastero*.

Así nos referimos a las personas que vienen a trabajar durante un tiempo y luego se marchan. Suele ser gente joven que busca un ingreso extra o sencillamente, un ingreso, aunque sea temporal. Para muchos valirenses, también una palabra mágica. En un pueblo tan pequeño, donde conoces a todo el mundo y la mitad del mundo tiene algún vínculo familiar contigo, por lejano que sea, es refrescante conocer gente nueva, de la que no sabes nada, aunque sea para tener historias con fecha de caducidad. Todos los forasteros vienen con esa fecha impresa entre los ojos; algunos la ignoran, otros la disfrutan y unos pocos terminan por borrársela —o dejan que se la borren, como le pasó a Victoria—.

—Relájate.

Enciendo el ordenador y me preparo para un día largo. Los viernes son siempre infernales.

—¿Que me relaje? —Victoria está meneando la cabeza de un lado a otro—. ¿Cómo quieres que me relaje? Odio la temporada de esquí.

—Pero si te encanta esquiar.

—Odio la *temporada* de esquí.

A mí tampoco me emociona tener que explicar a los nuevos cómo funciona todo, pero al menos es un cambio. Además, prefiero estar ocupada atendiendo a los huéspedes que mirando la puerta o los monitores de seguridad mientras pienso en todos los lugares en los que podría estar si no hubiera aceptado este trabajo. Victoria prefiere los días tranquilos, como esta mañana.

—Tengo que buscarme otra cosa.

Se refiere al trabajo, lo sé tan bien como sé que no va a hacerlo. No estoy segura de si es por pereza o por conformismo, o porque en realidad se queja por vicio. Sea como sea, lleva aquí más tiempo que yo y no ha echado ni un currículum en ninguno de los hoteles de la zona.

Por eso me limito a sonreír.

—¿Quieres que te refresque las leyendas del pueblo? Para que se las puedas contar a los huéspedes si...

Victoria pone los ojos en blanco.

—No, gracias. Me las sé de memoria.

—Un valirense de pura cepa nunca diría que no a contar o a escuchar alguna de las leyendas. Así nunca te darán la nacionalidad. —Intento esconder la risa, porque las puertas del ascensor se abren de golpe y una pareja sale arrastrando las maletas hacia nosotros—. Los de la 103.

No suelo recordar los números de las habitaciones, pero estos dos se han ganado a pulso un hueco en mi memoria. Ayer estuve media hora explicándoles cómo llegar a Santa Caterina de Aranés en transporte público, y cuando volvieron, cargados de bolsas, tuve que hacerles entender, con toda la paciencia y amabilidad que de que fui capaz, que un recepcionista no puede dejar su puesto para subir las compras de los huéspedes a su habitación.

—Estáis locos —susurra Victoria, antes de esbozar su sonrisa más amplia para el matrimonio—. Buenos días. ¿Han dormido bien?

De maravilla, como bebés, dicen.

El goteo de clientes se convierte en un torrente a medida que se acerca la tarde. Lo más interesante que sucede en todo el día es que a primera hora de la tarde aparecen tres chicas de la quinta del 99 que nos piden permiso para colgar unos carteles en el tablón de anuncios. Aun sin verlos sé qué son: la Fiesta de Bienvenida de invierno, que se celebra todos los años por estas fechas para recibir a los forasteros que vienen a trabajar y a los turistas que empiezan a subir para esquiar. Durante unos segundos, me veo a mí misma hace dos años, aquí mismo, con Ona, Paula, Bardo, Pau, Aurora y Teo. La quinta al completo. Yo acababa de volver al pueblo después de vivir dos años fuera; a los cuatro días ya estaba preparando la última fiesta que organizaría nuestra quinta. Ahora somos mayores. Demasiado mayores para tener una de las caravanas abandonadas que hay en la explanada cerca del pueblo. Demasiado mayores también para que el tiempo no nos haya separado: Paula vive ahora en Utrecht y mi hermano y Aurora viven juntos demasiado lejos de aquí. Primero se fue él y un año después, ella; ahora comparten un piso que parece una caja de zapatos encajonada entre otras cajas de zapatos, y aun así ellos dicen que no podrían ser más felices. Eso dicen, claro, pero a la mínima oportunidad que tienen, suben a Valira para pasar aquí unos días. Están lo suficientemente locos para vivir en una ciudad tan grande y caótica, pero no tanto como para no necesitar volver al pueblo de vez en cuando.

Ona, Pau y Bardo siguen aquí, y aunque nos vemos casi tanto como antes, todo es diferente. No me gusta pensarlo, porque vienen demasiadas preguntas a mi cabeza, así que dejo de mirar a las chicas para dejar de vernos a nosotros.

Sigo trabajando.

Le doy las buenas tardes a los clientes, les informo de los horarios del restaurante, hablo con los más simpáticos sobre la nieve y la inminente apertura de las pistas. Las horas pasan rápido y pocos minutos antes de las cinco y media, cuando ya estoy preparándome para marcharme, Judith sale del ascensor y me hace un gesto con la mano para que la siga al cuartito de empleados.

Noto los ojos de Victoria clavados en mí mientras nos alejamos.

Victoria lleva trabajando aquí un año más que yo y cada vez que Judith ha querido hablar con ella en privado ha estado al borde del ataque de nervios. Siempre imagina lo peor: un despido fulminante o una bajada de sueldo o, aún peor, un cambio de turno.

Cuando vuelvo a mi sitio, Serge, uno de los recepcionistas de tarde, ya está sentado en el sitio de Victoria.

—Me ha dicho Victoria que te diga que te espera en la entrada —me informa Serge, con los ojos pegados a la pantalla de su ordenador y las manos a las teclas—. Dice que te des prisa en cambiarte.

Él, como muchos otros, viene a trabajar con el uniforme. Yo lo hice la primera semana de trabajo, hasta que Judith me *sugirió*, como ella dijo, que me cambiara en el hotel si iba a seguir yendo andando desde casa. *Los bajos de los pantalones manchados no forman parte de la política estética del hotel.* Algo así dijo.

Me cambio tan deprisa como puedo, dejo mi uniforme colgado en mi taquilla para que no se arrugue y salgo en busca de Victoria, a la que encuentro apoyada en la barandilla de la entrada del hotel, toqueteando su móvil.

—Ya estoy aquí.

Con un golpecito en el brazo para que aparte los ojos de la pantalla, empezamos a caminar.

—¿Qué quería? ¿Un ascenso? ¿Despedirte? ¿Va a subirnos el sueldo? ¿Me van a echar? ¿Es eso? ¿Van a echarme y quieren que me lo digas tú?

Victoria no espera ni a terminar de cruzar el aparcamiento del hotel para dar inicio a su interrogatorio. Como siempre, vamos caminando por el arcén que avanza con la carretera que lleva al pueblo; hoy, a diferencia de la semana pasada, con una bufanda bien enrollada alrededor del cuello y unos guantes de lana. La nieve ya lo ha invadido todo y eso hace que el frío se pegue a todas partes.

—Quiere ponerme en el remontador.

Desde que tengo uso de memoria, el Grand Resort está aquí, con su pista privada de debutantes al lado. No es gran cosa, pero más que suficiente para que los novatos aprendan a moverse por encima de la nieve con cierta soltura, ya sea solos o con la ayuda de los monitores de nuestra escuela de esquí.

Victoria frunce el ceño.

—¿El remontador?

—Sí. Judith dice que este año todos los monitores de la escuela son forasteros y que prefiere tener en el remontador a alguien que conozca el hotel.

—¿Dejarás la recepción?

—Es solo temporal. En caso de que acepte, claro. Aún no sé qué haré.

No me gusta hacer siempre lo mismo, y a veces el trabajo tras este mostrador es muy aburrido. Hacer *check-in*, *check-out*, organizar las habitaciones, enumerar a los huéspedes todas las comodidades del hotel, explicarles cómo llegar a ese lago que quieren ir a ver o cuál es la mejor ruta de senderismo en cada época, dónde pueden alquilar un coche o el mejor material de esquí, indicarles el camino hasta la piscina, recordarles que si han llegado tarde al desayuno no es ni culpa mía ni del hotel y que pueden comer algo en las cafeterías de las pistas o en cualquier local del pueblo. Todo eso y lo que me he dejado fuera de la lista, y siempre con un ojo puesto en los monitores de las cámaras de seguridad.

Judith quiere que me encargue del remontador de la pista, de lunes a viernes, de nueve a cinco con media hora para comer. Dos horas y media menos a la semana, el mismo sueldo. Los fines de semana se resignará a poner en el puesto a un forastero. Al fin y al cabo, aunque sea el momento en el que tenemos más huéspedes, también es el momento en el que suele haber menos gente en la pista privada; todo el mundo prefiere subir a las pistas de verdad. ¿Quién quiere volver a casa y decir que ha esquiado en una pista de debutantes? Además, yo no puedo trabajar los siete días de la semana. Judith podría y lo haría. ¿Yo? Ni de broma. Por eso me ha dado los días laborales y le ha dejado el fin de semana a algún forastero. Cinco días para mí y dos para él. Son puras matemáticas: a menos horas de trabajo, menos posibilidades de crear problemas.

Para Judith, la pista de esquí ha sido siempre un orgullo y una prioridad. Es lo que nos diferencia del resto de hoteles del valle. Hay que cuidarlo. Además, como me ha dicho mientras regresábamos juntas a la recepción, la escuela de esquí es importantísima para el hotel. «Cuanto más sepan esquiar nuestros huéspedes, menos probabilidades hay de que se despeñen». Que no se despeñen. Judith y su sentido del humor. Su peor pesadilla es que un huésped muera en la montaña. Demasiado papeleo, supongo.

Pros: menos horas, más entretenido, el mismo sueldo, es un cambio.

Contras: no estaría con Victoria, horarios diferentes, frío, es un cambio.

—¿Qué vas a hacer?

—No lo sé.

Es verdad a medias, porque aunque ese «no lo sé» es cierto, sí sé qué hacer para saberlo. Pero no puedo compartirlo con Victoria sin que crea que estoy loca, así que cambio de tema.

—¿Irás al bar esta noche?

—Sí. Juan también, hoy tenía turno de mañana. Oye, ¿por qué no te vienes a casa, aprovechando que la tenemos para nosotras solas? Podemos ver una peli y luego vamos a tomar algo.

—No puedo, tengo que hacer un par de cosas.

—¿Te acompaño?

—No, tranquila. Iremos para allá cuando termine.

Victoria sonríe.

—Ay, el amor. Siempre hablando en plural.

3

Nadie me dijo que el árbol más longevo de mi jardín era mágico.

Yo había crecido con las leyendas de Valira y, como todos, había jugado a creer en ellas. Decir que vivía en un pueblo con un carrusel mágico sonaba muy bien. Pero era todo un juego y yo lo tenía claro. De no ser así, me habría pasado la mitad de mi infancia buscando un andén con número fraccionado en las estaciones de tren, y me habrían llevado a ver a algún especialista mucho antes.

Nunca he creído en los cuentos de hadas. Pero las leyendas de Valira son otra cosa. Por eso la gente del pueblo juega con ellas y responde «quién sabe» cuando se les pregunta si son ciertas. Esas dos palabras son prácticamente el lema del pueblo. La gente lo repite como loros porque suena misterioso. Solo repite, no cree. ¿Cómo si no iban a ignorar que algunas de sus leyendas son ciertas? ¿Cómo iban a ignorar que mi haya habla o que el carrusel de la plaza es realmente mágico?

El Abuelo Dubois no deja subir a nadie a su carrusel sin antes recomendarle a qué figura montarse: los corceles marrones para quienes busquen valentía, los blancos para arreglar una amistad rota, la carroza para un amor no correspondido. Él tiene la capacidad de ver qué anhelos habitan en el corazón de las personas, dice, y su carrusel, la de hacerlos realidad. Solo hay una figura que no recomienda jamás y a la que está prohibido subir: el corcel dorado, la figura maldita. La única realmente mágica.

El tatarabuelo de Aurora construyó el carrusel con sus propias manos y la madera de estos bosques, según cuentan las leyendas, en otros tiempos habitados por feéricos. La familia Dubois siempre ha dicho que su carrusel era mágico. Esa ha sido su forma de esconderse. Desde que tengo memoria, el Abuelo Dubois ha hablado de la magia blanca de su carrusel y de la magia negra de ese corcel dorado. Al principio creía que era una forma de asustarnos para que nadie quisiera subir a esa figura; más tarde descubrí, poco después de que lo hicieran él y Aurora, que sus palabras eran más ciertas de lo que ninguno de los dos había creído. Durante años, ellos dos fueron los únicos que se subieron a esa figura, hasta que se dieron cuenta de que la felicidad que prometía era un engaño. Hace un tiempo, le pregunté al Abuelo Dubois por qué no lo desatornillaba y cambiaba el corcel dorado por una figura más inocente. Dijo: «Vencer la tentación no es lo mismo que ignorarla».

Aurora me habló de la magia del corcel dorado hace unos años. Por eso sé que el *carrusel mágico de Valira* es más que márquetin de la Oficina de Turismo. A veces la luz del día es la mejor forma de ocultar algo. Dicen que la magia no es más que aquello que la ciencia no puede comprender; si es así, espero que nunca nadie se acerque a mi árbol, porque no quiero entenderlo. Hay cosas que están mejor en la sombra.

La verdad sobre el carrusel solo la conocemos el Abuelo Dubois, Aurora, Teo y yo. Sobre mi haya, solo yo sé que las leyendas son ciertas. O al menos eso creo. Todo cuanto sé con certeza es que yo nunca le he contado nada a nadie sobre la magia de mi árbol.

Descubrí que el haya de mi jardín era mágica muchos años antes de que Aurora me contara que se había equivocado subiéndose al corcel dorado. Por eso nunca pensé que estuviera loca.

Yo conocía lo que contaban las leyendas sobre el haya: fue el árbol ante el que la Reina Valira, la reina feérica que dominaba este valle, juró amor eterno a su enamorado mortal. Eligieron este árbol porque, además de ser el más longevo del bosque, tenía el poder de ayudar a tomar la decisión correcta a quien le preguntase. Con la bendición del haya, feérica y humano iniciaron una vida juntos. Construyeron una casa a pocos metros del árbol y vivieron ahí hasta que la vida del humano se apagó.

Nuestra haya es parte de la historia y la leyenda de Valira, y por eso no es extraño ver a turistas al otro lado del jardín señalando o fotografiando al árbol que fue testigo del juramento de amor entre feérica y humano.

Mi hogar estaba construido sobre una leyenda.

Era verano. Tenía seis años y dos meses y no sabía si ir a la fiesta de cumpleaños de Bardo —cuando aún no tenía su guitarra y aún lo llamábamos Marcos—. No quería que los niños se metieran conmigo. Mis padres querían que fuera. También Teo, y eso era lo que me asustaba. Seguro que se meterían conmigo. Recuerdo que salí al jardín a saltar a la comba después de comer mientras mis padres decidían si yo debía ir a la fiesta. Porque así van las cosas cuando eres pequeño: tú opinas sobre tu vida y ellos deciden.

Cuando me cansé, me senté bajo el árbol.

Pregunté, a nadie en concreto, si debería seguir saltando a la comba aunque estuviera cansada, porque me ayudaba a dejar de pensar. Me cayeron dos hojas en las manos. Solo dos y justo en las manos.

Pregunté, a nadie en concreto, si debería preguntarle a Teo si me molestarían en la fiesta. Una hoja, en las manos, encima de las otras.

Seguí preguntando y con cada pregunta, me caía una hoja, a veces dos, siempre en las manos, aunque las moviera.

Yo era pequeña y sabía poco de árboles. Aun así, era verano: no era época de deshoje. Eso sí lo sabía. Por eso entré en casa y cogí uno de los diccionarios de mis padres.

Haya. Del lat. [materia] fagea «[madera] de haya». Árbol de la familia de las fagáceas, que crece hasta 30 m de altura, con tronco grueso, liso, de corteza gris y ramas muy altas, que forman una copa redonda y espesa, hojas pecioladas, alternas, etc., etc., etc.

No, nada de hojas que caen cuando haces una pregunta.
Busqué en otro diccionario.

Haya. Del lat. *[materia] fagea > fagus, haya.)* 1. s. *f.* BOTÁ-
NICA. Árbol de la familia de las fagáceas, de tronco
grueso, liso, corteza gris, copa redonda y espesa y hojas
pecioladas, que crece en los bosques templados.

Tampoco.
Busqué en Internet y después en esas enciclopedias enormes
que mis padres tenían en el despacho y que nunca les había visto
usar.
Nada.
Regresé junto al haya.
¿Hola?
No respondió.
¿Me estás hablando?
Me cayeron dos hojas sobre la mano derecha, la única que
tenía extendida.
Me estaba hablando. El árbol respondía mis preguntas, no
estaba loca. Pensé: ¿Los pájaros vuelan?
Dos hojas más.
¿El cielo es naranja?
Una hoja.
Dejé caer la mano y las hojas planearon hasta mis pies.
Era imposible. Quizás había comido algo que me había senta-
do mal y ahora estaba teniendo alucinaciones o quizás estaba so-
ñando. Tenía que haber una explicación lógica a todo eso. Los ár-
boles no pueden comunicarse con nosotros, no tienen conciencia
para saber de qué color es el cielo. Me pellizqué, como en las películas, y solo sentí dolor. El haya seguía ante mí, tan quieta que parecía
sacada de un cuadro. No se movía ni una rama, ni una hoja.
Debería hablarle sobre esto a Teo. Quizás él sabe qué hacer.
Es mi hermano. Mi mellizo. Seguro que sabe qué pasa. Debería
hablar con él, ¿verdad?

Cayó una hoja.

¿Debería guardar el secreto?

Cayeron dos hojas.

Y así fue cómo empezó todo. Decidí que nunca le contaría a nadie que la leyenda del haya era cierta. Ella me lo había dicho; era su consejo, ¿y quién era yo para llevarle la contraria a un árbol centenario? Si se lo contaba a Teo, seguro que se lo diría a mis padres y me llevarían a ver a uno de esos señores con bata porque pensarían que tenía algún problema, y si nos creían, todo el mundo se enteraría, vendrían científicos y gente con túnicas de esa que dice poder comunicarse con espíritus, y nuestra casa se convertiría en una atracción de feria, mucho más de lo que ya lo era, y tendríamos que mudarnos y de algún modo que aún no podía imaginar, mi haya moriría y todo habría sido culpa mía. Porque eso hacemos con las cosas que no podemos entender. Las diseccionamos hasta que no queda nada de ellas. Yo tenía siete años, pero había visto películas y, sobre todo, había leído muchos libros. Sabía que el mundo no era simpático con aquello que no podía entender.

Así que hice lo que debía hacer: escondí el secreto. De Teo, de mis padres, de Bruno, incluso de Aurora.

Y ahora, trece años más tarde, sigo sentándome bajo el mismo haya. Hoy mis preguntas son más complicadas, pero ella sigue dándome las respuestas que necesito.

Dos hojas sobre mis manos, colocadas una encima de la otra delante de mi pecho. El nudo del estómago desaparece. Ella siempre sabe qué decir.

La pequeña Erin nunca se había considerado una niña valiente.

Le daban miedo las arañas, los tiburones y, sobre todo, la oscuridad. Cuando el bosque dormía, la luz de su habitación era la última en apagarse. Dejaba siempre la persiana subida; así la luz de la luna se derramaba por su habitación y la hacía sentir menos sola.

Nunca había sido una niña valiente y estaba cansada de no serlo.

Los niños se reían de ella. Su hermano siempre le dejaba arañas de plástico en la cama e incluso en el pupitre, y ella quería gritar y decirle que parara, que ya estaba bien, que no se juega así con los miedos de las personas y aún menos en el colegio, que debería estar atento porque si no lo castigarían y mamá y papá se enfadarían. En lugar de eso se mordía la lengua, se miraba los pies, dejaba que las palabras se escurrieran garganta abajo. Porque ella era pequeña, su voz era aguda y frágil y nadie le hacía caso.

Por eso sus padres habían decidido que iría a la fiesta. Ella era pequeña, ellos eran mayores y los mayores siempre saben qué es lo mejor.

No le gustaba ser pequeña.

Ni cobarde.

Quería ser fuerte como un roble, majestuosa como una secuoya, luminosa como un abeto de Navidad. Eso pensaba mientras se sentaba bajo el haya con las piernecitas rozando las raíces más atrevidas.

Pensó: Ojalá fuera fuerte.

Pensó: Ojalá supiera siempre qué decir.

Pensó: Ojalá me pareciera a mi hermano.

Y pensó que el haya no era ni una lámpara mágica ni un pozo de los deseos.

Se le escapó una lágrima.

¿Si aprendiera a no tener miedo, dejaría de llorar tanto?

Cayeron dos hojas en sus manos.

¿Debería ir a la fiesta de cumpleaños de Marcos? Pau y Guillem y Teo le habían dicho que había una sorpresa y que se preparase porque no le iba a gustar, pero aun así, ¿debería ir?

Asistió a la fiesta. Porque era Erin y era cobarde, pero debía aprender a dejar de serlo para dejar de llorar. Por eso, cuando Marcos le tiró pastel a la cara, ella se llevó los restos a la boca con los dedos y dijo que estaba muy bueno. Fingió no oír las risas de los demás niños, se limpió la cara y dejó pasar mucho rato, hasta que ya nadie le prestaba atención. Y entonces, mientras Marcos caminaba junto a la piscina, ella se le acercó por la espalda y lo empujó con todas sus fuerzas.

Qué delicioso sonido el del agua salpicando por todas partes. Casi tanto como las risas de todos, incluido Teo, cuando Marcos resbaló en la escalera metálica y volvió a caer en la piscina. Pero ni de lejos tan maravilloso como el cosquilleo que sintió Erin en el estómago al ver cómo la miraba mientras se secaba con una toalla. Por una vez, esa sensación en las tripas no le hacía sentir ganas de vomitar.

Fue diferente. Quizás lo diferente no fuera tan malo.

Marcos tardó mucho tiempo en volver a gastarle alguna broma. Y cuando lo hizo, Erin lloró, porque ella era así, pero ya no volvió a agachar la cabeza.

4

—Voy a aceptar.

Bruno sonríe, Victoria asiente intentando disimular que no le gusta mi decisión y los demás apenas reaccionan. Tampoco es que deban hacerlo. Prestarían atención si se tratara de un despido o un aumento de sueldo. Un cambio de puesto no merece más que unas pocas palabras para desearme suerte aguantando la torpeza de los debutantes.

—¿Otra ronda, chicos? —pregunta Ricardo.

Da igual que la mesa ya esté llena de jarras vacías, a los cinco minutos tenemos otras siete delante. Desde que llegó el frío, todas las noches de viernes son así: cerveza y amigos en el bar El Valle, algunas partidas de billar y unas raciones de patatas bravas.

—¿Alguien sabe algo de Paula? —pregunta Ona.

Le doy un trago a la cerveza para esconder tras la jarra todo lo que no deseo que vean. Hablar de Paula hace que sienta cosas que no me gustan. Hace que mire atrás, hasta un tiempo en el que en esta mesa no habrían estado ni Bruno ni Victoria ni Juan, en el que Teo y Aurora y Paula todavía estaban aquí y todo era más sencillo.

Mentira.

Mi parte racional no sabe cuándo callar.

Mentira, nada era sencillo entonces. ¿Es que no recuerdas ese verano? Creías que volver a Valira resolvería todos tus problemas. No fue así, no del todo. Los secretos, el miedo a contar lo que habías hecho, el terror a haberte equivocado.

La beca de Embry-Riddle que rechacé.

La discusión con Teo cuando cotilleó mi correo y se enteró.

El tiempo que pasó antes de que me atreviera a contárselo a mis padres.

El futuro que, como muchos susurraban cuando creían que no podía oírles, tiré a la basura.

Pero aquello no era para mí, yo no quería irme tan lejos. Tampoco deseaba estudiar Aeronáutica. Me costaba incluso entender cómo había llegado ahí; desde pequeña me obsesionó el espacio, pero era demasiado miedica para soñar con ser astronauta, así que pensé que lo lógico sería ayudar a los que sí se atrevían a ir al espacio a llegar y a volver sanos y salvos. Tuve esa idea cuando era una enana y no la cuestioné hasta que tuve un pie en el futuro. Hice bien en quedarme en Valira con mis padres. Aquí tengo una buena vida. A Bruno, a mis amigos de siempre, a amigos nuevos.

Aun así, cuando pienso en Paula, en todas las fotos donde aparece feliz y sonriente —ahora en Utrecht, ahora de fin de semana en Maastricht o Ámsterdam o Delft—, esa parte de mí que nunca se calla empieza a abrirse paso entre mi felicidad para preguntarme si de verdad hice bien. ¿Qué hago aquí, en realidad? Me gusta la hostelería, pero ¿qué hago? Entregar llaves, recoger llaves, dar direcciones, atender peticiones estúpidas, organizar las reservas de los huéspedes y las reuniones del hotel, controlar los monitores de seguridad. Si me hubiera marchado, podría estar haciendo algo grande. O al menos, preparándome para hacerlo algún día. Eso piensa todo el mundo.

Recuerdo los comentarios:

La de los Lluch, ¿lo has oído?, la niña se les va a Estados Unidos.

Qué lista es, ya desde cría.

Se le veía, se le veía.

Tiene una beca muy importante. Para estudiar Aeronáutica.

Pobres padres, tan lejos.

¿Cuándo se va?

Pues no lo sé.

¿No te has enterado? Dicen que al final no se marcha.

Yo también lo he oído, Núria está destrozada, y Jesús... Imagínate. No quieren ni hablar del tema.

Se ve que rechazó la beca y la plaza de la universidad y no se lo contó.

Se le veía, se le veía...

¿Que esa niña no está bien? Sí, se le veía.

—Erin. —El aliento de Bruno me cosquillea la oreja. Cuando me giro hacia él, lo encuentro mirándome con una media sonrisa—: Estabas en otro mundo.

—Perdón —susurro.

Me cuesta volver a conectarme a la conversación. Solo oigo retazos.

—...y su compañera de habitación es un desastre, quiere irse a un piso con una amiga de la universidad —dice Bardo.

Yo aún vivo con mis padres.

—...hace unas semanas me dijo que estaba estresada por algún examen, quizás por eso... —dice Ona.

Yo dejé de estudiar.

—...ir a verla después de las vacaciones de Navidad —dice Pau.

Yo no tengo vacaciones en Navidad y no podré cogerme días libres.

—... y podríamos ir a Ámsterdam.

Claro, fiesta en Ámsterdam. Seguro que a Diana le encantaría la idea.

—...un fin de semana.

—...exámenes, así que mejor en febrero.

—...que le hará ilusión.

No sé cuánto rato pasa antes de que consiga controlar mi cabeza y pueda volver a disfrutar de la cerveza y de la noche. Solo sé que durante todo ese rato Bruno no me suelta la mano. Me acaricia la palma con la yema de los dedos. Yo me centro en ese cosquilleo hasta que el recuerdo de Paula se diluye en una conversación que se llena de bromas, planes para la temporada de esquí, quejas sobre los estudios o los trabajos de cada uno. Poco a poco, todo vuelve a la normalidad. En algún momento me río tanto que, si no hubiera tenido a Bruno al lado, me hubiera caído de la silla.

Como todos los viernes, nos vamos del bar cuando Joaquín, el dueño, nos echa entre bromas y amenazas de sacar la escoba, y como cada viernes, nos quedamos en la puerta hablando hasta que nos despedimos con un «hasta mañana» y cada uno se va por su lado. Yo, con Bruno.

Su casa está en el otro extremo del pueblo. Por suerte, en Valira eso equivale a diez o quince minutos a pie.

Bruno me agarra de la cintura y empezamos a caminar.

—Ha estado bien.

Su voz deja una estela de vaho en la que quedan comentarios a los que yo respondo con monosílabos. Le escucho hablar de la tienda, de los clientes molestos, de las vacaciones de Navidad, del nuevo corte de pelo de Ricardo —se ha rapado al cero—, hasta que finalmente nos quedamos en silencio.

Cuando pasamos junto al carrusel, me aprieta contra él y me pregunta:

—¿Estás bien?

Bruno me conoce como la palma de su mano. Eso dice él: puede leerme como si fuera un libro que él mismo hubiera escrito.

—Estoy bien.

—Has estado un poco…

—Estoy bien.

Me conoce, es verdad, y por eso no insiste. Me besa el pelo; es su forma de decir que si le necesito, está ahí. Yo también le conozco.

Nuestra historia no es épica. Nadie escribiría una novela ni un poema —ni siquiera un haiku— sobre nosotros. Por eso me gusta lo que tenemos. Es real. Desde el día que fui a comprar unas botas de esquí nuevas a la tienda de su familia, todo creció poco a poco. Empecé a encontrármelo por todas partes. A las pocas semanas admitió que no era casualidad, dos días más tarde estábamos en nuestra primera cita y, antes de que llegara enero, ya éramos pareja. Discutimos poco, nos entendemos bien, sabemos leer al otro. Todo es fácil.

El amor tiene que ser fácil, le dijo mi madre a Teo cuando sospechó que tenía problemas con Aurora hace un par de años, al poco tiempo de volver al pueblo. Sus inicios no fueron fáciles. Sobre ellos, de hecho, sí se escribiría un libro. Pero esa es su historia.

Aun así, ahora son felices, así que no sé si mi madre tiene razón. Lo que sé es que cruzar la plaza del pueblo de madrugada, con Bruno junto a mí, hace que ni siquiera piense en lo helada que siento la nariz.

Le quiero.

Él ha estado a mi lado siempre. No ha dudado, ni se ha quejado, ni me ha obligado a hablar si no quería hacerlo. Me acompañaba con el coche a terapia cuando mis padres no podían llevarme, solo para que no tuviera que esperar el bus sola, me recordaba que debía tomar las pastillas cuando a mí se me olvidaba, celebró conmigo que Diana me dijera que podía dejar las sesiones si me sentía preparada.

Le quiero.

Aun así, hoy la noche es demasiado negra. Yo camino mirando el suelo, las esquinas llenas de nieve, las farolas que iluminan las calles casi con vergüenza, hasta que llegamos a su casa.

Más tarde, cuando él ya hace rato que duerme, yo sigo con los ojos clavados en el techo de su habitación.

Me gustan los lobos porque:

Son fuertes.

Son independientes.

Son fieles.

Son indomables.

No son la imagen que la gente tiene de ellos. No son animales feroces, no atacan por placer ni buscan a los humanos para asesinarlos, y solo se comen a otros lobos cuando la alternativa es morir de hambre.

Son animales incomprendidos, salvajes, majestuosos.

Me gustan los lobos y por eso una de las paredes de mi habitación es un paisaje que dibujó Teo para mí hace años. Unas montañas, las que rodean este valle, y el perfil de un lobo aullando.

Mi fascinación por los lobos nació en la biblioteca del pueblo. Mis padres nos llevaban una vez a la semana a Teo y a mí, nos obligaban a escoger al menos un libro, leíamos un rato sentados en la zona infantil, a veces escuchábamos a algún cuentacuentos y después nos marchábamos. Teo se llevaba un libro, cuanto más corto mejor, y yo tenía que pedir permiso a la bibliotecaria para llevarme más de tres, el máximo permitido. Siempre me negué a utilizar el carné de Teo; a mí me gustaba ver cómo iban llenando fichas con los códigos y las fechas de préstamo. Aún las guardo en mi caja de recuerdos de la infancia, junto a un VHS de *La Sirenita* y algunas otras cosas tan o más inútiles que eso.

En alguna de esas fichas está registrado el préstamo del libro que me hizo amar a los lobos: *Colmillo Blanco,* de Jack London. Solo lo tomé en préstamo una vez. Cuando mi abuelo lo vio encima de la mesilla de noche, tardó dos días en traerme un ejemplar. Cuando dejé de abrazarlo, me dijo: en alguna parte se dice que *Colmillo Blanco*, cuando es un lobezno, aprende a clasificar las cosas en dos tipos: las que hacen daño y las que no lo hacen, y que se concentra en aprender a evitar las primeras para poder disfrutar de las segundas. Tú también debes hacerlo. Eres como tu abuela, y a ella la conozco como si la hubiera parido, así que hazme caso. Aprende a ser como *Colmillo Blanco*, debes aprender a ser como un lobo, porque los lobos son fuertes e independientes y...

—... y fieles, y no es justo que la gente los trate siempre como los malos de la película. Es injusto, son animales, no monstruos.

Teo se ríe al otro lado de la línea.

—Vale, como quieras, no voy a pintar nada en esa pared —dice—. Solo quería darle un poco de vida a esa habitación. Es un poco oscura y hace años que está así.

—Me gusta *así*.

—Vale, vale, no he dicho nada.

—¿Cuándo vienes?

—¿Me echas de menos?

—Sí. Al menos cuando tú estás aquí, papá y mamá se olvidan un poco de vigilar todos mis movimientos.

Teo se queda callado. Yo me dejo caer sobre la cama. Ya sé lo que viene ahora.

—Es normal. —Mi hermano utiliza su tono de voz más suave.

—Ya.

—Erin...

—Que ya lo sé. Están preocupados. Pero llevan años preocupados. Estoy bien, Diana me dijo que estaba bien, y también se lo dijo a ellos.

—Entiéndelos.

Lo intento, pero me cuesta. Entiendo que no debe de ser plato de buen gusto tener una hija a la que debes llevar al psiquiatra e hinchar a pastillas antes de los dieciocho. Tienen miedo de que recaiga. He intentado hacerles entender que todos los problemas que surgieron cuando nos fuimos de Valira y crecieron durante nuestros dos años viviendo en la ciudad se quedaron ahí cuando nos marchamos. Sin embargo, y solo para asegurarnos de que así fuera, hasta hace poco más de seis meses seguí yendo a terapia. Mis padres buscaron a una psicóloga de esas que vienen con todos los diplomas y recomendaciones existentes, y durante año y medio estuve yendo a Santa Catarina de Aranés todos los jueves para hablar con Diana.

A veces me dan pena. Tenían la hija perfecta y casi de la noche a la mañana se encontraron conmigo.

—¿Vas a venir? —insisto.

—Estoy de exámenes.

—¿Exámenes, en Bellas Artes? ¿De qué, de figuritas de plastilina?

Teo suelta una risa fingida.

—Muy graciosa.

—Gracias, me esfuerzo mucho. En serio, ¿de qué tienes exámenes?

Le escucho hablar de esculturas, de estudios antropológicos, de psicología del arte y no sé cuántas cosas más que hacen que me baile la cabeza. Cada vez que Teo nos envía una foto de su último cuadro o del boceto de alguna escultura, se me hincha el cuerpo de orgullo y de envidia a partes iguales. Sé que por mucho que me esforzara, yo jamás podría llegar a hacer lo que él hace. Él no me comprende; para él, como para el resto de mi familia y mis amigos, tengo una mente privilegiada. Podría hacer lo que quisiera, dicen, y por eso todo el mundo esperaba que hiciera exactamente lo que todo el mundo desea hacer: estudiar algo que suena trascendental y, a poder ser, en el extranjero. No entienden que lo que yo iba a hacer lo puede hacer cualquiera si tiene voluntad y capacidad de trabajo; el arte es otra cosa. El arte no puede forzarse.

—Aún espero la foto de la acuarela esa del lago.

—Os la enseñaré cuando la termine. No seas impaciente.

—Más te vale —le advierto. Miro el reloj; ya llevamos mucho tiempo hablando y tengo cosas que hacer—. ¿Me pasas con Au?

En las películas, una de las peores afrentas que puede cometer tu mejor amigo o tu mejor amiga es liarse con algún hermano. Sinceramente, no lo entiendo. Que tu hermano y tu mejor amiga sean pareja son todo ventajas, al menos para mí. Desde que Teo y Aurora están juntos, los dos son más felices, me es más fácil hablar con ellos porque siempre están juntos y puedo decir que Aurora es mi familia de una forma tan real como metafórica.

—Creo que está en la ducha. Espera, voy a comprobarlo.

Oigo ruidos, voces amortiguadas, más ruidos y, finalmente, a Aurora.

—¡Erin!

—¿No estabas duchándote?

—Ya estaba saliendo. Espera. —Más ruidos. Una puerta cerrándose, el clic de un interruptor—. Ya está. ¿Cómo estás? ¿Cómo va todo por casa?

—Ya sabes, como siempre. Preparándonos para el invierno.

—*Winter is coming?*

—*Winter is here* —respondo, riéndome—. Empezó a nevar hace dos semanas y prácticamente no ha parado. Además, el lunes llegan los forasteros. Y Judith me ha propuesto dejar la recepción y encargarme del remontador de la pista de debutantes durante la temporada de invierno.

El silencio hace crujir la línea.

—¿Y qué harás?

—Aceptaré.

—Pero a ti te gusta la recepción.

—Ya. Pero a veces los cambios son buenos.

—A ti no te gustan los cambios.

—No es verdad.

—Claro que sí.

—No.

Aurora suspira.

—Lo que tú digas. ¿Pero eso no es… dar un paso atrás? En verano me dijiste que te gustaba trabajar en el hotel, que querías un ascenso o algo así.

Eso es tan cierto como que no puedo decirle por qué sé que esta es la mejor decisión. Debería, porque es mi mejor amiga y, sobre todo, porque si hay alguien en el mundo que me escucharía sin creer que estoy loca, esa es Aurora; al fin y al cabo, el carrusel de su familia es mágico. Ella lo entendería, pero después de lo que pasó, sé cuál sería su consejo.

Por eso no puedo decirle que le pregunté al haya de las leyendas qué debía hacer. Le pregunté: ¿debería aceptar la propuesta de Judith?

Dos hojas.

Nada más que decir.

—Me irá bien hacer cosas diferentes. Es experiencia —digo—. ¿Y a ti cómo te va?

Aurora empieza a hablar de pasteles, cremas, pastas de hojaldre. Me gusta escucharla, aunque entienda más bien poco de lo que me cuenta. Habla con una pasión que es contagiosa y que me hace desearla para mí. Ella tiene la repostería, Teo tiene su arte.

—La próxima vez que subamos los dos, organizamos una cena con la quinta y yo me encargo del postre. Una *Tatin* estaría bien. O una *Pavlova*. O… —empieza a divagar.

—Hecho —respondo, antes perder su atención—. ¿Vendréis pronto?

—Yo iré la semana que viene. Mi abuelo ha pillado un catarro.

No hace falta que diga más. Si hay alguien por quien Aurora haría cualquier cosa, ese es su abuelo. Le quiere más que a nadie en el mundo. Por suerte, Teo tiene asumido que él no ocupa el primer puesto en la lista de prioridades de Aurora.

Todo el mundo quiere al Abuelo Dubois. Es casi un personaje más de Valira; él y su carrusel, del que según sus propias palabras seguirá ocupándose hasta que se muera. Estoy segura de que tiene más años que algunos de los edificios del pueblo. Yo, como todos los niños de por aquí, he crecido con las historias que me contaba al ayudarme a montar a su carrusel. Desde que tengo memoria ha vivido con Aurora y sus padres, así que casi siempre estaba ahí cuando de pequeña iba a merendar después del colegio a su casa, situada justo encima de la pastelería familiar y conectada a ella por unas escaleras estrechas. Cuando crecimos y empecé a quedarme a dormir ahí, el Abuelo Dubois nos esperaba por la mañana en la cocina con el desayuno listo. Comíamos a toda prisa y nos íbamos a pasear a *Frankie,* que ya por entonces era tan grande como ahora.

—Hace días que no lo veo —le digo.

—Su médico le ha obligado a quedarse en casa. Estoy segura de que mi madre lo ha atado a la cama o le ha cerrado la habitación con llave. Es la única manera de conseguir que mi abuelo le haga caso a alguien.

Me pregunto si el carrusel seguirá funcionando, pero en lugar de eso, digo:

—¿Pero está bien?

—Sí. —El silencio que sigue a esa palabra es más largo de lo que debería—. Un catarro puede ser peligroso a su edad. Y más después de…

—Ya —la corto. Sé que no le gusta pronunciar las palabras que siguen.

Puede que el Abuelo Dubois forme parte de las leyendas de Valira con su carrusel, y aunque las leyendas son inmortales, él no lo es. La salud empezó a fallarle hace años. Él dice que colecciona ataques: ya tengo los cromos del infarto y del ictus, este último repetido, a ver cuál será el siguiente. Se lo toma con humor porque es la única forma de que su familia se preocupe un poco menos por él. En el fondo, él debe de saber que es grave, porque según Aurora ya solo come media magdalena con su café de las mañanas. Eso, para alguien que se las guardaba a pares en los bolsillos de la chaqueta cuando se iba al bar a jugar a las cartas, es un milagro.

Desde que empezó a cuidarse no ha vuelto a estar ingresado en el hospital, pero lo pisa demasiado a menudo para que Aurora pueda estar tranquila. Cada vez que hablamos me pregunta por él, si lo he visto, qué cara tiene, si se ve más viejo.

Hoy tampoco olvida interrogarme. Lo hace deprisa, justo cuando empiezo a despedirme, como si no fuera importante, y yo le digo la verdad: hace días que no lo veo y aún más que no hablo con él. No bajo mucho al centro del pueblo durante la semana. Anoche, cuando pasé con Bruno por la plaza, ya era tarde. Le prometo que intentaré acercarme algún día al salir del trabajo para saludarle y después colgamos.

Mientras me ducho, pienso en que si cuando íbamos al instituto me hubieran dicho que a nuestros veinte años Aurora se habría marchado y yo seguiría viviendo en Valira, no me lo hubiera creído. Doy las gracias por los giros inesperados, porque aquí soy feliz como hace tiempo que no conseguía serlo. Sin estrés, sin pastillas, con todos esos pensamientos encerrados tras una pared de hielo. Puedo verlos, pero ellos no pueden tocarme.

Me gusta pensar que, si pudiera verme, mi abuelo estaría orgulloso de mí. He hecho lo que él quería: he aprendido a alejarme de lo que me daña para poder centrarme en lo que me hace feliz. Aún soy un lobezno, pero sigo creciendo.

Era uno de esos días de diciembre en que las chimeneas engullen madera desde primera hora de la mañana. Los valirenses que podían hacerlo se refugiaban en sus casas para observar el mundo a través de los cristales empañados. Ese día, sin embargo, nadie miraba hacia fuera. Todos tenían los ojos puestos en sus televisores.

También ella, con su albornoz azul bien atado a la cintura y el cabello secándose al aire. Se había levantado pronto para jugar con los regalos que el día anterior les había dejado Papá Noel bajo el árbol: una muñeca, un telescopio, arcilla, un par de juegos de mesa que debía compartir con su hermano.

Cuando se despertó, las imágenes ya estaban en la televisión. Frente a ellas, sus padres, abrazando con las manos dos tazas de café frías como el viento que soplaba al otro lado de las ventanas. La pequeña frunció el ceño al verlos ahí sentados, tan quietos, sin hablar ni moverse. Casi sin respirar. Se volvió hacia el televisor y lo vio. Una ola enorme, casas destrozadas, árboles caídos, gente gritando, gente en el agua, gente llorando y corriendo y chillando como si hubieran visto el rostro del mismísimo diablo. Y agua, agua, agua y más agua. El desastre más terrible frente a sus ojos y, de repente, un rostro amable, redondo, perfecto: colorete, labios delineados, pestañas largas y cabello brillante. La estaba escuchando con toda su atención, pero aun así no conseguía atrapar más que unas pocas palabras.

Tsunami.

Catástrofe natural.

Muertos.

Desaparecidos.

Navidad.

Y sus padres: qué horror, qué desastre, pobre gente. Pero apenas unas horas más tarde comieron como siempre, jugaron al dominó como siempre, fueron a visitar a sus abuelos como siempre. Qué horror y qué desastre y pobre gente, pensaba Erin; palabras, nada más que palabras. Las imágenes se quedan en el televisor encerradas y siguen ahí, en la otra punta del planeta, bien lejos, y nosotros solo decimos *qué horror* y seguimos con nuestras vidas. Conectamos de vez en cuando, repetimos esas expresiones que poco a poco van perdiendo el sentido y volvemos a desconectar.

Aquella noche, su cama la asfixiaba. Cerraba los ojos y lo veía todo oscuro. Los abría y la oscuridad seguía ahí. Daba igual lo que hiciera, algo se había metido en ella: el terror más profundo, la tristeza más genuina, un dolor que resbalaba por encima de aquellas imágenes que no lograba borrar. Daba vueltas sobre el colchón, intentando echar de su cabeza el agua que se le colaba por todas partes, diciéndose a sí misma que esas manos que parecían estar retorciéndole el estómago no tardarían en desaparecer.

Dejó que las horas pasaran en duermevela. Vio cosas que nunca más desterraría de su cabeza.

A la mañana siguiente, mientras todos dormían aún, se puso su anorak y sus botas y fue a hablar con el haya. Le seguía doliendo la barriga. Tenía ganas de vomitar. Veía agua y sentía que toda ella temblaba, como si estuviera a punto de desbordarse. Pero no quería preocupar a sus padres. ¿Debería despertarlos?

Erin llamó a la puerta de su dormitorio muchas veces antes de que alguno de los dos la oyera.

Aquella noche, sus padres le hablaron de la muerte, de todas aquellas personas que se habían perdido en el mar el día después de Navidad. Le hablaron de guerras, de desastres naturales, de cosas que nadie puede evitar, pero también le hablaron de las personas que estaban enviando dinero y comida a todos aquellos países afectados por el tsunami, las organizaciones que trabajaban todos los días para ayudar a aquellos que lo necesitaban. Erin consiguió un poco de luz para su oscuridad y aprendió que hablar es la única forma de alejar los malos pensamientos.

Desde aquel día, cada vez que sentía que se acercaban todas aquellas cosas que le oprimían el estómago y el cerebro, ya no se quedaba en la cama mirando el techo, pensando en cuerpos flotando en el agua o niños sin mamá ni papá. Corría a la cama de su hermano, ella le hablaba, él la escuchaba. A veces iba hasta la habitación de sus padres. Llamaba a la puerta, decía que volvía a tener una mala noche y ellos la tranquilizaban.

Desde ese día, el televisor no volvió a mostrar imágenes como aquellas, porque desde ese día, todas las personas que vivían bajo su mismo techo la conocían un poco mejor.

6

Son diecisiete: cuatro camareros, cuatro limpiadores, dos baristas, un ayudante de cocina, un botones, cuatro monitores y un recepcionista. Esa es la lista que nos ha pasado Judith. La única persona que debe preocuparnos a mí y a Victoria es la última.

Casi podría decir quién va a hacer qué antes incluso de hablar con ellos. Me basta observar el grupo desde el otro lado del mostrador de recepción.

Las dos mujeres que charlan gesticulando demasiado son sin duda parte del refuerzo de limpieza. El chico moreno de cara angulosa con pinta de modelo y esos cuatro con los que habla y que se han echado demasiada gomina en el pelo tienen que venir para trabajar o en el restaurante o en la pista de debutantes, igual que las tres veinteañeras con pinta de acabar de bajar de la montaña, y el cuarentón con bigote y nariz aguileña tiene todas las papeletas para ser nuestro nuevo compañero de recepción. El resto forma un corrillo de lo más diverso: tres mujeres de unos treinta largos —nuevas limpiadoras—, un chico más o menos de mi edad que no deja de tamborilear los dedos sobre sus brazos cruzados —espero por su bien que sea el botones y no barista ni camarero— y dos chicas jóvenes, una de melena por los hombros, rubia y rizada, que habla todo lo que no lo hace la otra, alta y con el pelo negro recogido en una trenza —apostaría cualquier cosa a que son camareras—.

Me doy cuenta de que no he asignado el ayudante de cocina. Vuelvo a mirar el grupo. Quizás uno de los engominados o de las chicas más jóvenes; desde luego, no el del bigote ni ninguna de las mujeres más mayores.

Antes de que pueda decidir quién es quién, Victoria me dice, por lo bajo:

—Ona estará contenta. —Señala con un ligero movimiento de cabeza el grupo de los tres chicos.

Tendrán sobre los veinte años. Uno es alto y rubio, con demasiados músculos; los otros dos son morenos, uno un poco más oscuro que el otro, pero con la misma complexión física. Ni altos ni bajos, ni gordos ni delgados. Ojos vulgares, caras anodinas. No tienen nada especial.

—Supongo —digo, mientras introduzco mi clave en el ordenador.

—El de la camiseta negra —insiste Victoria—, ¿lo ves? Se parece a Alain Delon.

Tiene los ojos clavados como si fueran dos chinchetas en el chico que parece modelo.

—¿A quién?

—Alain Delon. El actor.

—Ni idea.

Por suerte para ella, vivimos en la época de la tecnología y en cuestión de segundos, en la pantalla del ordenador aparece la foto de un hombre mayor, el pelo canoso peinado hacia un lado y unas bolsas que acumulan años y cansancio bajo sus ojos.

—De joven —susurra Victoria.

Un par de clics después, tengo al doble del forastero a menos de dos palmos de mí. A pesar de que el de la pantalla es más atractivo, admito que se le da un aire. El mismo pelo ondulado, la misma mandíbula angulosa y el mismo gesto altivo, atenuado por la amabilidad de sus ojos.

—Los otros tampoco están mal —dice Victoria.

—Yo solo espero que sean simpáticos.

Me da igual si son el hermano perdido del príncipe de Blancanieves o del monstruo de Frankenstein; mientras no tengan el carácter de Cruella de Vil, yo estaré contenta.

No sabría decir si la semana pasa rápida o lenta. El lunes, los nombres y los cargos y las presentaciones y las prisas crean una bola que me persigue todo el día. Siento que corro a todas partes para que no me aplaste, y cuando por fin llego a casa, solo tengo fuerzas para dejarme caer en el sofá. Solo me levanto para cenar y darme una ducha.

El martes, al salir del hotel, recuerdo la mitad de los nombres; el miércoles, cuando saludo a Marcel, el nuevo botones, me dice que se llama Fran, y yo me doy cuenta de que no estaba asociando ningún nombre a ninguna cara correctamente. El jueves a mediodía me doy por vencida. Al fin y al cabo, el único forastero con el que debo tratar por ahora es Antoine, el refuerzo de recepción. Victoria y yo nos pasamos la semana con él explicándole todo lo que necesita saber para estar tras este mostrador: desde cómo funciona el sistema de reservas hasta qué decir si algún huésped le pregunta por la mejor quesería de la zona. Antoine escucha y asiente y, aunque es pura elegancia francesa, sé que por dentro está poniendo los ojos en blanco. Tendrá unos cuarenta y, por cómo se mueve en la recepción y cómo habla a los huéspedes, está claro que experiencia en esto no le falta. Durante la comida del miércoles nos cuenta que acaba de divorciarse y que su mujer (exmujer, *pardon*) se ha mudado con su hijo a Chicago; en Lyon no le quedaba nada, solo amigos que no dejaban de preguntarle cómo estaba, así que decidió cambiar de aires. Con el paso de las horas, dejo de tener la sensación de que nos habla como si fuéramos un huésped. Eso me hace sentir más tranquila; a partir del lunes, Victoria pasará ocho horas diarias a su lado, codo con codo. Antoine es simpático.

En cuanto a los demás, no podría decirlo. Después de las presentaciones del primer día, no me he cruzado con muchos forasteros. Esta es la semana de formación, así que cada uno está en el que será su puesto de trabajo, acompañando a los veteranos para empaparse del funcionamiento del hotel y de la dinámica de trabajo.

Cuando el jueves por la noche le hablo a Aurora de los forasteros, lo primero que hace es reñirme. ¿Qué es eso de que ni siquiera recuerdo el nombre del ayudante de cocina? ¿Qué es eso de que no me he hecho amiga aún de los camareros? Esa es la gente que importa. Ellos tienen acceso a la comida y, aún más importante, a las recetas. ¿Es que no sé que la cocina del Grand Resort es de las mejores del valle?

Le prometo que mañana podrá hacer todos los contactos que quiera para entrar en la cocina del hotel. Por suerte para ella, Victoria es mucho mejor relaciones públicas que yo.

7

El carrusel está en marcha y la plaza, llena de su música y sus luces. Los niños sobre las figuras del carrusel, los padres alrededor, charlando con los ojos puestos en sus hijos; cuando pasan delante de ellos, sonríen y saludan, e incluso hay quien aplaude. Junto a las escaleras, dos figuras: una de pie, con la melena pelirroja cayendo por todas partes como una cascada; la otra, sentada en una silla, con la espalda curvada y el peso del cuerpo sobre un bastón de madera.

El Abuelo Dubois lleva siendo el Abuelo Dubois desde que el mundo es mundo; sin embargo, hace muy poco que el peso de esa palabra es evidente en él.

Se le ve siempre cansado. Está quieto en la silla, con la bufanda alrededor del cuello, casi tapándole la boca, y una manta sobre las piernas bajo la que refugia las manos.

Aurora levanta la mirada un momento y me ve.

—¡Erin! —grita, mientras me saluda con la mano.

En ese momento, el carrusel se detiene y yo, mientras me acerco sin prisa, observo el ritual del viaje: los niños bajan de las figuras, algunos con la ayuda de Aurora, y cuando el carrusel vuelve a estar vacío, ella se coloca cerca de las escaleras para cobrar. Un metro por detrás de ella, justo al lado del primer peldaño, el abuelo habla con cada niño unos segundos, siempre con la cara arrugada en una sonrisa, y señala una de las figuras.

Aurora se asegura de que todos los niños estén en su sitio, el Abuelo Dubois levanta el dedo pulgar y el carrusel empieza a girar justo en el momento en el que él grita: «¡A volar!».

Su voz ronca se transforma en una tos fuerte y profunda. Es tan evidente que no se ha librado del catarro como que a Aurora no le hace ninguna gracia que esté aquí. Cuando tose, ella le observa sin respirar, casi como si temiera que dejara de hacerlo de un momento a otro.

—Perdón —dice, limpiándose la boca y la barba con un pañuelo de tela que saca de su bolsillo y que vuelve a guardar mientras se aclara la garganta. Me da unos golpecitos en la espalda a modo de saludo—. Hace días que no te veía, niña. ¿Cómo va el trabajo? ¿Y la familia?

—Bien, todo va bien. ¿Cómo está usted?

—¡Bien! ¿No me ves? Fuerte como un roble —dice, como si no hubiera estado a punto de echar los pulmones por la boca hace unos segundos, y luego señala a su nieta—: Y hoy, además, muy bien acompañado.

Aurora le sonríe.

—Ya veo —digo.

—¿Y ese mozalbete con el que andas? —pregunta él.

—Abuelo, ya nadie dice mozalbete —dice Aurora.

—Esta nieta mía se avergüenza de su abuelo. —Me guiña un ojo y luego se vuelve para dirigirse a Aurora—: No es de buena educación interrumpir, boniato.

—Tampoco interrogar a la gente sobre su vida personal.

—No la estaba interrogando. Solo preguntaba. Es una buena chica, se merece un buen chico. ¿O acaso no es verdad?

Le sonrío y asiento con la cabeza.

—Es un buen chico.

—Bien, entonces —dice el Abuelo Dubois, ensanchando su sonrisa—. ¿Y el trabajo?

Miro a Aurora de forma instintiva. Sin decir nada, ella me entiende; asiente y hace un gesto con la cabeza indicándome que tire adelante, que responda aunque ya lo haya hecho hace unos minutos.

—Va bien —digo, y como tengo la sensación de estar entrando en un bucle, antes de que pregunte por Bruno, añado—: Esta semana han llegado los forasteros y hemos estado con la formación.

—Forasteros, forasteros…

Es todo cuanto dice. Después de eso se queda un buen rato callado, observando cómo su querido carrusel da vueltas sin parar. Mientras tanto, Aurora y yo nos ponemos al día. No hay tanto que contar, porque nos vimos hace pocas semanas y hablamos cada tres o cuatro días, así que nos dedicamos a repasar lo que ya nos hemos contado. De vez en cuando no puedo evitar mirarla y preguntarme si cuando ve el corcel dorado recuerda todo lo que pasó, si siente resentimiento, si querría ver esta atracción hecha pedazos cuando su abuelo ya no esté aquí.

Por su sonrisa, diría que ha hecho las paces con esa parte de su pasado.

El carrusel hace siete viajes más antes de despedirse hasta mañana. Yo corro las cortinas, Aurora guarda las sillas para los padres dentro de la caseta y el Abuelo Dubois cuenta la recaudación. Después se despide, me da recuerdos para mis padres y, agarrado a su bastón, camina lento pero seguro hacia su casa.

Aurora solo se mueve cuando ve la puerta cerrándose tras él.

—Lo he visto bien —digo, cuando ya hemos dado algunos pasos en dirección al bar.

—Está mayor. No todos los años pesan lo mismo —dice ella. Se queda colgada a esas palabras que no sé si acabo de entender, hasta que ella menea la cabeza—. Cambiemos de tema. ¿Bruno no viene?

—No, está cansado. No creo ni que haya salido aún de la tienda, de hecho.

—¿Día duro?

—Eso parece.

La temporada alta tampoco es plato de buen gusto para él, por mucho que sí lo sea para las cuentas de la tienda. A la gente le entran las prisas por cambiar sus equipos, se dan cuenta de que los esquís del año pasado ya no les gustan o de que el niño ha crecido más de lo esperado y necesita un anorak nuevo. La tienda está llena a todas horas y él casi no tiene tiempo ni para comer. Cuando llega a casa, lo único que le apetece es echarse en el sofá y descansar.

—El domingo no trabaja, así que mañana sí vendrá.

Es viernes de nuevo, lo que significa noche con la quinta en el bar. Desde que perdimos la caravana, siempre acabamos la semana aquí. Pau, Bardo, Ona y los añadidos: Victoria, Juan y Bruno. Imagino a las quintas más jóvenes en las suyas, preparando la Fiesta de Bienvenida de la semana que viene. Las caravanas ocupan una explanada cerca del pueblo desde hace al menos veinte años; hay cuatro, una para cada quinta desde los catorce a los dieciocho. En el pueblo, que te entreguen la caravana significa que ya eres mayor para tener un lugar en el que reunirte con tus amigos; que se la entregues a la quinta más joven, que eres *demasiado* mayor para perder el tiempo ahí. A veces también creo que es una manera de decirnos que nos vayamos de Valira, que busquemos una vida fuera de este valle.

Hace dos años que nuestra quinta perdió su derecho a tener una caravana y yo aún la echo de menos. Pasamos con ella cuatro años, con sus inviernos y sus veranos. La cuidamos, la pintamos, la decoramos a nuestro gusto y, cuando ya la queríamos como a una hija, tuvimos que dársela a una nueva quinta. Son las leyes no escritas de Valira. A pesar de eso, con el tiempo me he ido acostumbrando a la rutina del bar. Ricardo ya nos trae nuestras siete cervezas y la ración de patatas bravas sin preguntar.

Hoy es la excepción: cuando ve que el grupo no es el de todos los viernes —Aurora y cuatro forasteros sustituyen a Victoria, Juan y Bruno— y que pasamos de largo de nuestra mesa de siempre —la del fondo a la derecha, situada a una distancia perfecta de la mesa de billar y del lavabo—, se acerca a preguntar qué va a ser. En menos de cinco minutos tenemos nueve cervezas encima de la mesa, acompañadas de dos raciones de patatas.

—Estas son las mejores patatas que probaréis en el pueblo —dice Ona cuando Ricardo deja los dos platos sobre la mesa—. En serio, no os molestéis en pedirlas en ningún otro lugar, os van a decepcionar.

—Tiene razón —digo, dirigiéndome a todo el mundo, pero a la chica rubia que tengo a mi lado en particular—. Eso y los cruasanes de la pastelería de los Aldosa.

—Los dos grandes imprescindibles de Valira. Sobre todo los cruasanes —asegura Pau, pinchando una patata—. Cuando los probéis, no os querréis ir del pueblo, ya veréis.

—O querréis alquilar un camión de mudanzas para llenarlo de cruasanes —interviene Bardo.

Los cuatro forasteros hacen saltar su mirada de él a Pau cuando levanta la mano haciendo una uve con los dedos.

—O dos.

—No pueden ser para tanto —dice de repente el chico francés. Habla un español perfecto, solo tocado por una leve entonación musical.

Ona cruza los brazos sobre el pecho de forma dramática.

—Oh, no has dicho eso.

—Repítelo si te atreves —lo reta Bardo.

El chico nos mira a Pau y a mí, que nos reímos por lo bajo mientras observamos a Aurora de reojo. Pincha una patata y se la lleva a la boca, como si la cosa no fuera con ella.

—¿Qué pasa? —pregunta el chico que se parece a ese actor francés.

—Es la pastelería de la familia de Au —le digo. Señalo a mi amiga, que a su vez lo saluda con la mano—. Aurora.

Victoria, sentada entre ella y Juan, menea la cabeza.

—No llevas aquí ni diez minutos y ya la has ofendido.

—Soy francés.

—¿Y qué?

—Nosotros inventamos los cruasanes.

—Mi madre es italiana y no por eso soy experta en pasta, ni ella tampoco —interviene la chica rubia.

—Además, no es verdad —digo. Hablo de forma mucho más vehemente de lo que pretendía, tanto que de repente tengo los nueve pares de ojos de la mesa clavados en mí—. Lo de los cruasanes, me refiero.

El chico francés levanta las cejas una milésima de segundo y después me mira con los ojos entornados, como evaluando si ha entendido lo que he dicho. Los demás —Aurora, Ona, Pau, Bardo y los tres forasteros de los que aún no soy capaz de recordar el nombre— nos miran sin moverse.

—¿Qué?

Le miro a los ojos, del color del bosque en verano, y me aclaro la garganta antes de decir:

—En realidad, los inventaron en Viena, en el siglo XVII o XVIII, no lo recuerdo muy bien. El rey de entonces encargó a los panaderos de la ciudad hacer un panecillo en forma de medialuna, el emblema de los turcos, para celebrar que los habían derrotado cuando sitiaban la ciudad.

El silencio.

Aurora me sonríe desde el otro extremo de la mesa.

Me miro las manos, los dedos tamborileando sobre la madera. *Tap-tap-tap-tap.* Me concentro en su sonido mientras espero a que alguien diga algo.

—¿Qué? —pregunta el francés—. ¿De dónde has sacado esa tontería?

Levanto la vista para mirarlo.

—Lo leí en alguna parte.

—No es verdad —dice él, con una seguridad sin fisuras—. Los cruasanes los inventamos los franceses.

El forastero que se sienta a su lado, delgado como un haya y alto como una secuoya, asiente con la cabeza. Yo también tengo entendido eso, parece decir. Golpea su vaso con las uñas.

—Si lo dice Erin, yo la creo —Aurora levanta la voz para que todos la oigamos.

—Y yo —dice Ona. Bardo y Pau asienten al mismo tiempo. Victoria se limita a sonreír, igual que Juan.

Ninguno de los otros tres forasteros reacciona.

El francés los mira a todos hasta que su mirada vuelve a tropezar conmigo.

—Búscalo en Internet, si quieres —le digo.

—No tengo conexión en el móvil.

—No te preocupes. —Desbloqueo el mío y lo empujo por encima de la mesa para que se deslice hasta él.

Mueve las cejas como si fueran dos orugas, lo agarra y empieza a teclear. A los pocos segundos dibuja una sonrisa triunfal que no tarda demasiado en resquebrajarse.

—Tiene razón —dice al fin. Espero que añada algo más, pero no llego a saber si pretendía hacerlo, porque la chica rubia salta en la conversación.

—¿Y de qué parte de Francia eres?

Con esas palabras empieza el baile de presentaciones. Nombres, edades, lugares de nacimiento, estudios y oficios, anécdotas varias, razones que los han traído a Valira. Almaceno todos los datos en mi cabeza, en pequeñas fichas que sé que tendré que consultar demasiadas veces.

Max, el francés que aún está digiriendo la terrible noticia de que su gran nación no inventó el cruasán. Veintitrés. De Toulouse. Terminó la carrera hace un tiempo y está en su año sabático. Odia la expresión «año sabático», dice; se corrige a sí mismo: estoy intentando descubrir cuál es el siguiente paso.

Ilaria, la rubia de pelo corto y ondulado que tengo sentada al lado. Veintiuno. De madre italiana, le falta un año para terminar Bellas Artes. Ella sí está en un «año sabático» de esos que el francés dice odiar; ha venido para ganar algo de dinero trabajando de camarera. Ella también está intentando descubrir algo: qué es el arte. Le deseamos buena suerte. Aurora le promete que le presentará a Teo cuando este venga de visita.

Álex, uno de los engominados. Treinta y tres. De un pueblo no muy lejos de aquí. Se ha dedicado toda la vida a la hostelería y lleva casi dos años saltando de contrato temporal en contrato temporal. Quiere ser cocinero, pero por ahora no ha pasado de ayudante de cocina.

Mireia, con el pelo tan largo y negro como Pocahontas y de piel tan blanca como Blancanieves —eso le dice Aurora—. Diecinueve. Dejó la universidad después del primer año y ahora está ahorrando para empezar Veterinaria.

Intento no pensar en la ficha que los cuatro forasteros deben de estar haciendo de mí ahora mismo. Me dejo arrastrar por la conversación, hablo, me río.

Cuando ya no queda nada que comer ni beber sobre la mesa, nos trasladamos a la mesa de billar. Partida a partida, trago a trago, la noche va avanzando. Mireia y Álex son los primeros en irse y Pau no tarda mucho en seguirles.

Son las once y media cuando leo el primer mensaje de Bruno. *Espero que lo estés pasando bien. Te echo de menos.* Tecleo un rápido *y yo a ti* antes de volver a guardar el móvil en el bolsillo del abrigo.

—He leído que Marie-Antoinette fue quien llevó el cruasán a Francia. Nosotros lo popularizamos.

El chico francés ha aparecido a mi lado con el sigilo de un fantasma. Está apoyado sobre la mesa con una pose demasiado despreocupada como para que me la crea.

—¿He herido tu orgullo francés? —le pregunto, sin disimular que me estoy divirtiendo, mientras camino hacia el billar. No me hace falta verlo para saber que Max camina detrás de mí.

Ona, que lo oye todo —como siempre—, grita, desde la mesa de billar:

—Acostúmbrate, Max. Erin es una bocazas.

—¡Ona! —Aurora no tarda ni medio segundo en defenderme. Señala a Ona con el taco—. Aquí la única bocazas eres tú, déjala en paz.

—Sabes que tengo razón —dice Ona, dirigiéndose a mí. Se apoya contra la mesa y cruza los brazos sobre el pecho—. Erin es como una enciclopedia, lo sabe todo, y como es incapaz de callarse si sabe algo, pues nunca se calla.

—No es verdad —me quejo.

—Ona, menos hablar y más jugar —se mete Bardo, tendiéndole un taco.

Ella lo agarra de forma distraída y dice:

—Si no lo digo como algo malo, al contrario, es nuestra pequeña dosis de sabiduría. —Me guiña un ojo y se vuelve hacia la mesa para estudiar cómo meter en un agujero alguna de las tres bolas que quedan encima de la mesa.

En lugar de responder, me siento en uno de los taburetes altos que hay en la esquina para observar mejor la partida. Ona sigue intentando decidir su estrategia.

Max se sienta a mi lado. Espero que salga en defensa de su querida patria, que empiece a enumerar sus grandes logros históricos o a cantar *La Marsellesa*. No lo hace. Lo miro por el rabillo del ojo: está observando a Ona sin pestañear. Odio tener que darle la razón a Victoria, pero no puedo evitarlo. Es igual que ese actor. Su perfil es tan perfecto que podría aparecer perfectamente en cualquier moneda.

¿Qué clase de pensamiento es ese?

—Los bolis Bic —digo.

—¿Qué?

—Un invento francés: los bolis Bic.

Max no se mueve ni un centímetro. Si no fuera porque delante de nosotros la partida de billar sigue —Ona ha conseguido meter la bola naranja en un agujero—, pensaría que el mundo se ha detenido. Tras unos segundos que parecen no tener fin, se echa a reír.

—¿En serio? ¿Un boli? ¿Eso es lo más interesante que ha aportado mi país al mundo?

—Y los lápices.

—Lo estás mejorando. —Sigue riendo.

—También inventasteis el helicóptero, el metrónomo y el barco a vapor, si te sirve de consuelo. Y el cine, en el fondo; sin Francia, sin Méliès, los Lumière y demás, la historia del cine habría sido muy diferente —digo, y de repente me viene a la cabeza otra cosa—: Oh, y el telescopio de Cassegrain, claro.

La risa de Max se le congela en la boca, pero los labios se quedan anclados en una sonrisa que no acabo de entender.

—¿El telescopio de qué?

—De *quién* —corrijo—. Laurent Cassegrain. El telescopio lleva su nombre. Es un tipo de telescopio que utiliza tres espejos. También se inventó en el XVII, como los cruasanes. Solo que los cruasanes no se inventaron en Francia, claro.

Mierda, Ona tiene razón. No sé callarme. Analizo el gesto del chico, intentando anticipar su reacción. Es imposible. Me mira con esa sonrisa indefinida que le ocupa toda la cara. Todo él es una gran sonrisa. Me recuerda al gato de Cheshire, solo que menos loco. Espero.

—Tienen razón, eres una enciclopedia —se ríe.

—Me gusta la astronomía —digo. No añado más. Me concentro en la partida, como si el hecho de que la italiana haya fallado el último golpe fuera lo más trascendental que le ha ocurrido al planeta en los últimos tres siglos.

No pasan ni veinte segundos antes de que Max pierda interés en lo que está pasando en la mesa y vuelva a hablarme.

—¿Quieres ser astronauta?

Me río.

—Si te digo que no, ¿me dirás que ojalá lo fueras tú para bajarme la luna?

—¿Te han dicho eso alguna vez?

—Más de una. —Y de dos. Y de tres. Bruno aún me lo dice de vez en cuando.

—¿Quién es tan cutre?

Me encojo de hombros.

—Yo no me hago responsable de las cursilerías de los demás. Hay gente para todo en este mundo.

—Pues puedes estar tranquila, yo no soy así.

—No te conozco, no sé cómo eres.

A pesar de eso, tengo que admitir que en mi cabeza sí tengo una visión muy clara de cómo es. Es atractivo, eso no lo pongo en duda ni yo ni cualquiera con dos ojos en la cara, y mucho menos él. Oh, él sabe que lo es. Lo dice con el modo en que mira a la gente a los ojos, con la firmeza de su voz, con la postura de su cuerpo. Miradme, estoy aquí. Escuchadme, tengo algo que decir. Viste unos tejanos y una camiseta azul marino, lleva el pelo corto, con el toque justo de gomina, y una barba incipiente mucho menos casual de lo que pretende que el mundo piense. Todo en él dice: no necesito extras, *yo* soy más que suficiente.

Ona no tiene razón del todo: a veces sí sé cuándo callar.

—Pues ya te lo digo yo: no soy tan cutre. Además, no estaba intentando ligar. No eres…

—No soy tu tipo —avanzo—. ¿Estamos en alguna comedia romántica de esas que dan por la tele a la hora de la siesta o es que hoy había rebajas en el mercado de clichés y tópicos?

—Deja que termine. No eres parte de mi plan.

—De tu plan.

—Sí, tengo un plan —dice él; parece orgulloso de haber conseguido captar mi atención—. En realidad, este año de desconexión tiene un solo objetivo: encontrar una chica con dinero que pueda retirarme. Quiero ser hombre florero.

—¿He oído *hombre florero*? —grita Ona desde la mesa.

—Hombre florero —confirma Max.

—Quieres ser hombre florero —repite Ona.

—¿Dónde hay que firmar para eso? —se ríe Bardo.

—Estoy investigando, te mantendré informado —le responde Max—. Pero en serio: un buen matrimonio y vida solucionada. Nada más en qué pensar. Nada de entrevistas de trabajo, de problemas con los jefes, de presión… Es la solución a todo.

—Y a cambio solo tienes que pasar toda la vida con alguien que no te gusta —interviene Aurora, enarcando las cejas.

La partida se ha detenido y ahora todos —la quinta e Ilaria— están mirándonos.

—¿Quién ha dicho que no vaya a gustarme? Soy una persona con dos dedos de frente, no voy a casarme con alguien que ni siquiera me guste. Mirad, no soy caprichoso. Soy una persona sencilla, de verdad. Tres cosas: que le guste la cerveza, la montaña y el chocolate.

—*Cuatro* cosas —corrijo—: cerveza, montaña, chocolate y dinero.

—Brindo por eso. —Levanta su copa al aire y se bebe lo poco que quedaba sin esperar a que nadie secunde su brindis.

—No puedo brindar —le digo, levantando las manos para que vea que no tengo bebida—, pero te deseo suerte en tu empeño.

Los demás pierden interés y vuelven a centrarse en la mesa. Han empezado una nueva partida y no me he dado ni cuenta.

—Hablas *demasiado* bien —le digo.

—Lo sé, mis padres están orgullosos. También estoy aprendiendo a leer.

—Lo digo por el idioma, idiota. No tienes problemas de léxico ni de pronunciación y…

—Ya lo sé —se ríe—. Mi padre viene de familia castellanohablante y es de los que cree que cuantos más idiomas mejor, así que me ha hablado siempre en español. Y mi abuelo paterno, más de lo mismo.

Antes de que pueda preguntar nada más, Ilaria suelta un grito que me sobresalta:

—¡Mierda! —Levanta las manos al cielo. Le pasa el taco a Bardo, y al darse cuenta de que la estoy mirando, pone los brazos en jarras y menea la cabeza de lado a lado—. Esto está trucado.

—No le eches la culpa a la mesa. Eres mala y ya —dice Ona.

—¡Ona! —Aurora vuelve a gritar. Parece su madre. O un agente del cuerpo de Policías de la Buena Educación. Ona no tiene filtro y a Aurora eso la pone de los nervios, sobre todo ahora que no vive en Valira. Estar lejos hace que se olvide de la paciencia que ha cultivado con ella durante todos estos años, así que cuando está aquí, no le deja pasar ni una.

Ona levanta las manos, enseñando las palmas, como diciendo que ella no es culpable de nada.

—Es verdad. No te ofendas, Ilaria —le dice—. Estoy segura de que con los pinceles y esas cosas eres mejor.

Por suerte, Ilaria tiene sentido del humor y le sonríe a Ona.

—Lo soy. Los deportes en general no se me dan bien.

—Uno: el billar no es un deporte —asegura Ona.

—Sí es un deporte —la interrumpo—. No es olímpico, pero el Comité…

—Sí, claro, como el ajedrez. No, a mí no me engañan: si no sudas, no es un deporte —Ona me interrumpe aplicando esa lógica tan suya como inapelable—. Uno: el billar no es un deporte. Dos: es imposible que no se te dé bien ningún deporte —dice Ona. Ilaria niega con la cabeza y Ona insiste—: ¿Nada? ¿Básquet? ¿Fútbol? ¿Balonmano? ¿Natación sincronizada? ¿Sabes nadar, al menos?

—Sé nadar —responde Ilaria—. Pero de lo demás…

—¿Esquí? —pregunta Ona.

—Hago *snow*.

Ona le sonríe.

—Ya me has hecho feliz, Ilaria. Si me hubieras dicho que no, nos habríamos visto en la obligación de echarte del pueblo. O de no invitarte nunca más con nosotros. Aquí la nieve es…

—Una religión —grita Aurora.

—Una religión, exacto —repite Ona—. No puedes pasar un invierno en Valira y no esquiar. O hacer *snow*, eso también nos vale. —Mira al resto de la quinta, esperando nuestro apoyo, y cuando se asegura de que todos hemos asentido, se dirige a Max—: ¿Tú esquías?

—Voy a trabajar en la pista de debutantes del hotel.

La sonrisa que dibuja Ona está a punto de desbordarse.

—Decidido, pues. Excursión a la montaña.

No pregunta ni propone. Simplemente lo anuncia: voy a ir a esquiar este domingo, quien quiera venir que hable ahora —o mañana por la mañana como muy tarde— o calle para siempre.

9

Recuerdo la primera vez que lo vi así: sentado en esa silla, inclinado hacia el bol de leche y cereales. Como hoy, yo le estaba observando desde el sofá, y como hoy, cuando se dio cuenta dibujó una sonrisa que hizo que sus mofletes se hincharan.

—Pareces un hámster —me río.

Como siempre, él los hincha aún más, lo que hace que se le empequeñezcan los ojos.

—¿A que estoy guapo? —farfulla como puede, con un hilo de leche escapándose por la comisura derecha.

—Arrebatador —digo, justo en el instante en el que Gabriel entra en el comedor con un bol de cereales en la mano.

—¿Ya estáis otra vez hablando de mí?

—No podemos evitarlo —responde Bruno, encogiéndose de hombros.

Gabriel le da un golpe amistoso en el hombro cuando pasa a su lado para sentarse a la mesa.

—¿Qué haces despierto tan temprano? —le pregunto.

Gabriel no es de esos a los que les gusta aprovechar el día. Es más de despertarse casi a la hora de la merienda. Como dice él, justo a tiempo para cargar energías para la noche.

—Nos vamos a esquiar. Os propondría venir, pero ya sé que tenéis planes.

—¿Cómo estás tan seguro?

—Porque aquí tu marido…

—No estamos casados.

—Como si lo estuvierais. Tu marido lleva semanas con lo del aniversario. De verdad, no lo he estrangulado porque no podría pagar el piso solo. Si no, te juro que…

Bruno pone los ojos en blanco.

—Exagera.

—¿Que exagero? —Mira a Bruno con gesto de perplejidad antes de buscar mi mirada. Deja la cuchara en el bol, endereza la espalda y adquiere un gesto serio que casa perfectamente con el tono formal de su voz—: Vais a ir al Casa Gina, porque ahí fue vuestra primera cita, te va a regalar un libro que sabe que quieres, pero...

—¡Gabriel!

A pesar del grito de Bruno, Gabriel sigue con su monólogo:

—Pero lo compró por Internet y aún no le ha llegado, así que lo siento, pero hoy te vas a ir con las manos vacías, Erin. Al menos sí tendrás el estómago lleno, espero. Si no, siempre os quedará la opción de cenar sopa de tortuga... —añade como quien no quiere la cosa, señalando con un disimulo fingido la pecera que hay al lado de la tele.

—¡Eh, eso ni de broma! Pobre *Tortuga*.

Gabriel hace como que no lo escucha:

—Y creo que después vais a ir a... Bueno, eso no te lo digo para que no se queje.

—Gracias, Gabriel —refunfuña Bruno.

—De nada, siempre es un placer. A la próxima no tenéis excusa, subís con nosotros a esquiar —dice Gabriel, mirándome a mí—. A ver si tú consigues convencerlo.

El día transcurre justo como ha predicho Gabriel. Terminamos de desayunar, nos vestimos, vemos un par de capítulos de la serie que estamos siguiendo juntos y después salimos de casa. Hoy la madre de Bruno necesita el coche, así que vamos hasta Santa Caterina de Aranés en bus. En el restaurante, Bruno se ha asegurado de que nos reservaran la mesa en la que nos sentamos en nuestra primera cita. Después de los postres, yo le doy su regalo —unos auriculares inalámbricos— y él se disculpa asegurándome que el mío llegará pronto.

No es lo importante.

Lo que importa es que estamos aquí, los dos, celebrando el segundo año juntos. Me siento feliz por estar aquí. Pero también hay una parte de mí que grita que deberíamos haber ido a esquiar con Gabriel. Debería haber dicho que ese era un plan mejor que repetir lo mismo que ya hicimos el año pasado. Entiendo el romanticismo de esto y veo la alegría en los ojos de Bruno, y por eso no digo nada. Hoy lo hemos celebrado a su manera. Mañana lo podemos celebrar a la mía.

O no, porque cuando, ya de vuelta a Valira, le cuento que Ona me ha dicho que nos guarda los dos últimos asientos libres en su coche —ella no pregunta si voy a unirme al viaje, ya sabe que voy a hacerlo—, Bruno se deshace en razones por las que no es buena idea: ya ha gastado mucho este mes, el lunes trabaja, esta noche ya hemos quedado con mis amigos para cenar y tomar algo, mañana debería ir a comer con sus padres. Cuando llegamos a Valira, aún me está contando todo el trabajo atrasado que va a tener el lunes por cogerse fiesta hoy. Ser el hijo del jefe tiene sus ventajas, pero el trabajo lo tiene que hacer igual.

—Volveremos pronto.

—Siempre decimos lo mismo y siempre llego a casa con el tiempo justo para cenar y acostarme.

—Vale, pues cojo hora y vamos a tatuarme.

Bruno sonríe, como hace siempre que le digo eso. Sabe que cuando percibo cualquier tensión, bromeo para limpiar el aire.

—Estás preciosa sin decoraciones extrañas. —Me besa en el pelo, con un paternalismo que apaga toda mi voluntad de conciliación.

—Bruno, venga, será divertido. Es la primera salida del año.

—Ve tú —dice, sonriendo, como si eso solucionara algo.

A nuestro alrededor, las luces de la plaza acaban de encenderse, pero yo lo veo todo un poco menos luminoso que hace unos minutos.

Bufo.

—Vale.

—Podemos ir otro fin de semana.

Ya sé qué significa eso: que en toda la temporada subirá un par de veces. Cuando pienso en su equipo de esquí, reluciente y de marcas que ya querría yo para mí, me dan ganas de llorar. Yo sigo maltratando el mío invierno tras invierno, mientras el suyo está envejeciendo casi sin pisar la nieve.

—Vale. —Prefiero dejarlo ahí, y por eso, antes de que Bruno pueda volver a decir nada sobre el tema, señalo el carrusel. Está en marcha, así que Aurora y su abuelo, aunque desde donde estoy no los vea, tienen que estar ahí—. ¿Te importa si me quedo con Au?

Todavía faltan dos horas para la cena y no me apetece encerrarme en casa.

—Claro, quédate aquí. Nos vemos luego.

—¿Te vas ya o quieres acercarte a saludar? —pregunto, señalando el carrusel.

Bruno, como yo y como todos los niños de Valira, ha crecido con el Abuelo Dubois, así que se apresura a asentir.

Al acercarnos, la imagen que me recibe es la misma que ayer: el Abuelo Dubois en la silla de plástico y Aurora a su lado, de pie, dándole conversación mientras el carrusel da vueltas y llena la plaza de color, música y risas.

—¡Bruno Alins! —grita el Abuelo Dubois cuando nos ve. Le tiende la mano y Bruno se la estrecha sin demasiada fuerza, como si temiera romperle algún hueso sin querer—. Muchacho, cuánto tiempo sin verte por aquí. ¡Solo te dejas ver cuando te saca a pasear, ¿eh?!

—¡Abuelo! —A Aurora se le ponen los ojos como platos, pero Bruno se ríe.

—Boniato, últimamente no se puede decir nada contigo al lado. ¡Solo era una broma! ¿Cómo te va, Bruno? ¿Cómo te trata esta muchacha de aquí?

—Me trata muy bien —responde Bruno, apretándome la mano de forma cariñosa—. Y todo va bien. Trabajo, un techo… ¿Qué más se puede pedir?

El Abuelo Dubois mueve la boca como si masticara las palabras de Bruno, con la vista fija en el carrusel y la cabeza en otra parte. Aurora frunce los labios y se encoge de hombros cuando la miramos; a veces sucede, está aquí y de repente deja de estar, parece decir.

—¿Qué tal está usted? —le pregunto, en parte para romper el silencio y en parte para hacerlo volver.

—Fuerte como un roble —responde, golpeándose el pecho con la mano.

La misma respuesta que ayer.

Bruno se despide unos minutos después, con un apretón de manos para el Abuelo Dubois, un beso en cada mejilla para Aurora y un beso en los labios para mí. Veo cómo se aleja en dirección a su casa.

—¿Qué tal la comida de aniversario?

La pregunta es de Aurora y es para mí, pero es el Abuelo Dubois quien responde.

—¿De quién es el aniversario?

—De Erin y Bruno, abuelo.

Espero la misma reacción de todo el mundo: una sonrisa amable, un felicidades, un qué bien se os ve juntos.

Pero el Abuelo Dubois no es todo el mundo.

—A mí ese muchacho no me gusta para ella.

—¡Abuelo! —le riñe Aurora, que al mismo tiempo se deshace en disculpas con la mirada. Perdónale, es mayor.

—¿Le has escuchado? Techo y trabajo y dice que qué más se puede pedir.

—Es una forma de hablar, abuelo —lo defiende Aurora.

—Las palabras no son solo palabras, boniato. ¿Has oído alguna vez eso de «entre broma y broma, la verdad asoma»? Pues con estas cosas es lo mismo. Dime cómo hablas y te diré quién eres. Niña, hazme caso —dice, mirándome—. Más sabe el diablo por viejo que por diablo.

Aurora niega con la cabeza y manda callar a su abuelo. No te metas donde no te llaman, le dice. Con lo felices que son juntos, qué ganas de amargarle el día a la pobre Erin, no querrá venir a verte nunca más. Él no da ni un paso para atrás. Tiene un pie en el otro barrio, si no puede decir ahora la verdad, ya nunca la dirá. La verdad da miedo y nadie la dice. Por eso le toca a los viejos, porque ya no tienen nada que perder. Así que escúchame, boniato, de...

Se queda a media frase, porque el carrusel se detiene justo en ese instante, y toca arrancar de nuevo el mismo baile de siempre: unos niños bajan y otros suben, mientras el Abuelo Dubois les recomienda, como tiempo atrás hacía conmigo, cuál es la figura a la que deberían subirse.

Cuando el carrusel vuelve a ponerse en marcha, el Abuelo Dubois ya ha olvidado lo que estaba diciendo. Se queda callado, con una sonrisa embobada en los labios, mirando cómo da vueltas su querido carrusel.

Las montañas empujaban tan lejos el horizonte que, cada vez .que Erin lo veía, se le quedaban las palabras pegadas a la garganta.

Lo único que no le gustaba de vivir en un valle era que había demasiada montaña y demasiado poco cielo. Aunque era pequeña, había días en los que se sentía atrapada en aquel agujero entre cordilleras, y por eso siempre que sus padres proponían ir a hacer senderismo, ella era la primera en ponerse las botas de montaña.

Aquella tarde de principios de mayo, sin embargo, no quería salir.

Miraba su mochila como si dentro hubiera una bomba. En realidad, solo había un par de camisetas, unos pantalones de recambio, ropa interior y su neceser. Su madre lo había colocado todo con cuidado mientras le recordaba que tenía que portarse bien o los padres de Aurora no dejarían que fuera con ellos nunca más.

Erin no sabía cómo decirle que quizás ella ni siquiera quería ir esa primera vez. Ir de acampada con sus padres y con Teo era una cosa; ir con la familia de Aurora era otra cosa muy distinta. No debería haber aceptado. El Abuelo Dubois tenía la culpa de todo. Ella solo había ido a la pastelería a preguntar si Aurora podía salir a jugar. Mientras esperaba a que la avisaran y bajara, el Abuelo Dubois le dio un cruasán («ahora que nadie mira», le dijo mientras le guiñaba un ojo, aunque Marta estaba detrás de la caja registradora). Empezó a preguntarle cómo le iba el colegio, si odiaba mucho las matemáticas y qué haría ahora que estaba a punto de cumplir los nueve.

¿Cómo que una fiesta? ¡No puede ser! ¿Una, solo una?

El Abuelo Dubois era divertido. Cuando levantaba la voz, los ojos se le abrían casi tanto como la boca y movía tanto la cabeza que parecía que su boina estuviera a punto de salir volando.

Cuando Aurora apareció por la parte trasera de la pastelería —Erin lo hubiera dado todo por vivir en una casa que tenía conexión directa con un lugar como aquel, lleno de cruasanes y rosquillas—, el plan ya era una realidad: iban a hacer una excursión. Aún mejor: una acampada. Subirían al Vallerocosa y desde ahí verían la lluvia de estrellas. No podía haber mejor forma de celebrar su cumpleaños.

Debería haber dicho que no.

Sus padres deberían haber dicho que no.

Pero a ellos les pareció una magnífica idea y, al final, Teo terminó añadido a la salida. Al fin y al cabo también era su cumpleaños.

Erin sabía que no podía seguir mirando su mochila como si fuera capaz de calmar los tirones que notaba en la barriga.

Solo había una cosa que podía hacer: decir que estaba enferma.

¿Debería?

No había otra solución.

Pero no debía mentir.

En realidad, no se sentía del todo bien. No sería mentir.

Iba hablando consigo misma mientras salía de casa sin que nadie la viera. Se sentó bajo el haya y esperó. ¿Debía ir a la excursión?

Fue la primera en levantarse de la cama. Salieron media hora más tarde de lo que habían previsto porque los mayores tomaron café en la sala de estar mientras los tres niños jugaban en el jardín.

Caminaron durante más de dos horas hasta que llegaron al refugio del Vallerocosa. Era una subida angosta que los niños sobrellevaron mucho mejor que los adultos. Montaron la tienda de campaña en la explanada que había junto al refugio —ni-

ños, dejadnos hacer a nosotros, no molestéis—, mientras el Abuelo Dubois contaba con pelos y señales cómo su amigo Bernardo decidió construir ese refugio ahí hacía más de cuarenta años.

Por la noche, cuando el cielo empezó a desprenderse de sus luces, todos salieron de las tiendas de campaña. Se tumbaron en la hierba, clavaron la mirada en el cielo y observaron con los labios bien apretados. Incluso los niños entendieron que era un momento para vivir en silencio. Solo el Abuelo Dubois se atrevía a romperlo susurrando de vez en cuando los nombres de las constelaciones que las estrellas fugaces atravesaban.

Ahí arriba, Erin descubrió que las estrellas eran más que lo que los libros del colegio decían, porque ahí arriba, en el silencio de las montañas, las estrellas no eran ciencia; eran arte.

10

A las nueve de la mañana, el coche ya está avanzando por las sinuosas carreteras que llevan a las pistas. Ona al volante, Pau en el asiento del copiloto; yo en el asiento trasero del centro, flanqueada por Ilaria a mi derecha y Max a mi izquierda. Italia a un lado y Francia al otro. Me siento Suiza. Suiza, de hecho, debe de parecerse mucho a este valle en esta época. Nieve por todas partes: a ambos lados de la carretera, en las laderas, sobre los árboles…

—¿Qué te pasa?

Max me saca de mi ensoñación de un codazo.

—¿Qué?

—No sé, estabas mirando por la ventana como si hubiera ángeles o algo al otro lado —dice, mientras se mueve para mirar a través del cristal. No debe de ver nada que le resulte lo suficientemente interesante, ni ángeles ni unicornios ni nada por el estilo, porque en cuestión de un par de segundos, vuelve a colocar la espalda contra el respaldo—: ¿Qué había fuera?

—Nada.

—Erin es así —interviene Ona, siempre atenta a todas las conversaciones que se desarrollan a su alrededor—. Si ves que de repente se queda mirando algo con cara de tonta, es que se le ha ido la cabeza a otra parte. No te preocupes, siempre vuelve.

—¿Eres mi biógrafa o qué? Erin es una sabelotodo, Erin se emboba cada dos por tres… —Debo de sonar dura, porque nadie dice nada durante unos segundos.

—Era broma —musita finalmente Ona, con un tono demasiado suave para lo que es habitual en ella.

—No soy la única que no sabe callarse —digo.

Max carraspea.

—Me gusta este valle —dice—. No lo recordaba así.

—¿Has estado en Valira antes? No me suena tu cara.

Conozco a Ona desde hace años, así que sé lo que significan en realidad esas palabras: eres demasiado atractivo como para que no me fijara en ti si te hubiera visto antes.

—Cuando era un crío —responde él—. La última vez debía de tener cinco o seis años. Vinimos a ver a mi bisabuela.

—¿Tu bisabuela? —pregunta Ona, dándole voz tanto a sus pensamientos como a los míos y, a juzgar por cómo se ha girado Pau hacia el forastero, también los suyos.

—Mi familia es de aquí —dice él—. Mi abuelo, de hecho. Él y mi abuela se conocieron aquí.

Me extraña que Ona no le haya dado al freno sin querer. Aunque esa frase terminara con «de Marte», nuestra sorpresa no habría sido mayor.

—¿De aquí? ¿Aquí, aquí? ¿De Valira? —pregunto yo—. ¿Y no podías haber empezado por ahí el viernes, cuando te pregunté por qué hablabas tan bien?

—Soy un chico misterioso —me sonríe. Y dirigiéndose al resto—: Sí, de Valira.

En su boca, el nombre de mi pueblo suena muy diferente.

—¿De quiénes? —pregunta Pau.

—¿Qué?

—De quiénes eres, de qué familia.

—Ah. ¿Los Capdevila?

Ese es un apellido demasiado común por aquí como para que nos dé alguna pista.

—¿Es el apellido de...? —pregunto.

—De la familia de mi padre. Mi abuelo nació aquí.

—¿Y por parte de madre? —pregunta Ona.

—No son de Valira.

—¿Y tu bisabuela paterna?

—No lo recuerdo, la verdad.

—No importa. Hay muchos Capdevila por aquí. Investigaremos. —Las palabras de Pau suenan a juramento, aunque no lo sean.

Con eso podríamos cerrar el tema, pero Ona quiere saber más:

—¿Y cómo se conocieron tus abuelos?

Por primera vez desde que ha empezado el interrogatorio, Max se remueve en su asiento.

—Es una larga historia.

—Nos quedan quince minutos hasta las pistas.

Max pone los ojos en blanco.

—Mi abuelo tenía veinte años, se enamoró de una chica francesa que fue de vacaciones a Valira y se marchó del pueblo por ella. Fin.

Su tono no es duro; de hecho, su voz denota tranquilidad. Las palabras están calculadas. No falta ni una, no sobra ni una. Dice exactamente lo que quiere decir y con eso deja claro que no hay más historia.

Incluso Ona se da cuenta de que a Max no le gusta este tema, porque se limita a decir:

—Pues no era tan larga.

—Es la versión resumida. —Ahora Max está sonriendo.

Estoy a punto de abrir la boca para impedir que Ona siga insistiendo en obligarle a hablar de cosas de las que es obvio que no quiere hablar, cuando Ilaria alza la voz, fuerte y clara:

—¿Y tú qué haces aquí?

—¿Yo? —Max se gira hacia ella.

—No, estos tres que viven aquí desde que usaban chupete —se ríe ella—. Sí, tú.

—Quizás ha venido a recuperar un tesoro enterrado por su abuelo —opina Pau.

—O a buscar a un hermano secreto —digo.

—O a cumplir el deseo de venganza de su abuelo —sugiere Ilaria

—O a vengar una muerte. ¿Tu abuelo está muerto? —De nuevo, Ona con tanto tacto como siempre.

—O, y esto es solo una idea loca —dice Max, aún sonriendo—, a trabajar porque aquí hay trabajo y la verdad es que no tenía mucho que hacer en Toulouse. Pero no me hagáis caso, sé que suena poco creíble.

—Bah —bufa Ilaria—. Qué aburrido.

—¿Y qué haces *tú* aquí? Porque creo que lo mismo que yo.

—Lo mismo que todos. —Se encoge de hombros—. Pero tú tenías la oportunidad de inventarte alguna historia interesante y la has desaprovechado.

—Si lo preferís, me invento algo. Lo del tesoro me gustaba.

—Lo siento, ya es tarde. —Le acaricio el brazo a modo de consolación—. Has perdido tu oportunidad.

—¿Y tú, Ilaria? —Ona está empeñada en no dejarnos ni un minuto de silencio—. ¿También tienes familia en Valira? ¿O algún otro secreto inconfesable que te apetezca compartir con cuatro *casi* desconocidos?

—No tengo familia aquí, pero si queréis una historia, os la puedo contar.

—¡Historias! —exclama Ona—. ¿Historias interesantes?

—Depende. ¿Qué tal suena una chica que deja la carrera en suspenso para irse a vivir a Brasil con su novio? Solo hay un pequeño malentendido: no era su novio. Era el novio de otra. Mejor dicho: el marido. Y padre de dos críos monísimos, ya que estamos puestos a pintar el retrato familiar completo.

Veo por el retrovisor cómo Ona frunce el ceño mientras dice:

—Suena dramático.

—Más de lo que fue, en realidad —replica ella, alegre—. Estaba haciendo un intercambio en mi universidad, nos conocimos y… Bueno. Lo de siempre, supongo. Por mi parte las cosas avanzaron hacia una dirección y, mientras estuvimos juntos, él me hizo creer que para él también. Hablamos de ir a visitarle, de buscar una ciudad para los dos, de vivir juntos… Yo lo decía en serio. Él, no tanto. Resumiendo: terminé volviendo demasiado tarde para matricularme, así que año sabático forzoso.

—¡Hombres! —dice Pau de forma teatral.

—¡Oye, esa es mi frase! —le reprende Ona—. Pero sí: ¡hombres! Están todos echados a perder.

Las quejas de Pau y Max no se hacen esperar.

—No generalices.

—No todos somos iguales.

—A mí ni me conoces.

Y Ona:

—Pau, casi parece que te den miedo las mujeres. Cada vez que te acercas a hablarle a alguien que te interesa, tartamudeas tanto que ni se te entiende.

—No es verdad.

—Y tú —Ona mira por el retrovisor a Max, ignorando por completo a Pau—, no me hagas hablar.

—No, no, habla, por favor —la invita Max.

—No, que luego Erin se queja porque dice que no sé callarme.

—A mí no me metas. Si quieres decir algo, dilo.

Ona esboza una sonrisa irónica.

—Mejor no. Lo dicho: venís todos mal de fábrica.

—No todos —repongo.

La sonrisa de Ona se ensancha en el espejo retrovisor.

—No, Bruno es diferente. Pero, hija, como él no quedan. Se rompió el molde, como decía mi abuela. Sin ir más lejos, ¿te acuerdas del chico francés del que te colgaste hace un par de veranos? ¿Cómo se llamaba?

—Grég.

Grég. Aún me escuece pronunciar su nombre y ni siquiera entiendo por qué. Hace mucho tiempo de esa historia. ¿Qué digo? ¿Historia? No. Lo que tuvimos Grég y yo no llegó a ser una historia. Fuimos, como mucho, una historieta de tebeo. Nos conocimos en la Fiesta de Bienvenida de verano y nos fuimos viendo cada vez más, hasta que nos dimos cuenta de que eso no iba a ninguna parte. Él se marcharía cuando se le acabara el contrato y yo… Yo aún no les había dicho a mis padres que no iría a la universidad. Le pregunté al haya muchas veces a lo largo de las pocas semanas que estuve viendo a Grég. La respuesta fue siempre la misma: déjalo.

Eso fue lo que hice.

Por supuesto, Ona eso no lo sabe. No les he hablado mucho de lo sucedido entre nosotros, así que todos suponen que fue él quien me dejó. Yo no digo nada porque no me gusta recordarlo.

—No me dirás que no era un imbécil indeciso.

Por suerte, Max se encarga del silencio que no sé cómo llenar:

—Suenas a cascarrabias amargada porque no tiene pareja.

—No necesito un hombre para estar completa.

—No he dicho eso. Solo digo que igual que no querrías que yo dijera que todas las chicas sois iguales solo porque alguna me ha tratado mal en algún momento de mi vida, tampoco a nosotros —dice, subrayando ese *nosotros;* Pau asiente con la cabeza, como diciendo que apoya todo lo que diga Max, que están juntos en esto— nos gusta que nos digáis que somos todos iguales.

Los chicos no hablan claro. Las chicas aún menos. Al menos ellas saben qué significa compromiso. Ellos también, solo que no se lo prometen a cualquiera. Las chicas no saben lo que quieren. Los chicos menos todavía. Pero al menos no fingimos saberlo. Intentáis que cambiemos solo para adaptarnos a lo que buscáis en una pareja. Nos forzáis a aceptar cosas que no queremos.

Y así sigue toda la conversación. En algún punto, yo desconecto, porque todo esto me parece inútil. Ona tenía razón en algo: rotos de fábrica. Todos, hombres y mujeres. Todos venimos rotos de fábrica.

11

Nieve. Adoro la nieve. Si pudiera, me casaría con una montaña y viviría en su cima para ver el horizonte todas las mañanas. O mejor, si pudiera, haría desaparecer toda la gente que hay aquí arriba, todos los edificios y remontadores y, puestos a pedir imposibles, me otorgaría el poder del teletransporte para poder esquiar con el bosque por toda compañía. Cada vez que llegara a la falda de las pistas, volvería a aparecer en la cumbre, cada vez en un punto diferente. Claro que así me perdería ver la montaña a pista de pájaro desde el telesilla.

¿Quién dijo que desear fuera sencillo?

Tengo que pensar bien en los detalles.

Al parpadear, de algún modo vuelvo al lugar donde estoy, ya con los esquís en los pies y el forfait colgando de la cremallera superior izquierda de mi anorak.

Faltan Aurora y Teo para que esto sea perfecto.

Observo a los demás. Se nota sin sombra de duda quién es de aquí y quién no: Ilaria viste un anorak cualquiera y el equipo, desde el casco hasta la tabla, es de alquiler. Max va vestido de negro de pies a cabeza; no ha traído ni siquiera su casco, porque el hotel le ha dado permiso para utilizar el equipo de trabajo durante su tiempo libre. Eso sí, si lo rompe, lo paga.

Nosotros somos de esos valirenses entregados a la montaña; senderismo en verano y esquí en invierno. El equipo al completo es propio y se nota; Ona lleva su traje de dos piezas de color naranja, que contrasta con el verde de sus esquís y de su casco, mientras que en Pau lo único que no es de color negro son sus gafas, de un azul eléctrico. Yo llevo un anorak de esquí rojo, los pantalones negros, un casco azul oscuro que tiene al menos siete temporadas a sus espaldas; los esquís, blancos en algún momento de su existencia, ahora son de un poco atractivo color crema.

Me gusta ver a Ona y a Pau vestidos así, exactamente igual que la temporada pasada y también la anterior. Hay cosas que no cambian.

Como la prisa que tenemos todos por a comenzar a esquiar.

—¿Os parece bien empezar por ahí? —Aunque Ilaria nos pregunta a todos, solo mira a Ilaria mientras señala el telesilla más cercano—: Lleva a pistas azules, está bien como primera bajada para coger ritmo, más que nada por si hace tiempo que no esquiáis. Esto es como ir en bici, pero…

Nos parece bien, decimos todos. Remamos hasta el telesilla con menos gracia de la que nos gustaría, y más pronto que tarde —es lo bueno de madrugar— estamos los cinco a punto de subirnos al primer telesilla, delante de las barreras, preparados para impulsarnos para delante cuando se encienda la luz verde.

—No remes una vez en la goma —le advierte Ona a Ilaria, señalando la cinta automática sobre la que tenemos que detenernos para sentarnos en la silla—. No intentes frenar bruscamente tampoco. Ve suave, ¿vale? Si no te vas a caer.

Ilaria dice que sí sin apartar la mirada de la cinta.

—¡Adelante! —gritan los pisteros.

Me impulso con suavidad y… Todo sucede deprisa. Oigo un chillido, un golpe y diferentes voces gritando «no os paréis, seguid, seguid, seguid». Eso es lo único que entiendo y, por tanto, lo único a lo que le hago caso. En cuestión de segundos, la silla me golpea las piernas. Solo cuando estoy sentada y ya en el aire, me permito mirar hacia atrás, justo en el momento en el que detienen la maquinaria. Aún balanceándome, veo a Ilaria levantarse del suelo con la ayuda de un pistero y de Pau, mientras Ona intenta contener la risa.

A mi lado, dos asientos vacíos más allá, está Max, señalando con el dedo hacia arriba.

—¿Bajamos?

Me muevo para colocarme en uno de los asientos centrales y levanto los brazos para agarrar la barra y tirar hacia nosotros. Ese simple gesto aleja el mundo entero. Estoy sentada por primera vez desde hace meses en uno de mis sitios favoritos en el mundo. Con los pies pegados a mis fieles esquís, bien abrigada, con solo la nariz, la boca y las mejillas al descubierto. Desde aquí el mundo se ve de otra forma, y no es solo por el filtro de color violeta de mis gafas. Estamos volando por encima de las montañas, cubiertas por una capa grumosa de nieve. Debajo, los árboles. Encima, el cielo, azulísimo. Desde aquí me siento rodeada de luz; la del cielo, la de la nieve. Todo se oye lejano. Este es uno de los pocos lugares que existen —que conozco— en los que consigo sentir la calma que en mi día a día ya me he resignado a simplemente rozar con la punta de los dedos.

Dicen que el hogar no es un lugar, es una persona; no estoy de acuerdo. Si el hogar es aquello que te hace sentir a salvo y en paz, este es mi hogar, este es…

—Pues aquí estamos —dice Max.

Adiós a la calma.

No me gusta cuando la gente habla por hablar. Frases vacías como esa, hechas para romper silencios incómodos y crear otros aún más incómodos. Antes de que Max pueda comentar el buen día que hace, le echo una mano:

—¿Preparado para mañana? —El trabajo no será el mejor tema de conversación para un domingo en la nieve, pero al menos es un tema de conversación—. ¿Has trabajado antes como monitor?

—No, es la primera vez.

—¿Pero has hecho algún curso?

—¿No te fías de mí?

—No. A mí me toca estar en el remontador entre semana, así que espero que sepas lo que te haces. No quiero tener que llamar a Emergencias.

En realidad, aunque se diera el caso, ese ya no sería mi trabajo. Se me olvida que a partir de mañana yo también empiezo en un nuevo puesto.

—No te preocupes, no será necesario. Hice un curso hace un tiempo. Y además, ¿has visto bien la pista? Es casi imposible que alguien se haga daño. Yo creo que puedes estar tranquila.

—Eso espero. Para mí también es la primera vez en la pista. Quiero días tranquilos, ¿de acuerdo? Lo de crear problemas, déjaselo a los huéspedes, son expertos.

—Pensaba que hacía tiempo que trabajabas en el hotel.

—Sí. Yo siempre he estado en recepción. Judith, la gerente, me ofreció el cambio hace un par de semanas. Se le había caído la persona que tenían prevista y, como quería alguien de confianza que ya conociera el hotel... Me lo propuso y acepté.

—¿Cuánto llevas trabajando ahí, entonces?

—Dos años.

—¿Dos? ¿Qué edad tienes?

—Veinte.

—¿Cumplidos este año?

—En mayo, sí. ¿Por qué?

—Porque no me cuadraba —dice. Debe de darse cuenta de que decir eso y nada es prácticamente lo mismo, porque añade—: Te habría echado diecisiete o dieciocho, y con esa edad, no me salían las cuentas.

—¿Por qué no?

—Porque significaría que llevabas trabajando en el hotel desde los quince o los dieciséis, y no eres el tipo de chica que deja los estudios.

Hay muchas cosas que me molestan de esa frase.

—¿Cómo que no soy el tipo de chica que deja los estudios? ¿Y qué tipo de *chica* es esa? ¿Y sabes que no me conoces de nada?

Max ignora completamente mi agresividad.

—Es una forma de hablar. Eres la primera persona (no digo chica, digo persona) que he conocido que sepa quién inventó los cruasanes y que tenga una lista en la cabeza de inventos franceses.

—Se llama cultura general.

—¿Cultura general? —Max se ríe—. Cultura general es saber que las vacas son herbívoras o que Colón descubrió, o mejor dicho, se tropezó por casualidad con América. Saber que los cruasanes tienen forma de media luna por los turcos o que el telescopio Cassain ese…

—Cassegrain.

—Lo que sea. Eso no es cultura general.

—Saber cosas no es algo malo. —No entiendo por qué estoy tan a la defensiva.

—No he dicho que lo sea. Pero en serio, ¿quién sabe que los lápices se inventaron en Francia y que el telescopio ese como se llame también?

—Ya te lo dije: me gusta la astronomía. Durante mucho tiempo había querido ser…

—¡Astronauta!

—¡No! Ya te dije que no la otra noche.

—En realidad, no me respondiste.

—Sí. Te dije que no —insisto, y él niega con la cabeza. Qué más da—. ¿Cómo voy a ser astronauta? ¿Me ves a mí con pintas de astronauta? ¿En serio?

Imagino la entrevista en la NASA: acepto su oferta de trabajo pero, por favor, necesitaría un asiento extra en la nave para Diana. ¿Que quién es Diana? Mi psicóloga. Oh, por favor, no pongan esa cara de susto, me dieron permiso para dejar la terapia hace unos meses. No soy una persona peligrosa. ¿Inestable? sí, inestable quizás sería una palabra adecuada. Pero ahora estoy bien. ¡Incluso dejé la medicación! Solo pido que venga Diana por si acaso, ¿sabe?, por si ahí arriba vuelven todas esas cosas malas y yo no sé qué hacer. No querrán tener a alguien dando tumbos en gravedad cero con un ataque de pánico.

—Ya, no se te ve muy fuerte. Pero quién sabe, las apariencias engañan. ¿Qué habías querido ser?

—Ingeniera aeronáutica.

Le veo asentir por el rabillo del ojo.

—De pequeño yo quería ser paleontólogo.

—Lo mío no fue un sueño de críos. —No sé ni por qué me estoy justificando—. Estuve a punto de ir a estudiar a Estados Unidos.

—¿Qué quiere decir exactamente *a punto*?

—Que tenía una plaza y una beca que cubría casi todos los gastos en una universidad importante.

—¿Y qué pasó?

—Nada. No fui.

—¿Lo rechazaste? —Max parece divertido. Me gustaría poder ver más allá del plástico reflectante de sus gafas. Me cuesta interpretar a la gente si no puedo mirarles a los ojos—. Así que sí eres la típica… perdona, la *atípica* chica que deja los estudios.

¿Por qué siguen sonándome tan mal esas tres últimas palabras?

—Supongo.

—Dejaste la carrera antes de empezarla.

—Sí.

—¿Por qué?

—Decidí que no era lo mío.

Bajo nuestros pies, alguien está yendo mucho más deprisa de lo que desearía, a juzgar por sus gritos. Se salva de chocar contra un niño de milagro y, cuando ve que avanza directa hacia el bosque y que no puede cambiar de rumbo, se tira al suelo.

—Cuando pierdes el control, esa es la mejor opción —dice Max, con la vista puesta en la esquiadora—. Tómalo como un regalo: lección de vida de Max.

—Si las cosas van mal, tírate al suelo.

—Eso es. Si te tienes que pegar un golpe, al menos que sea decisión tuya cuándo y cómo caes. El daño suele ser menor.

Sonrío. La mujer ya se está levantando, así que vuelvo a mirar hacia delante.

Me encanta esta época del invierno. Del invierno valirense, quiero decir, porque aún faltan veinte días para el solsticio. Las pistas no están abarrotadas y la nieve está perfecta. La montaña parece un pesebre que algún niño ha decorado con demasiada harina.

—Lo tendré en cuenta.

—Haces bien. Así que —se detiene para crear un silencio dramático—, resulta que sí eres una cerebrito.

—No soy una cerebrito.

—Claro que sí.

—No, no me llames eso. Es como si me llamaras repelente. Suena fatal.

Lo veo negar con la cabeza. Espero mientras observo el mar de nieve que se extiende por todas partes. La gente vuela bajo nuestros pies y él no dice nada. Cuando yo ya he dado la conversación por terminada, oigo que se aclara la garganta.

—Tomaste una decisión muy valiente. Yo debería haber dejado la carrera el primer año. En realidad, si estamos siendo sinceros al cien por cien, ni debería haberla empezado, porque tenía claro que eso no era para mí. Pero mis padres insistieron, y en todas partes te dicen que tienes que estudiar algo que te vaya a dar de comer en el futuro… Y en fin, aquí estoy, un año después de terminar, con un título que no voy a usar porque antes muerto que ser abogado, y con experiencia únicamente en hostelería, que es algo que ni me va ni me viene.

—Al menos…

No me deja continuar, y está bien, porque lo que tenía preparado eran frases hechas.

—Es fácil decir que sí, sobre todo cuando viene de los padres. Ellos pagan, así que… Eso es lo que me pasó a mí. Ellos pagaban, ellos decidían. Yo no tenía muy claro qué hacer, así que me dejé llevar. No les dije en ningún momento que no me veía siendo abogado ni notario ni nada que exigiera pasarse ocho horas encerrado en un despacho. Y eso es peor, porque ni siquiera puedes decirles: vosotros me obligasteis, vosotros sois los culpables de que yo haya malgastado vuestro dinero y mi tiempo. Es verdad que no te conozco ni a ti ni a tu familia, pero si son gente normal, estarían encantados de tener a una hija que iba a estudiar en el extranjero, y supongo que no fue fácil decirles que te bajabas del tren.

Se calla y se vuelve hacia mí. Nos quedamos así unos segundos, mirándonos el uno al otro sin vernos. Somos todo gafas y casco.

El aire se lleva el vaho del suspiro que se me escapa.

—No, no fue fácil.

—¿Se lo tomaron bien?

—Sí.

Me guardo la respuesta larga.

—Debería haber hablado con ellos —dice, más para él que para mí.

—¿Qué habrías hecho si no te hubieras metido a Derecho?

—No lo sé.

Lo dice con tanta rapidez y convicción que no le creo ni por un segundo.

—¿Qué habrías hecho? —insisto.

—No lo sé.

—Mentira. Tienes un sueño.

—No uses esa palabra. Suena a película de Disney. Y deja de sonreír así.

—Tienes un sueño. ¿Cuál es? ¿Ser futbolista? ¿Mecánico de Fórmula 1? ¿Azafato de aviones? Oh, ¿maestro pastelero? ¿Por eso te ofendiste cuando dije que los cruasanes no son franceses? No, ya sé, seguro que querías ser actor. ¿Sabes que te pareces mucho a un actor francés?

Max asiente, entre divertido y resignado.

—Suelen decírmelo.

—¿Querías ser actor?

—No.

—¿Modelo de lencería?

—No.

—¿Arqueólogo? ¿Cazador de tiburones? ¿Veterinario? Espera, espera, has hecho algo con la boca. ¿Es eso? ¿Quieres ser veterinario?

—Caliente, pero no.

—¿Domador de leones? ¿De delfines? ¿No? ¡Vamos, dime qué! Ahora ya no es por ti, es por mí. Me he quedado con la intriga. Max, no me dejes con la intriga.

—Te vas a reír si te lo cuento.

—No me voy a reír.

—Si te ríes, telesilla abajo que vas.

—Max, con amenazas no vamos a ninguna parte. Si me quiero reír, me reiré igual. Vamos, dímelo. Aún nos queda un rato aquí. Trabajaremos en el mismo sitio a partir de mañana y este pueblo es un pañuelo, te lo digo yo. Vas a verme mucho. Te tocaré las narices hasta que me lo digas. Ayúdanos a los dos, ahórranos tiempo y dímelo ya.

Abre la boca, como si fuera a decir algo, pero vuelve a cerrarla para mirar hacia el frente. Cuando ya estoy pensando cómo insistir, dice:

—Quiero montar un refugio de animales cinegéticos.

—¿Un refugio de animales cinegéticos? —Es la sorpresa lo que me hace repetir sus palabras. Era lo último que esperaba escuchar. Max no parece la clase de chico al que le preocupen los animales. En realidad, no parece el tipo de chico al que le importe nada que suceda más allá de sus narices.

—Sí, son animales que…

—Animales que se pueden cazar legalmente, lo sé. Corzos, cabras montesas, conejos…

—Ciervos, jabalíes, liebr…

—Lobos.

—Exacto.

—Un refugio de animales. ¿Alguien se ha reído de ti por eso? ¿Con qué clase de idiotas te has cruzado tú en tu vida?

Se encoge de hombros.

—Soy consciente de que suena a utopía. ¿A quién le importan los animales? Aparte de los gatos y los perros, porque esos se pueden acariciar, y de los que están en peligro de extinción, porque queda muy bien decir que nos preocupamos por la salud del planeta aunque no nos molestemos ni en reciclar.

—A mí me parece que es importante que haya gente con proyectos así. Alguien tiene que hacerlo, ¿no?

—Sí.

—Pues ya está.

—Así que no crees que sea una locura.

—Para nada.

Max dibuja una sonrisa que rezuma alivio.

—Bien. Porque quiero hacerlo de verdad. Incluso tengo un «socio», si es que puedo llamarlo así. André, un amigo de toda la vida. Teníamos el mismo proyecto, así que estamos buscando un terreno para montarlo juntos. Corrijo, él está buscando mientras esperamos a tener el dinero.

—¿Por eso has venido aquí? ¿Para ganar dinero para el refugio?

—En parte. Estamos esperando una... Otra vía de financiación.

—A mí me parece que falta gente como vosotros —le aseguro—. Solo tengo una pregunta.

—¿Cuál?

—¿Aceptarías lobos en tu refugio?

—Quizás. Depende del tipo de refugio. Los lobos son un caso muy especial, no puedes tenerlos metidos en el mismo terreno que un ciervo. Pero si pudiera tener un espacio adecuado para ellos, o si fuera un refugio exclusivo para lobos, claro que los aceptaría. ¿Qué pasa? ¿Por qué sonríes así?

—Te gustan los lobos.

—¿Por qué no deberían gustarme?

—La gente no suele pensar como tú. Les mencionas lobos y ponen mala cara. Casi como si hubieras mencionado al diablo, sobre todo en pueblos de montaña como Valira. Es como un enemigo ancestral.

—La gente no piensa. La mayoría oye algo y lo repite.

—Odian a los lobos. Con la excusa de que son depredadores...

—Lo son.

—Ya lo sé, y es obvio que no pueden estar en el mismo lugar que los otros animales porque...

—Porque entonces el refugio de convertiría en un restaurante.

Suelto una risa.

—Yo no lo habría dicho con esas palabras, pero sí, eso es. El problema es que la gente no siente simpatía por los lobos. Es tan sencillo como vallar parte del terreno solo para ellos. Tienen todo el derecho del mundo a que los protejamos y los cuidemos. Son animales como los demás. ¿En qué se diferencian de un oso? También comen carne. ¿En qué se diferencian? En que atacan ganado, básicamente. ¿Nos preocupan las ovejas? No, las vamos a comer de todos modos. Nos preocupa el dinero. A la gente solo le preocupa eso y por eso odian a los lobos. Qué bonitas son las vacas, aunque no hagan nada más que estar ahí plantadas en medio del campo creando agujeros en la capa de ozono. En cambio, los lobos son malos. Lo dicen los cuentos. La gente los odia aunque sean animales nobles, inteligentes y leales. Como cuentan que uno intentó comerse a Caperucita Roja... ¿Sabes cómo llamo yo a eso? Racismo. Racismo animal. —No me doy cuenta del enfado con el que hablo hasta que me callo y noto que la respiración me va más rápido de lo normal—. ¿Qué pasa?

Los labios de Max están curvados en un gesto indefinible que espero que sea una sonrisa.

—¿Por qué me estás gritando?

—No te grito a ti. Le grito a la gente.

—Gente que no te puede oír.

—Max, no me pidas que sea un ser racional las veinticuatro horas del día, ¿vale?

—Vale —dice, riendo—. Te sienta bien ser irracional.

Está mirando al frente. El aire me golpea la mejilla y hace que todo el cuerpo me tiemble. Aparto la vista de él.

Algo sucede en este instante: aquí, ahora, con Max sentado a mi lado, nuestros anoraks rozándose, ambos en silencio, observando cómo el remontador aparece tras esta última colina. Oigo algo en mi cabeza que no sé interpretar. Un tirón en la boca del estómago.

—Deberías probarlo —le recomiendo—; ser irracional, digo.

—Lo tendré en cuenta. Anoto también no decir nada malo de los lobos en tu presencia.

—Harás bien.

—Y regalarte un vale para un tatuaje: *amor de lobo* —dice, moviendo la mano por delante de nuestras caras con gesto teatral.

—Preferiría elegir el diseño, si no te importa.

—¿Te tatuarías el lobo feroz?

—No, pero sí me tatuaría un lobo —le respondo—. La cabeza, algo fino y no muy grande, en la espalda.

Max tiene los labios separados, un poco arqueados hacia arriba.

—¿Lo dices en serio?

—Sí.

Se queda callado unos segundos, mirándome directamente. Aunque no puedo verle los ojos, sí sé que los tiene clavados en mí.

—Te quedaría bien.

A partir de ese momento, el día se convierte en una sucesión de escenas en las que Max está en todas partes. A mi lado en cada subida en telesilla, frente a mí mientras comemos, ahora avanzándome por la izquierda, ahora apretando la parte trasera de las fijaciones de los esquís, ahora en el suelo intentando levantarse porque yo le he hecho lo mismo cuando estaba distraído.

En todas partes, nuestras voces.

De pequeña, le explico en la cola de un telesilla, confundí una bolita de barro que había hecho Aurora con una trufa de la pastelería de sus padres y estuve vomitando un día entero. Tengo graves problemas de contención cuando me ponen chocolate delante. Me gusta hacer listas, es mi placer secreto. No puedo dormir con las persianas levantadas. Me llamaron Erin por mi abuela, que era una enamorada de Irlanda y nunca llegó a ir. A mi hermano le llamaron Teodoro; gracias a todos los astros, todo el mundo le llama Teo. Es pelirrojo y tiene el pelo rizado, igual que el personaje de los cuentos para niños. Sí, le digo en algún momento mientras esperamos a que Ilaria se levante de su última caída, estoy segura de que no quiero ser astronauta.

Él también habla. Intercala sus anécdotas con las mías, las cuela entre bromas y risas.

De pequeño cantaba en un coro y le hacían vestir una túnica espantosa. Aún tiene pesadillas. Sus padres le llamaron Maximilien no sabe muy bien por qué. Cree que deberían habérselo pensado dos veces, porque Max suena a nombre de perro. Ha tenido que soportar burlas durante años; ahora lo lleva bien. Ya le gustaría a él ser un perro. Es vegetariano desde hace dos años, me explica mientras comemos en uno de los bares de las pistas. ¿Flexitariano? Eso mejor. Nada de carne, huevos de vez en cuando y pescado sólo si no hay otra alternativa. No le molestaba tener que servir carne cuando trabajaba de camarero; entiende que cada cual es libre de hacer lo que quiera y, sobre todo, de equivocarse como quiera.

A última hora del día, cuando estamos todos sentados junto a la pista de trineos, viendo cómo los niños se tiran uno detrás de otro y escuchando cómo los padres gritan que frenen ya, que van demasiado rápido, que se van a hacer daño, él está tumbado a mi derecha. A mi izquierda, Ilaria, Ona y Pau hablan no sé muy bien de qué. Nosotros dos estamos en silencio. Hago bolas de nieve y las voy tirando una detrás de otra, observando cómo explotan al chocar contra el suelo.

Hago dos bolas del tamaño de una nuez y, sin decir nada, mientras sostengo una en la mano izquierda, le coloco la otra encima de un ojo cerrado.

—¿Qué haces? —Arruga la cara, pero ni abre los ojos ni se mueve.

—Como los antiguos griegos.

—¿Vas a quemarme vivo?

—Algo así.

Le coloco la otra bola sobre el otro ojo.

—¿La nieve está limpia?

—Sí.

—De acuerdo, entonces. Entiérrame aquí.

—Para que se te coman los malvados lobos.

Su sonrisa tiene la forma y la luz de la luna creciente.

12

No duermo. Miro al techo. Me muevo ahora a la derecha, ahora a la izquierda. Lo intento boca abajo. No me siento cómoda, porque me ponga como me ponga, piense en lo que piense, al final Max vuelve a aparecer ante mis ojos.

Me arde el estómago.

Me siento culpable. ¿Pero culpa de qué? Solo he hablado con él. ¿Y esa sonrisa, Erin? Estás sonriendo, aunque intentes ocultarlo pegando la cara a la almohada. No hay nadie aquí, solo tú, no te escondas.

¿Qué me pasa? ¿Por qué sigue su cara en mis ojos, nuestras conversaciones en mis oídos?

Estas cosas pasan, me digo. Conoces a alguien, te llama la atención y después te olvidas. Y es normal que Max me atraiga. Físicamente, no hay más que verlo. Y cuando habla, no es para nada como yo creía. Pero ni siquiera es eso. No sé explicarlo. Un clic. No tengo más palabras que esa: un clic.

Dos imanes que chocan.

Dos piezas que conectan sin esfuerzo.

Clic.

Rápido y natural.

¿Inevitable?

Lo he oído a la perfección. Estábamos en silencio.

¿Lo habrá oído él?

¿Lo habrá oído Bruno?

Su mensaje en mi móvil, visto, sin responder: *Espero que lo hayas pasado bien. Hablamos mañana. Te quiero.*

«Yo también», he pensado al leerlo, pero no me he permitido escribirlo porque es verdad, pero mi cuerpo no está aquí, está en las montañas.

Quiero dormir. Quiero dormir, dormir, dormir y que todo desaparezca. No quiero pensar en que esta tarde el estómago me hacía cosquillas al mirar a Max, no quiero pensar en que hace veinticuatro horas estaba celebrando mi aniversario con Bruno.

Esto es cosa de la emoción de la nieve. Me ha tocado demasiado el sol. Mañana, con la luz de un nuevo día, lo veré todo diferente. Miraré hacia el día de hoy y me reiré.

13

Esto no tiene ninguna gracia.

Antes de poner un pie en el suelo, ya sé que hoy va a ser un día para olvidar. He tenido una de esas noches en las que los sueños y los pensamientos se entretejen creando una telaraña pegajosa. No he descansado nada. Hoy es mi primer día en la pista de esquí; tengo por delante horas de frío, niños llorando y gente maldiciendo porque se caen cada dos por tres. Y ni siquiera quiero pensar en que Max va a estar por ahí.

La voz de Diana me riñe en mi cabeza.

Reformulo: tengo por delante horas al aire libre, niños que pisan la nieve quizás por primera vez y gente feliz porque por fin han conseguido bajar la pista sin caerse.

Así mejor. Hoy va a ser un buen día. Por eso, cuando cierro la puerta de casa, dejo ahí encerradas todas las imágenes que me han bloqueado el sueño esta noche. La opresión del pecho va desapareciendo con cada paso que doy, primero por el camino de tierra, por la acera que sigue la carretera después, hasta que llego al hotel.

Hoy es un nuevo día. Todo está por hacer. El pasado es lo que nosotros queremos que sea. Nosotros escribimos nuestra historia.

Voy repitiendo todas esas frases que he visto en algún momento de mi vida por aquí o por allá. A Diana no le gustaban. Debes pensar por ti misma, solía decirme. Si quieres decir lo mismo que todas esas expresiones tan manidas, de acuerdo, pero utiliza tus propias palabras.

Le hago caso, porque aún a día de hoy tengo en cuenta todo lo que me decía en nuestras sesiones, así que mientras camino, me digo que:

Todo está bien. Llevas mucho tiempo con Bruno y, seamos sinceros, lleváis una temporada estancados. Tú tienes tu trabajo, él el suyo, y cuando tenéis tiempo libre y no estáis muy cansados, hacéis siempre lo mismo. ¿Y eso te hace feliz? Podríamos hacer más cosas, que él subiera a esquiar alguna vez o me propusiera alguna excursión por la montaña, pero sí. A su lado me siento bien. Los fines de semana en el bar o en su casa, a veces cenando en Aranés. Una vida tranquila, eso es lo que buscaba cuando decidí quedarme en Valira. Eso es lo que tengo. Y de repente, ¡bum!, aparece alguien distinto, que te escucha hablar sobre lobos sin interrumpirte y entiende tu pasión, que se ríe por todo, con quien te ríes por todo. Sabes muy poco de él: cuatro anécdotas mal contadas y otras cuatro que no sabes si eran verdad o una broma. Hablasteis mucho, dijisteis poco.

Es la novedad inesperada que hace temblar los esquemas y que se olvida en cuestión de días, porque ni ser nuevo ni inesperado es algo eterno.

No ha pasado absolutamente nada.

Todo está en mi cabeza.

Repito las mismas palabras que Diana me obligó a repetir tantas veces: yo no soy mis pensamientos. Yo veo mis pensamientos pasar ante mí, los observo, los dejo marchar.

La realidad: estoy creando una bola de nieve de la nada.

Una bola de nieve, como las dos que le puse a Max en los ojos y que terminó por quitarse de un manotazo cuando empezaron a deshacerse.

—¡Erin!

Victoria aprovecha que no hay ningún huésped en el hall para llamarme apenas he puesto un pie en él. Me hace un gesto para que me acerque.

—Te echo de menos —me dice, sin darme tiempo a saludarla ni a ella ni a Antoine—. Tú me caes bien, Antoine, no te ofendas, y ya sé que solo llevamos una hora aquí, pero la echo de menos. ¿Qué tal fue la salida de ayer?

Me pregunto si Ona le habrá dicho algo. Mira que esos dos estaban hablando demasiado, mira que yo a ella la vi espiarlo de reojo más de una vez. ¿Se dieron cuenta? Tuvieron que darse cuenta.

Sin embargo, no hay nada extraño en la mirada de Victoria. Sonríe, como siempre, mientras va comprobando que no aparezca detrás de mí ningún huésped al que atender.

—La nieve estaba genial.

—A la próxima no faltaremos —me promete—. ¿Preparada para el primer día?

—Nací preparada —digo. Optimismo.

—Así me gusta. Te irá bien. Pero procura que no te vaya demasiado bien, porque cuando termine la temporada te quiero aquí de vuelta, ¿eh? —dice, y al momento, como si se diera cuenta de que no debería haber dicho eso, añade—: No es nada personal, Antoine.

Su sonrisa le empuja el bigote hacia arriba.

Judith me da una única indicación: sé amable. Todo lo demás, dice, es pura lógica, porque el trabajo no podría ser más sencillo y yo soy una chica lista. Solo tengo que ayudar a los más novatos a colocarse la barra entre las piernas, vigilar que nadie se caiga durante la subida y, si eso sucede, detener el remontador y echar una mano a los que no consiguen levantarse del suelo con los esquís en los pies. Y lo más importante: evitar atropellos. No queremos muertes en el hotel. Tampoco extremidades rotas.

No soy la única recibiendo la charla del primer día. El grupo de monitores la escucha sin dejar de asentir. Aprovechan todos los minutos que nos separan de las nueve para preguntar. Solo cuando Judith se marcha, Max se da cuenta de que estoy junto al remontador y que les estoy observando. Hace un gesto a sus compañeros, dos de los engominados y una de las modelos, antes de caminar hacia mí. El casco enmarca una cara mucho más roja que hace un par de días.

—Pareces una gamba —bromeo, antes de que pueda siquiera saludar.

Él enarca las cejas.

—¿Tú te has visto?

—Yo soy rubia.

—¿Y qué?

—Que las personas con tonos más claros de pelo suelen tener también pieles más claras y más sensibles al sol. Tú tienes el pelo casi negro, no tienes excusa.

—Eso no tiene sentido. —Su mueca se transforma en una risa. Se vuelve hacia los otros monitores durante un segundo—. Solo venía a darte los buenos días y a prometerte que no va a morir nadie, al menos bajo mi guardia.

Antes de terminar de hablar ya está alejándose mientras me dice adiós con la mano. Los otros monitores lo reciben con risas, pero están demasiado lejos para que pueda oírlos. Meneo la cabeza y vuelvo a lo mío.

Las horas se deslizan entre caídas ante las que tengo que esconder la risa, debutantes que no saben cómo agarrarse a la barra y sujetar los palos al mismo tiempo y comentarios cruzados —a veces también barritas de chocolate— con Max cada vez que usa el telearrastre precedido por su manada de debutantes. Me concentro en el remontador para intentar alejarlo de mi mente. Judith tenía razón: el trabajo no podría ser más sencillo; olvidó mencionar que tampoco podría ser más agotador.

La hora de comer llega tan rápido que solo me doy cuenta porque los monitores empiezan dejar sus esquís y tablas de *snow* en el guardaesquís y a quitarse los cascos.

Lo único que puedo pensar es que lo último de lo que tengo ganas ahora mismo es de encerrarme en la cantina. Hoy, por primera vez desde que trabajo aquí, no voy a comer con Victoria, y no me apetece comer rodeada de conversaciones forzadas y vacías. Pero sobre todo, no me apetece comer con un techo encima de la cabeza, porque hace un día perfecto: el sol brilla en un cielo sin nubes y apenas corre viento. No hace ni calor ni frío. Es uno de esos días en los que Victoria y yo nos llevaríamos un sándwich de la cantina y lo comeríamos sentadas en alguna de las mesas de plástico desde las que los huéspedes suelen observar a los debutantes.

—¡Erin! —Max intenta llamar mi atención moviendo los brazos de forma esperpéntica sobre la cabeza—. ¡Estás en las nubes! ¿No vienes a comer?

Está junto a la puerta, a través de la que desfilan el resto de monitores. Le hago un gesto para que espere, y cuando ya he apagado el motor y comprobado que todo esté en orden, me encamino hacia la puerta. La nieve cruje bajo mis pies.

—Creo que voy a quedarme aquí.

—¿No vas a comer?

—Voy a buscar algo a la cantina, pero comeré aquí afuera.

—¿Eso está permitido?

Me encojo de hombros. Lo he hecho desde que trabajo aquí, ya sea invierno o verano, y nunca nadie me ha llamado la atención.

—Mientras no dejes sin silla a ningún huésped…

—Entonces te acompaño —se apresura a decir—. Si no te importa, claro.

Mi cabeza piensa en todas las horas intentando conciliar el sueño, pero mi cuerpo no reacciona. Mi estómago no arde ni me da ningún tirón. No siento la culpabilidad que sentía ayer. Ahora miro a Max y lo único que puedo decir es que no, no me importa.

Cinco minutos más tarde estamos sentados en una de las cuatro mesas, con dos bocadillos y dos botellas de agua entre nosotros.

—¿Cómo ha ido la mañana? —pregunta Max, antes de pegarle un mordisco a su bocadillo.

—Bastante bien. Temía pasar frío por estar de pie tanto rato sin moverme, pero los debutantes son más torpes que una vaca coja, lo juro, así que no he parado de moverme en todo el rato. Cuando no se caía uno, se caía otro. Además, hace muy buen día. No te acostumbres mucho, porque estos días tan soleados como hoy se cuentan con los dedos de una mano. Así que, resumiendo: la mañana ha estado bien. ¿Qué tal la tuya?

Dibuja un círculo uniendo el dedo gordo y el índice y sonríe.

—Cero accidentados.

—Qué gran hito. El año pasado, el día que no teníamos un muerto, teníamos un par de mutilados —bromeo—. ¿Será así siempre? No sé si podré acostumbrarme a tantos huéspedes vivos.

Max se ríe.

—Ha estado bien. Ya has visto al grupo, todo franceses. *Je me suis senti comme chez moi*[1].

—*Ton pays te manque-t-il?*[2]

—¿Sabes francés? —pregunta, dejando caer las manos sobre la mesa. Me observa con los ojos entornados y la cabeza ladeada. Yo me limito a sonreír mientras sigo masticando—. *Tu es vraiment pleine du surprises.*[3]

—Lo sé.

—¿Algún otro idioma?

—Inglés, como todo el mundo, y estudié un par de cursos de alemán hace años, pero me acuerdo de muy poco, así que creo que no cuenta.

—¿Eras la típica niña que no tenía ni un segundo libre porque hacía mil actividades extraescolares?

—Más o menos —digo. Él me mira con los ojos muy abiertos, como invitándome a que siga hablando, y aunque no sé por qué va a interesarle nada de lo que voy a decirle, empiezo a contarle—: Estudié inglés y francés hasta los quince, y cuando me mudé empecé con el alemán. Fue una época un poco com-

---

1. Me he sentido como en casa.
2. ¿Echas de menos tu país?
3. Eres una caja de sorpresas.

plicada, así que no es que aprendiera demasiado. De más pequeña también hice vóley y estuve en un grupo de montañismo, como la mitad de gente de por aquí. Ah, y durante algunos veranos fui monitora voluntaria en unos campamentos. No sé si eso cuenta.

Cuando termino de resumirle mi currículum, él empieza a hablarme de su familia. Si hubiera sido por ellos, habría hecho incluso más actividades que yo; por suerte, su abuelo, el valirense, siempre intercedió por él. Era un niño, debía hacer lo que le gustara y, sobre todo, debía tener tiempo para ser un niño. Y como en su casa la palabra del abuelo era palabra de Dios, Max creció como deberían crecer todos los niños. No sabe tocar el piano ni la guitarra (lo que siempre ha lamentado porque una guitarra es la arma definitiva para ligar, dice), «solo» sabe francés, inglés y español, no le gusta practicar ningún deporte. Excepto uno: kárate. Lo practicó durante años y aún lo echa de menos.

—¿No se te olvida algo? —le pregunto.

—¿Qué?

—Eres monitor de esquí. El esquí es un deporte.

—Ya, pero… —deja caer las manos, con las que sujeta el último pedazo de bocadillo, sobre la mesa. Mira al cielo, a la pista y luego a mí—. Pero para mí cualquier cosa que tenga que ver con la montaña es más que eso. Decir que es un deporte es menospreciarlo.

—¿Por qué?

—Porque cuando yo esquío, no lo hago para ponerme en forma ni para competir contra nadie. Lo hago porque me gusta estar en la montaña. Si no hubiera montaña…

—No sería esquí.

—Existe el esquí acuático. O las pistas artificiales —señala, sin molestarse en disimular una mueca de asco—. Pero no me refiero a eso. Quiero decir que la razón por la que esquío es la montaña. La montaña es lo importante. Cuando era pequeño, mi abuelo me llevaba casi todos los fines de semana a hacer senderismo. Siempre rutas sencillas, porque, por muy en forma que estuviera mi abuelo, ya era mayor.

Le dejo hablar de su abuelo, el hombre que por amor dejó Valira y por amor enseñó a su nieto a amar la montaña. A pesar de que volvió en muy contadas ocasiones a visitar su pueblo natal, siempre lo llevó consigo. Max recuerda su infancia llena de árboles y caminos terrosos. Cuando habla, los labios se le curvan en una sonrisa que se queda muy lejos de sus ojos. Lo entiendo cuando menciona el funeral de su abuelo, hace un par de años, como si no fuera gran cosa, como si la pérdida de ese hombre no le hubiera marcado.

No dice nada que me haga pensar que haya sido así. Tampoco es necesario, porque puedo ver la lucha entre la tristeza de sus ojos y la alegría de sus labios. Pero sobre todo, porque está aquí. Podría haber ido a cualquier otra parte y sin embargo decidió venir al pueblo de su abuelo. No es una decisión inconsciente.

Pero él aleja la tristeza a manotazos, con bromas y anécdotas que acaparan la conversación durante el resto de nuestra media hora libre.

—Tengo que volver —le digo, señalando el remontador con la mano. Hago ademán de recoger los restos de la comida, pero Max me detiene.

—Ya lo tiro yo, ve. Por cierto, ¿a qué hora sales?

—A las cinco apago el remontador, así que un poco después, en cuanto me cambie y coja mis cosas.

—Vale. Yo salgo un poco antes, pero si quieres, te espero y vamos juntos hacia el pueblo. Vas a pie, ¿verdad?

—Sí, pero solo la mitad del camino hasta el pueblo, porque vivo en las afueras, así que no te preocupes. Vete antes.

Quiero que diga que de acuerdo y al mismo tiempo quiero que diga que ni hablar.

—Da igual, te espero. Dame tu móvil.

—¿Para qué?

—Dámelo —insiste. Al momento se mete en la boca lo que le quedaba de bocadillo, se limpia las manos con la servilleta y prácticamente me arranca de las manos el teléfono que le estoy ofreciendo. Un minuto de silencio después, me lo devuelve—. Te he guardado mi número. Avísame cuando estés a punto de salir y nos vemos en la entrada.

Erin adoraba cantar.

Su habitación era su sala de ensayos y su escenario, y los peluches de su cama, su público. Erin nunca cantaba delante de nadie, ni siquiera en el coche, donde su voz se hubiera perdido entre los gritos de Teo y de su madre. Para ella, la música era algo íntimo.

Tenía diez años cuando ese pensamiento cruzó su mente por primera vez. Toda la familia en el sofá de casa, con la chimenea encendida y la música de El Cascanueces reverberando en la sala de estar. Saltando de canal en canal, habían llegado a ese ballet y los cuatro se habían quedado tan prendados de los movimientos de los bailarines que nadie volvió a tocar el mando. Mientras observaba todos esos cuerpos amoldándose a la música, Erin pensó que ella debía hacer eso, porque ya no le bastaba la voz para acercarse a la música. Quería hacerlo con todo el cuerpo. Y aquellos movimientos, tan calculados y a la vez tan orgánicos… Ella quería aprender.

Mamá, yo quiero hacer ballet.

Lo dijo convencida, como hablaba siempre, porque no tenía dudas. Quería hacerlo, y como siempre le decían sus padres, no hay nada que sin voluntad no sea posible hacer. No sabía que con el ballet descubriría los matices de esa sentencia de hojalata.

La apuntaron a una clase de prueba y ahí fue ella, con sus mallas rosas y la melena recogida en un moño tan grande que parecía un nido de cigüeña. Se miró al espejo antes de salir de casa; no podía verse mejor. Iba a ser la mejor bailarina de todos los tiempos, iba a poder expresar con su cuerpo todo aquello para lo que no existían palabras.

La sala, de parqué claro y espejos impolutos, estaba llena de niñas como ella. Todas querían ser bailarinas y estaban ahí para decidir si iban a apuntarse a clases. Menos Erin. Ella entró en el aula sabiendo que iba a quedarse. Porque había crecido escuchando lo brillante que era y que no había nada que no pudiera hacer. Además, lo deseaba con todas sus fuerzas.

¿Qué falló entonces para que la pequeña Erin hiciera el camino de vuelta a casa llorando?

Ella dirá que todo.

La realidad es que nada fue mal.

Sencillamente, no era la mejor. Ni siquiera tenía talento. Mientras las otras niñas seguían sin problemas las directrices de la profesora e imitaban sus movimientos como si llevaran haciéndolo toda la vida, a ella se le atragantaba todo. Levantaba la mano izquierda cuando debería haber movido la derecha, trastabillaba, no podía inclinarse lo suficiente.

Llegó a casa con la cara tan blanca como la nieve. A Erin ya no le quedaban lágrimas ni a su madre palabras de consuelo. La pequeña no quería escucharlas, de todos modos. Solo había alguien a quien quería oír hablar, así que fue a ver al haya. ¿Debía volver a las clases?

Erin volvió. Cuando empezó el curso, se presentó en la primera clase temblando por dentro pero con la barbilla bien alta. Día tras día se repetía que ya mejoraría. Las semanas fueron pasando y Erin cada vez se sentía más lejos de sus compañeras. Regresaba a casa todos los días con la mochila a cuestas y sin ganas de hablar. Se encerraba en su habitación y leía para olvidar lo mal que había ido esa clase.

Se preguntó muchas veces si valía la pena seguir intentando aprender.

La respuesta llegó con la función de Navidad del pueblo, un festival donde podía presentarse quien quisiera para amenizar las fiestas con baile, música, magia o lo que surgiera. Su academia participaría, por supuesto, y Erin experimentó unos nervios que jamás había sentido. Se subió al escenario sabiendo que no era como en el colegio; cuando los profesores le hacían una pregunta, ella estaba segura de tener una respuesta. Ahí, en el escenario, caminaba frente a un precipicio. Ahí estaba realmente expuesta. Podía hacer el ridículo.

Las luces se apagaron, una voz enlatada anunció la siguiente actuación y ahí salió Erin con sus ocho compañeras, todas vestidas con un maillot negro.

Erin no empezó a bailar; más bien empezó a imitar los movimientos de sus compañeras. Las seguía con tanta atención que en un momento estuvo a punto de chocar con parte del decorado. Se salvó en el último momento y, con una sonrisa dirigida al público, se reenganchó al baile.

Inspiró muy hondo y se obligó a preocuparse de lo que hacía ella en lugar de las demás. Se sabía todos los pasos. Si no lo hacía bien era por miedo.

Soltó el aire y esta vez sí, Erin empezó a bailar. Se fue de tiempo en un par de ocasiones y sus movimientos no eran tan fluidos como los de las demás; aun así, ella terminó con una sonrisa y, ya fuera del escenario, todos la felicitaron.

Erin no aprendió a ser la mejor, pero aprendió algo muchísimo más importante: la alegría de hacer algo solo por placer. Aprendió a no competir, a no esforzarse por encima de sus posibilidades y a sentirse bien en la zona gris que llaman mediocridad. Jamás se convirtió en bailarina. Cuando dejó de soñar con llenar auditorios, fue ella quien empezó a sentirse llena. Había descubierto el arte por el arte.

14

La tarde avanza al mismo ritmo que la mañana. Antes de marcharse a casa, Victoria viene a verme para hablarme de los huéspedes más raros con los que ha tratado hoy. Un hombre mayor ha bajado a recepción con el mando de la tele en la mano para que «le enseñaran a utilizar ese teléfono del demonio» y la pareja de recién casados de una de las suites se ha marchado una noche antes de lo previsto; Victoria temía cucarachas en la habitación o algo peor, hasta que se ha dado cuenta de que no se dirigían la palabra el uno al otro.

A las cinco y un minuto, cuando el sol ya se ha escondido tras las montañas, detengo el remontador. Una nube de murmullos y quejas me envuelve. Invito a los debutantes que todavía están en la pista a que vayan al gimnasio, a la piscina climatizada, al restaurante o, si aún no han tenido suficiente nieve por hoy, a que se queden aquí haciendo muñecos de nieve. Mientras no los hagan en medio de la pista y los dejen ahí, por mí como si construyen un dragón que escupa fuego.

A las cinco y once minutos, estoy de pie en medio del cuarto de empleados, mirando el nombre de Max en la pantalla de mi teléfono. ¿Me estará esperando como ha dicho que haría? ¿Se habrá ido a casa? ¿Debería fingir que me he olvidado y volver sola?

Tecleo sin pensar y le doy a enviar al momento, sin concederme tiempo para dudar.

Ya estoy.

Guardo el móvil en el bolsillo trasero de mi vaquero, me subo la cremallera del abrigo hasta arriba y con la mochila colgada a la espalda y los guantes en una mano, salgo al hall. Ahí están María y Serge, los recepcionistas de tarde. No hay nadie más. Ni huéspedes ni empleados ni Max.

Ha dicho que me esperaría en la entrada, pero no ha concretado si la entrada es el hall o el exterior. Quizás está esperando fuera, si es que ha visto mi mensaje. O quizás se ha marchado a casa. Ha terminado la última clase hace casi una hora y media. Seguro que se ha ido.

El corazón me da un brinco cuando salgo del hotel y oigo que alguien grita mi nombre.

—¡Primer día superado!

Bruno está de pie justo al final de las escaleras, con su abrigo negro y ese pelo despeinado que le sienta tan bien. Me dedica una sonrisa grande como una carpa de circo. Me vuelvo hacia la puerta instintivamente antes de responderle.

—¿Qué haces aquí? —le pregunto, mientras bajo los peldaños de uno en uno—. ¿No trabajabas hoy?

—He cambiado algunas horas. —Me da un beso rápido y me pasa la mano por la cintura para acercarme a él—. Me apetecía venir a buscarte.

Lo aparto con suavidad y lo empujo hacia delante para que empecemos a caminar. No quiero quedarme aquí. Si Max ha cumplido su promesa, puede aparecer en cualquier momento. Mi cabeza me repite que la película que me he montado es digna del Óscar al Mejor Guion Original, que Max es solo un amigo y que ninguna de mis preocupaciones tiene sentido.

No estoy siendo racional.

Pero aun así, tengo la certeza de que ver juntos a Bruno y a Max es una muy mala idea.

Acelero el paso.

—No tenías por qué.

—Claro que sí. Sé que no estabas convencida con esto de trabajar en la pista y quería estar contigo, por si has tenido un mal día.

—Bruno, es solo un cambio de puesto —le digo. Tanta preocupación me aturde.

—Ya lo sé. Pero quería saber qué tal te ha ido.

—Bien.

—¿Se te ha roto algún niño o algún viejecito?

—Ni uno.

—Sabía que podías hacerlo.

Sé que solo está intentando darme ánimos, pero cada una de sus palabras me molesta. No es culpa suya; me molesta también cuando lo hacen mis padres o Teo. A veces me hablan como si fuera una niña pequeña a la que hay que felicitar cada vez que consigue usar el orinal solita. Inspiro profundamente, hasta que mis pulmones no pueden hincharse más, y dejo escapar el aire mientras fuerzo una sonrisa.

—Gracias.

—Estoy orgulloso de ti —dice, estrechándome un poco hacia él—. ¿Quieres ir a alguna parte?

Reprimo el instinto de volverme hacia la puerta del hotel.

—Vale.

—¿Qué te apetece hacer?

—Lo que tú quieras.

—Es tu día, tú decides.

—Decido que decidas.

No me apetece tener esta conversación. Ha sido un día largo y yo no tenía planeado nada de esto. Correr arriba y abajo me ha dejado agotada, me duelen las piernas y estoy segura de que esta noche soñaré con jubilados preguntando por qué no ponemos un telesilla, que es más cómodo que el telearrastre.

—Lo que tú quieras hacer, de verdad —responde.

Siempre es la misma historia: la última palabra siempre la tengo yo, porque a él todo le va bien, mientras a mí me apetezca. Tengo la sensación de tomar más decisiones para él que las que tomo para mí.

—¿Quieres bajar a dar una vuelta por Aranés?

—Si te apetece, a mí me parece bien. —Hace una pequeña mueca que no se esfuerza lo suficiente en disimular.

—No, has puesto una cara rara, no te apetece. Podemos hacer otra cosa. ¿Quieres ir al bar? ¿Le decimos a estos de ir a ver una peli a mi casa? ¿Está Gabriel en tu piso? Si tienes ganas, podemos ir ahí y ver algo juntos. O quizás Victoria tenga algún plan, le puedo preguntar —propongo. De nuevo, ese gesto que no puede esconder, porque está pegado a su piel como si fuera un tatuaje. A pesar de eso, asiente. Yo muevo la cabeza—. Déjalo.

—No, podemos hacer cualquiera de esas cosas. Lo de la peli suena bien.

—No, da igual.

—Erin…

Me suelto y me quedo quieta a su lado, sin mirarle, con la vista fija en la carretera.

—Ahora es a mí a quien no le apetece.

—Yo no he dicho que no me apetezca.

—No hace falta. Se te ve en la cara. Un cerdo tiene más cara de emoción yendo al matadero que…

—Oye…

—No —le interrumpo tan bruscamente como detengo el paso. Pasan dos coches a nuestro lado antes de que sea capaz de ordenar lo que quiero decir—. Ya hemos tenido esta conversación mil veces. Tú también puedes proponer qué hacer.

—Te he dicho que cualquiera de esas cosas me parece bien.

—Claro, porque *todo* te parece bien.

—No entiendo por qué te enfadas.

—Porque estaría bien que de vez en cuando propongas tú algo, que no sea siempre yo quien tenga que estar tirando de todo. O al menos, mostrar un poco de entusiasmo cuando…

—Te he dicho que me parecía bien.

—Has puesto mala cara.

—Porque estoy cansado y lo que me pide el cuerpo es descansar.

—¡Siempre quieres descansar! —Grito porque aquí, al lado de la carretera, nadie puede oírnos—. Y mira, aunque sea así, puedes decirlo. «Oye, Erin, ¿qué tal si hoy vamos a mi casa, pedimos algo para cenar y vemos una serie?». Pero no, aceptas cualquier cosa.

—Es decir —se ríe de una forma terriblemente triste—, te enfadas porque estoy de acuerdo con lo que tú quieres hacer. ¿Te das cuenta de lo ilógico que suena eso?

—No, me enfado porque estoy cansada de que digas que sí a todo con tan poco entusiasmo. Se me quitan las ganas de hacer nada.

—Estás siendo completamente irracional.

Lo peor es que tiene razón. ¿En qué punto de nuestra relación empecé a comportarme así? Viene a buscarme al trabajo, me felicita por el primer día en el nuevo puesto, acepta mis planes aunque no le entusiasmen. ¿Y yo? Yo me irrito por sus palabras, le echo en cara que quiera hacer lo que yo quiero hacer. ¿Y por qué? ¿Por qué hace tiempo que no puedo sonreír de verdad cuando me mira como si fuera lo más bonito del mundo?

Tiene razón: estoy siendo irracional, como siempre.

Esta discusión no va a ninguna parte.

—Da igual —murmuro.

—Erin, no da igual. Hablémoslo.

—No. Da igual. No me hagas caso. Hoy estoy de mal humor. Echo de menos estar con Victoria. Lo siento. No debería pagarlo contigo.

—¿Seguro que no quieres…?

No sé exactamente cómo termina la frase y, aun así, niego con la cabeza.

Él no insiste. Nos quedamos de pie en la acera. Pasan tres coches junto a nosotros antes de que reaccionemos.

—¿Vamos?

Y mientras yo le escucho hablar de la tienda (de los clientes que no saben lo que quieren, de los que lo tienen demasiado claro, de los que insisten en que les hagas una pequeña rebajita y no acaban de entender que tú no vives del aire), nos pasamos de largo el camino que lleva al pueblo.

Se marcha de casa cerca de las diez de la noche. Nos despedimos en la puerta del jardín, agarrados de las manos y con la enésima nevada de la temporada empezando sobre nuestras cabezas.

Antes de entrar en casa, me detengo debajo de mi haya. Unos segundos bastan para que yo le haga mi pregunta, la que está cansada de escuchar, y para que ella me dé su respuesta.

15

—Nos tienes abandonados.

Es viernes, hace apenas unos minutos que he llegado de trabajar y estoy disfrutando de un chocolate caliente en la habitación medio vacía de Teo. Estoy sentada en su escritorio, con la espalda apoyada contra la pared y los ojos puestos en el cielo gris. Mis padres han ido a dar un paseo después de todo el día encerrados trabajando, así que estoy sola.

—No es verdad —dice Teo, al otro lado del teléfono.

—¿Cuándo fue la última vez que subiste al pueblo? —le reto. Sus segundos de duda son respuesta suficiente—. ¿Ves? Prefieres tus figuras de plastilina a nosotros.

Teo se ríe.

—Sabes que tengo cosas que hacer por aquí.

—Y a Au también la tienes secuestrada.

—Ella también tiene cosas que hacer.

Sé que es verdad. Sin embargo, no me gusta recibir un «no» cada vez que le pregunto a uno de los dos si van a subir este fin de semana. Tengo exámenes, una entrevista para no sé qué prácticas en no sé qué empresa, tengo que aprender a hacer un suflé, y yo tengo que hacer cuatro copias a tamaño real de *Las Meninas*. No son excusas, pero eso no quita que odie esas respuestas.

—Ya.

—¿Estás bien? —me pregunta mi hermano.

A veces, esto de ser mellizos es un asco. Es como si tuviera acceso libre y directo a mi cabeza. Claro que una vez ahí dentro, no debe de entender nada. Me pregunto qué aspecto tendrá mi cabeza. ¿Una maraña de hilos de colores? ¿Un laberinto de árboles? ¿Un cuenco lleno de canicas?

—Sí.

—¿Todo bien en el hotel?

—Sí. Llevo ya unos días trabajando en el telearrastre. No estoy con Victoria, pero la verdad es que es más entretenido.

—¿Será permanente?

—¿Cómo va a ser permanente? —me río—. Se acabará cuando se acabe la nieve.

—Ya sabes a lo que me refiero. Cuando acabe la temporada de esquí, ¿qué harás? ¿Volverás a la recepción?

—¿Qué iba a hacer si no?

—No sé, siempre puedes cambiar de trabajo.

—Me gusta mi trabajo.

—El sueldo no es muy allá.

—Es lo que se cobra ahora. Las cosas están así. Es un sueldo decente, los horarios son buenos y tengo contrato fijo. ¿Qué más quieres?

—¿Yo, querer? Nada. Lo que importa es lo que quieras tú. Cuando decidiste quedarte en el pueblo dijiste que buscarías algo para no estar cruzada de brazos mientras decidías qué hacer, al poco tiempo te contrataron en el hotel y ya no te has movido de ahí.

—Porque…

—Porque estás cómoda —me corta Teo, sin miramientos—. Erin, ¿quieres ser recepcionista toda la vida?

—¿Qué problema hay?

—Ninguno, pero tú… —Parece que busca las palabras adecuadas para terminar esa frase—. No te veo haciendo algo así toda la vida. ¿No te gustaría hacer otra cosa?

—¿Cómo qué?

—Hace tiempo dijiste algo sobre montar tu propio hostal.

Me acuerdo. Llevaba poco tiempo trabajando en el hotel y aún estaba deslumbrada por la novedad. Imaginaba una casa de montaña reformada, pocas habitaciones, cena casera todas las noches. Y los mejores postres del valle, decía Aurora cada vez que hablaba del tema con ella. Ahora ya no recuerdo cuándo fue la última vez que lo mencionamos.

—No seas idiota —le digo—. Son cosas que se dicen. Por querer, también querría ser acróbata de circo.

Teo bufa al otro lado, como siempre hace cuando la conversación empieza a agotarle.

—Bueno, tú verás lo que haces. Tú sabes qué es lo que quieres.

—Sí.

—Entonces, si no es cosa del trabajo, ¿qué te pasa?

Podría hablar con él. Es mi hermano, me quiere y me escucharía sin juzgarme. Teo sabe escuchar. ¿Pero qué podría decirle?

Bruno me saca de mis casillas. Es demasiado cariñoso y demasiado atento. A veces, cuando habla, le miro y pienso en otras cosas, porque estoy cansada de escuchar sus quejas día sí y día también; es horrible estar con alguien con trabajo y al que le importa su trabajo. Y lo peor: el otro día vino a buscarme al hotel porque quería saber qué tal me había ido el primer día en el nuevo puesto. Sin mencionar que el otro día me dio mi regalo de aniversario (con casi una semana de retraso), una edición limitada de *Colmillo Blanco*. ¿Te lo puedes creer?

Me llamaría loca con toda la razón del mundo.

Y más si después le explico que los mejores momentos que he tenido esta semana han sido las pausas para comer en el trabajo. El lunes, cuando por fin me quedé sola, respondí todos los mensajes de Max preguntándome dónde estaba y si me había ido. No puse ninguna excusa; solo le dije que había tenido que irme antes y él no hizo más preguntas. Al día siguiente, cuando el reloj marcó las dos, me esperó hasta que hube apagado los motores y volvimos a repetir el plan del lunes, solo que esta vez con comida de verdad.

Han sido cinco días y ya parece una tradición.

Pasamos esa media hora hablando de lo primero que nos pasa por la cabeza. Desde los deportes de nuestra infancia hasta el último libro que hemos leído. Día a día descubro algo nuevo sobre él: su peli favorita es *Dersu Uzala*, el libro que ha leído más veces es *Walden*, de Thoureau, y su favorito, *Donde viven los monstruos,* de Maurice Sendak. Le gusta bailar aunque se le da fatal, escucha a Johnny Cash por su padre, su pesadilla recurrente es estar encerrado en una jaula de exhibición de un zoo, a veces escribe poesía, y a veces es en inglés. La mente no piensa igual en todos los idiomas, dice. Descubro también que tras esa pose altiva se esconde alguien inseguro, a quien le tiemblan los labios cuando está nervioso y no deja de mirar a todas partes cuando estamos solos.

También descubro algo sobre mí: cuanto más tiempo paso con él, menos paciencia tengo con Bruno. Si nota mi tirantez al teléfono o mi frialdad cuando nos vemos la noche del jueves, no lo demuestra. Se comporta como si todo siguiera como siempre entre nosotros, y eso me irrita aún más. Él, que tanto dice conocerme, no sabe ver dentro de mí. Sigue haciendo bromas, besándome como siempre, tomándome de la mano como siempre. Está siendo un novio normal y yo no dejo de culparlo por ello.

¿Qué me pasa?

No estoy siendo una persona racional. No puedo explicarle nada a Teo de forma racional y por eso decido enterrar esas tonterías.

—Estoy bien, es solo que os echo de menos.

—Subiremos pronto, te lo prometo —dice él, tras una pequeña pausa—. Además, pronto tendré vacaciones. La Navidad ya está prácticamente aquí.

—Lo sé.

Me manda besos para todos, de su parte y de la de Aurora. Le estoy prometiendo que le daré recuerdos a todos, esta vez de verdad, cuando dice:

—¡Espera, no cuelgues! Quería pedirte algo.

—¿Qué pasa?

—Es Aurora. Su abuelo, en realidad. Está preocupada porque cuando subió a Valira la semana pasada lo vio con poca energía y tosiendo mucho, y a veces se le va un poco la cabeza. Les pregunta a sus padres qué tal el catarro y ellos dicen que bien, pero ella piensa que solo le responden eso para no preocuparla.

—¿Pero está bien?

—No lo sé. Por eso quería hablar contigo. ¿Podrías pasarte algún día por ahí? Para saber cómo le ves tú. Aurora se quedará más tranquila si tú le dices que está bien.

—¿Por qué no me lo pide ella?

—Porque no quiere molestarte. Fue idea mía, no quiere que te diga nada.

—¿Pero por qué?

—Ya sabes cómo es.

—Pues dile de mi parte que me ha ofendido y que más le vale traerme tres cestas de chocolate y unos esquís nuevos cuando venga por Navidad. Mínimo. Es el precio de la ofensa.

Teo se ríe.

—Se lo diré.

—Vale. Y dile también que haga el favor de entender de una vez que puede hablar conmigo si le pasa algo.

Es la gran batalla con Aurora. Es hermética como una caja fuerte. No puedo decir que sea así desde que nos conocemos, porque somos amigas desde que llevábamos chupete, pero sí desde hace tanto que ya no la recuerdo siendo de otra forma. Ona y Bardo son los extrovertidos del grupo; Pau, el callado; Paula, la deportista; Teo, el artista (por suerte, nada atormentado), yo soy la cerebrito y Aurora, la chica de hielo, la rompecorazones. La chica que no llora delante de nadie, la que nunca habla de sus problemas, quizás para no preocupar o para no mostrar debilidad. Pero también es la chica que es consciente de sus errores y lucha contra sus instintos para ser todos los días un poco mejor. «Estoy aprendiendo», dice cada vez que le recuerdo qué pasó la última vez que intentó solucionar un problema haciendo como si no existiera. «Todos estamos aprendiendo», le respondo yo cada una de esas veces. Las dos sonreímos y un tiempo después repetimos la misma conversación, porque, por mucho tiempo que pase, las dos seguimos aprendiendo.

—Se lo diré.

—¿Sigue pintando las paredes? —Es lo que hacía cuando estaba estresada. El único modo de dejar la mente en blanco era llenar las paredes de su habitación con dibujos. Cuando no quedaba espacio, capa de pintura y vuelta a empezar.

—Sí.

—Pues cómprale más pintura. Y deja que de vez en cuando elija ella la música, ¿vale? Que sé lo cansino que puedes llegar a ser.

—¿Te quejas de mi gusto musical?

—No, pero no quiero que mi amiga vuelva a casa por Navidad con el cerebro medio frito de tanto escuchar a Sinatra.

—¿Algún problema con Sinatra?

La dureza impostada de su voz me hace reír. Aunque hace rato que nos hemos despedido, aún seguimos hablando un poco más. De jazz, de la música de hoy en día, del tiempo, de las ganas que tiene de pisar la nieve de una vez. Antes de irse, Teo me prometió que, aunque la distancia cambiaría algunas cosas, había muchas otras que iban a seguir como siempre. Y a pesar de que cumplió su palabra, cuando esta noche cuelgo el teléfono, siento un sabor agridulce en el paladar.

Hoy querría que estuviera aquí. Él siempre ha sabido ver más allá que los demás; por eso supo que algo iba mal con la universidad antes que nadie. Quizás si estuviera aquí se daría cuenta de que no estoy bien. Quizás incluso sabría qué es lo que me pasa y podría decírmelo. Pero está lejos, y por eso, cuando por la noche me meto en la cama, no hay nada que pueda hacer para que las pesadillas no me atrapen.

16

Viajar en el tiempo es sencillo. Yo acabo de hacerlo y no he necesitado ni conjuros ni máquinas del futuro. Me ha bastado ir a la plaza del pozo a primera hora de la mañana y ¡puf!, he aparecido aquí mismo, solo que unos diez atrás.

He estado tantas veces ocupando el lugar de los niños que corretean por la plaza…

Hacía mucho que no venía por aquí a estas horas de un sábado, así que no esperaba encontrar a los *picolistas* aquí. Los monitores forman un corro al lado del pozo mientras los niños, tan abrigados que parecen pelotas antiestrés, hacen suya la plaza. Los más pequeños corren por todas partes y los mayores, los que están en esa edad de creerse más adultos de lo que son, forman corrillos por aquí y por allá. Todos llevan sus móviles en la mano.

Cuando yo formaba parte de los *picolistas* (el Club Excursionista «Picol» para Niños y Jóvenes es un nombre demasiado largo), nadie se llevaba el teléfono a la montaña. También influye el hecho de que, por aquel entonces, casi nadie tenía móvil; pero aun así, creo que nosotros éramos diferentes. El pensamiento me recorre la columna vertebral con una advertencia: me estoy haciendo mayor. Solo los adultos piensan así. «En mi época todo era mejor». ¡Pero es verdad!

No puedo ni siquiera intentar contar cuántos sábados hice el camino de casa hasta aquí, primero con Teo y mis padres, después solo con Teo. Como todos los niños de Valira, empezamos en el club excursionista con nueve años y lo dejamos con quince. Seis años, dos sábados al mes… Hago las cuentas. Veintiséis excursiones al año, más de ciento cincuenta en total. Parte de mi infancia es de los *picolistas*.

Excursiones, acampadas, salidas de esquí. Todos y cada uno de mis recuerdos con los *picolistas* son buenos. Por eso me veo a mí misma en el centro de la plaza, con ese abrigo azul eléctrico que perdí en una excursión al Vallerocosa (al día siguiente estaba en la cama con anginas por haber hecho todo el camino de vuelta sin abrigo en pleno noviembre) y el pelo recogido en una coleta enorme.

—¿Te acuerdas de vuestra época de *picolistas?* —la voz, grave y algo ronca, me hace dar un respingo.

El Abuelo Dubois ha viajado en el tiempo conmigo. En cuerpo estamos en el mismo sitio, de pie junto al mostrador de la pastelería Aldosa; en espíritu, ambos estamos muy lejos de este momento.

—Toma, cariño. —Marta consigue que despegue los ojos del cristal y vuelva a la pastelería.

—Gracias.

Guardo el cambio que me ofrece y meto en mi bolsa de tela las dos baguetes y los cruasanes. «¿Cómo te vas a ir sin la especialidad de la casa?», se ha indignado Marta al decirle que solo venía a por pan y para ver qué tal estaba el Abuelo Dubois. Cuando ha vuelto del obrador, lo ha hecho con una pequeña bolsa de cruasanes y a su padre arrastrando los pies detrás de ella.

—¿Qué estabais mirando tan embobados? —pregunta, al ver que el Abuelo Dubois sigue con la atención puesta en la gente de la plaza—. Ah, los *picolistas*.

La sonrisa que se le dibuja en la cara me dice que también ha viajado en el tiempo. Su gesto se enternece, se le levantan las comisuras de los labios y se le empequeñecen los ojos.

—Cómo pasa el tiempo —dice el Abuelo Dubois—. Parece que fue ayer cuando llevamos a Aurora a su primera excursión. ¿Te acuerdas, hija? Iba tan abrigada que casi ni se le veía la cara, pero si le bajabas un poco la bufanda... Tenía una sonrisa grande como una montaña.

—Le gustaba mucho los *picolistas*. Os gustaba —corrige Marta, mirándome—. ¿Sabes que mi padre y mi madre se conocieron gracias al grupo excursionista? Ella era de Ordens y....

El grito del Abuelo Dubois es tan contundente como el golpe de una piedra:

—¡No!

El rostro de Marta se convierte en un acordeón. Pasa del hechizo de la melancolía a la sorpresa, de ahí al miedo y de ahí a una dulzura triste.

—Papá —susurra, con tono conciliador—. Sí os conocisteis ahí. Me lo has contado mil veces.

Él menea la cabeza como un niño pequeño. Marta no deja de hacer saltar la mirada entre él y yo, entre la preocupación y la disculpa. «A veces se le va la cabeza». Las palabras de Teo retumban en mi mente.

He cumplido la promesa de bajar al pueblo a ver qué tal está el Abuelo Dubois en menos de veinticuatro horas. ¿El premio? Descubrir que los padres de Aurora no mienten; el abuelo está como siempre. Ni mejor ni peor. Los años se le caen por todas partes, pero más allá de eso, yo no le veo mal.

No sé si esto es normal.

—No. —¿Cómo puede meter tanta vehemencia en una palabra tan pequeña?—. No, niña. Yo a tu madre la *vi* en una salida de *picolistas* por primera vez. ¿Pero conocerla? Conocerla no la conocí nunca.

—No digas eso —dice Marta, con voz triste y los ojos en blanco.

A mí se me escapa una risa.

—Mira a Erin, ella se ríe. —El Abuelo Dubois me da unas palmaditas en la espalda, como si estuviera orgulloso de mí—. Es verdad, nunca conocí a tu madre, y ella tampoco me conoció a mí. Igual que tú y tú marido, qué te crees, y que todos los matrimonios del mundo. Hija, no nos entendemos ni a nosotros mismos, cómo vamos a entender a otros…

Veo en la cara de Marta que no está de acuerdo con la verdad que oculta la broma. Pone los ojos en blanco y menea la cabeza de un lado a otro:

—Anda, papá, no digas tonterías. ¿Has sacado ya a pasear a *Frankie*? Recuerda que el médico dice que…

El Abuelo Dubois la corta moviendo violentamente las manos en el aire, como si quisiera dispersar el discursito que se avecina.

—Ahora voy, ahora voy.

Se despide de mí con la mano sobre mi hombro y unas últimas palabras.

—Sé que tú eres lista y me entiendes.

Es verdad. Tengo una cuarta parte de los años que tiene él y un poco más de un tercio de los de Marta; aun así, es suficiente para que me haya dado tiempo a entenderlo.

¿Cuántas veces ha dicho Bruno que me conoce como la palma de su mano? Tantas como yo he sonreído en respuesta, porque qué bien sienta escuchar eso. Cuando te sientes tan lejos de ti misma, reconforta creer que alguien —alguien, qué importa quién, alguien—, te conoce.

Conocer a alguien.

Como si fuera algo tan sencillo.

Los griegos lo dejaron escrito en el Oráculo de Delfos. ¿Sabían que la gente seguiría hablando de esa inscripción milenios después?

Conócete a ti mismo, escribieron.

En griego: γνῶθι σεαυτόν.

En griego transliterado: *gnóthi seautón*.

En latín: *nosce te ipsum*.

Lo puedo decir de tantas formas distintas porque es lo único lógico que encierra el enigma. ¿Lo demás? Interpretaciones, filosofía, mitos y leyendas, estudios psicológicos. ¿Esas palabras se refieren a conocerse a uno mismo en un sentido filosófico como camino a comprender el universo? ¿Lo divino a través de lo humano? ¿Hablan tal vez de conocer nuestras virtudes y defectos para ser conscientes de nuestra individualidad? ¿O es el «conócete a ti mismo y conocerás a todos los hombres» que defendía Hobbes?

He leído mucho y lo único que he sacado en claro es que hay tantas interpretaciones como personas dispuestas a conocerse a sí mismas.

Ni siquiera se han puesto de acuerdo en a quién deberíamos atribuírsela.

Conócete a ti mismo.

Ja.

Como si fuera tan fácil. El Abuelo Dubois tiene razón: es inútil intentar comprender a alguien cuando ni siquiera nosotros estamos a nuestro propio alcance.

17

Ona está de pie en el porche de mi casa. Vaqueros ajustados, botines oscuros y los labios tan rojos como la nariz. Hace un frío que pela, y aun así sigue intentando convencerme de que estar al aire libre es una buena idea.

—Vamos al bar —propongo.

—Ya fuimos ayer.

—Yo no fui.

—Porque no quisiste —me recuerda—. ¿Qué hiciste al final, por cierto? ¿Saliste con Bruno?

—No. Me quedé en casa.

No tenía ganas de salir ni de ver a nadie, así que cené con mis padres, vi una película con ellos hasta que se quedaron dormidos y terminé la noche en mi cama, devorando el libro que lleva demasiado tiempo en la mesilla de noche.

—Una razón más a mi favor, entonces. Hoy toca salir. Además, ya le he dicho a Ilaria que iríamos.

—¿Y para qué le dices eso sin preguntarme?

—Porque creía que dirías que sí.

—Hace frío. ¿En serio crees que el mejor plan para un nueve de diciembre es subir al Asters en plena noche?

—Sí.

—¿Por qué, exactamente?

—¡Porque es divertido! Y porque no lo hemos hecho nunca. Vamos, ¿no echas de menos las fiestas de bienvenida con los forasteros? ¿Recuerdas cuando tuvimos que darle la caravana a los mocosos de la quinta del 2001? Dijimos que no íbamos a ser como los mayores, que íbamos a seguir yendo a las fiestas que organizaran mientras estuviéramos en Valira. ¿Y qué pasó?

—Que fuimos solo una vez.

—Eso es. Porque, Erin, nos guste o no, hemos crecido. ¿Tú los ves? En serio, ¿has visto últimamente a las quintas que tienen ahora las caravanas? ¡Son unos críos! Por eso dejamos de ir, porque hemos crecido. Pero eso no significa que tengamos que quedarnos en casa en pijama un sábado por la noche —me mira de arriba abajo—, haciendo el crucigrama del periódico.

—Ona...

—Así que mueve el culo, quítate eso y...

—Ona...

—...y haz el favor de dejar de ser una abuela.

—¡Ona!

—No te lo estoy preguntando, Erin. Te lo estoy ordenando. Ve y vístete.

Suspiro.

—¿A qué hora es?

—A las ocho en el apartamento de Ilaria. Desde ahí subiremos al lago.

—¿Quién va?

—La quinta, mamá —sopla ella—. Y también algunos forasteros de tu hotel.

No dice más y, aunque yo quiero preguntarle qué forasteros, si ella conoce a alguno que no sea Ilaria, si alguno de ellos es Max, me muerdo la lengua.

—¿Bardo también viene? ¿No trabaja en el restaurante?

—Hoy libra. Así que haz el favor de venir, porque Bardo saliendo un sábado desde temprano es poco menos que un milagro.

—Ona...

—Vamos a llevar algo de picar —sigue hablando como si ya estuviera decidido que voy—, así que trae algo. No le des muchas vueltas, lo que tengas por casa.

Uno tiene que saber cuándo darse por vencido. Ona no se va a cansar y yo tengo que admitir que, si me olvido de la pereza, me apetece ir.

—Eres lo peor —le digo, sonriendo—. Siempre me convences.

—Porque siempre tengo razón. ¿Eso significa que vienes?

—Quizás —le digo, y ella traza una sonrisa triunfal porque sabe lo que esa palabra significa en mi boca.

—Ve yendo, ¿vale? Llamo a Bruno, me visto y voy para allá.

Mi mente me está enviando toda clase de señales de alerta. Bocinas, luces rojas, explosiones. ¿Y si Max está ahí? Bruno no puede vernos juntos.

¿Pero qué estoy diciendo?

Ni que hubiera nada entre nosotros.

No hay nada, pero cómo le miras... Hasta un ciego se daría cuenta.

¿Darse cuenta de qué? Somos solo amigos que comen juntos.

Mi cabeza es una espiral de voces que no puedo controlar y que solo se detiene con el grito alegre de Ona:

—Genial. ¡Ya sabes dónde es! —dice mientras echa a andar, y en el instante en que deja de hablar, se detiene. Frunce el ceño—. En realidad, no, ahora que lo pienso. Te mando ahora la dirección por mensaje, ¿vale?

—Nos vemos en un rato.

Bruno contesta al segundo pitido y, en cuanto cruzamos cuatro frases, una parte de mí se arrepiente de haber llamado porque mis sospechas se confirman: la idea de una excursión nocturna al Asters no le hace ninguna gracia. La nieve, el frío, la oscuridad, el hielo.

—¿No te apetece venir aquí?

No.

Es decir, sí. Una peli en un piso con calefacción y un sofá tan cómodo que parece hecho de nubes suena a paraíso ahora mismo.

Pero:

—Eso es lo que hacemos siempre, Bruno. ¿Por qué no quieres ir?

No debería insistir. Debería hacer caso a mis instintos; sin embargo, no puedo dejar de decirme que a lo mejor esto es para bien. Tal vez esta es la manera de deshacerme de todas las fantasías que me llenan la cabeza. Verlos juntos es la única forma de ser consciente del peligro que representa Max y de lo irresponsable que estoy siendo al no poner freno a las fantasías de mi mente.

Bruno no está por la labor de descubrirlo.

—Porque es una locura meterse en esa zona tan tarde y con este tiempo. ¿Y si nieva?

—¿Y si nos cae la casa encima? —Ya estoy hablando como mi madre. Suelto un bufido que acaba muriendo de puro cansancio. Tomo aire, siento cómo mis pulmones se hinchan y se deshinchan, y finalmente digo, esforzándome en que mi voz transmita una calma que no siento—: Podríamos hacer otra cosa.

—No, no te preocupes. Ve con ellos.

—¿Estás seguro?

—Sí, aprovecharé para quedar con estos.

«Estos» son los amigos de su quinta que siguen por aquí: Gabriel, Caterina y Rodrigo. Aunque por una parte odio que nunca se apunte a este tipo de plan loco tan propio de Ona, por la otra me alegro de que quede con su quinta. Siempre está conmigo y, como la mitad de mi tiempo libre lo paso con mi quinta, él apenas ve a la suya.

—Como quieras.

—¿Nos vemos mañana? Te invito a comer a casa para que repongas fuerzas.

—De acuerdo.

—Ten cuidado, ¿vale? Ponte las botas de montaña y coged linternas y abrígate bien.

—Siempre tengo cuidado.

—Ya lo sé —dice, con voz suave—. Pero la montaña de noche…

—Estaré bien. Además, somos mucha gente. No es como si fuera sola. Nos vemos mañana, ¿de acuerdo?

—Pásalo bien.

—Tú también. Y dales abrazos a Caterina, Rodrigo y Gabriel. Proponles organizar algo algún día de estos; hace mucho que solo les veo el pelo cuando me los encuentro por la calle.

—Lo haré. Envíame un mensaje cuando llegues a casa, para quedarme tranquilo —me pide, y yo le aseguro que lo haré—. Nos vemos mañana. Te quiero.

—Te quiero.

Espero no tener que darle la razón a Bruno y que todos volvamos sanos y salvos de la excursión. Imagino todas las posibilidades: cuerpos mutilados, carteles de «persona desaparecida» repartidos por todo el valle, alguien con muletas, dientes rotos. Es cierto que noche y montaña no es la mejor combinación para un excursionista. Sin embargo, Ona tiene razón: hemos crecido, pero eso no significa que no podamos hacer las cosas que hacíamos antes. Recuerdo la última Fiesta de Bienvenida que organizamos. Yo acababa de volver al pueblo y, aun así, fue como si jamás me hubiera marchado. Recuerdo a Pau y a Bardo dando el discurso que abría la fiesta, ambos subidos a una mesa, el juego por el bosque junto a la explanada, las horas infinitas que pasamos bajo las estrellas.

En esos recuerdos ando perdida mientras camino en dirección al apartamento de Ilaria.

Lo reconozco antes incluso de que él me vea. Está en el centro de la plaza, apoyado contra el pozo y toda la atención puesta en su móvil.

—¿Sabes que tienes el culo apoyado en una tumba?

Max levanta la cabeza de forma brusca. Su expresión se relaja al darse cuenta de que soy yo quien le está hablando y no un valirense loco.

—¿Qué? —Su expresión es algo a medio camino entre una sonrisa y una mueca.

—La tumba de una reina feérica, sin ir más lejos.

Frunce el ceño.

—¿Has bebido?

—No. Vas al apartamento de Ilaria, ¿no? Te lo cuento de camino.

—Ese era el plan, pero… —Se queda ahí, a media frase, mirando quién sabe qué en el móvil.

—¿Pero…? —le doy cuerda.

—Perdón —dice, levantando la mirada del móvil—. Había quedado aquí con un par de camareras del hotel, pero me están diciendo que hay cambio de planes.

—¿Cambio de planes? Yo no me he enterado de eso.

—Se han rajado con lo del lago. La gente está cansada o dicen que tienen que trabajar mañana o qué sé yo. Excusas. Ellas no van y Álex ha dicho que irá más tarde a casa de Ilaria.

—Entonces… ¿Toda la noche en el apartamento de Ilaria?

Mi euforia se deshincha. Quizás en otro momento me habría parecido una idea decente. Sin embargo, ahora, vestida con mi abrigo más grueso y mis chirucas, y con la idea en mente de pasar la noche al aire libre… Si hubiera sabido que el plan era sentarse en un sofá, me habría quedado en el mío.

—Eso parece.

Mi cara debe de decir todo lo que estoy callando, porque aun sin abrir la boca, Max se da cuenta de lo que tengo en la cabeza.

—Yo también prefería lo de la excursión —dice. Se reincorpora, me mira y sonríe—. De hecho, deberíamos ir de todos modos.

—¿Los dos?

—¿Por qué no?

Tengo mil razones con las que responder a esa pregunta. Me atengo a la más lógica:

—Es una caminata de una hora de subida y otra de bajada, y si alguno de los dos se hace daño, el otro tiene que correr a avisar, porque por ahí la cobertura es más bien regular. No te ofendas, pero prefiero ir con gente que conozca la zona. No quiero tener que hacer de niñera.

—No tenemos por qué ir al lago ese. Podemos ir a otro sitio. No pongas esa cara, como si estuviera diciendo una tontería. Tú también te habías hecho a la idea de estar en la montaña esta noche. Te apetece nada y menos meterte en un apartamento, te lo veo en la cara. ¿Tengo razón?

—Sí.

—Pues entonces vayamos a alguna parte —concluye, dando unos pasos hacia atrás con los brazos extendidos hacia mí, invitándome a unirme a él.

—¿Adónde?

—No lo sé, ¡la vida es una aventura! Vamos, no seas cobarde. ¿Te vienes?

No debería. Le he prometido a Ona que iría. Aun así…

—Vamos.

—Tú eres de aquí, así que tú me guías.

No tengo ni que pensar para decidir adónde quiero ir. Le señalo la calle más cercana a la farmacia y echamos a andar.

—Cuéntame eso de la tumba y de la reina —me pide.

—¿No sabes nada de la Reina Valira?

—No.

—¿Nadie te ha contado las leyendas del pueblo?

Él niega con la cabeza, así que activo mi Modo Trovador. Solo me falta el laúd.

Cuentan que hace milenios, cuando los pájaros aún tenían dientes, los bosques de este valle estaban habitados por feéricos, que vivían alejados de los humanos, seres inferiores que mataban a sus hermanos —ciervos y conejos y jabalíes— para alimentarse, y que talaban árboles para construir sus casas. Las leyes no escritas de los feéricos dictaban que los dos pueblos no debían mezclarse y que los humanos no debían conocer la existencia de los feéricos, pues los mortales eran conocidos por perseguir y exterminar todo aquello cuanto fuera diferente a ellos o no comprendiesen.

Así vivieron durante siglos, hasta que la Reina Valira se atrevió a cambiar lo establecido. Cuentan que, una noche de verano, la reina feérica estaba dando un paseo por el bosque cuando se encontró con un joven y bello mortal. Estaba herido. Había perdido mucha sangre y, si nadie lo ayudaba, moriría. La reina lo sabía bien, como sabía que ahí ningún humano lo encontraría. Ella era la única que podía salvarlo. ¿Qué hacer? Era un mortal y los mortales no debían saber de la existencia de los feéricos, pero también era un ser vivo. No podía dejarlo morir. Así que la Reina Valira salvó al mortal y terminó enamorándose de él.

A partir de ese momento, los feéricos dejaron de vivir escondidos. Algunos, los que consideraban esa la mancha más imperdonable, abandonaron el valle; los que se quedaron empezaron a dejarse ver entre los humanos. Aún hoy se cuenta que por las venas de los valirenses corre sangre mágica.

La Reina Valira se convirtió en la Reina Enamorada, la Reina Sin Corona, y vivió con el humano hasta el fin de sus días. Cuando él murió, ella se deshizo en lágrimas, tan pesadas que agujerearon el suelo. El pueblo construyó un pozo a su alrededor y, según cuenta la leyenda, la Reina Enamorada todavía le habla a su pueblo desde lo más profundo del pozo. Quien quiera escucharla, la oirá.

Se celebra la historia de amor de la reina feérica, pero ¿quién cree en ella? ¿Quién le habla? ¿Quién la escucha?

En realidad, no creen.

—Así que no apoyes el culo en la tumba de la Reina —concluyo, ya con el pueblo a nuestras espaldas.

Max se detiene para observarme de arriba abajo. Tiene las manos en las caderas y los labios apretados, intentando contener una risa que le llena toda la cara.

—¿Y le tiráis monedas para pedirle deseos?

—¿Cómo le vamos a tirar monedas? A la Reina no se le pide nada, solo se le habla y se la escucha.

—Tú le hablas —aventura, sin perder la sonrisa.

—A veces. ¿Qué? No pongas esa cara. No me avergüenzo de ello. Hay gente que le habla a algún dios para pedirle milagros, ¿no? ¿Pues por qué no hablarle a una reina feérica?

—A mí lo único que me preocupa es si te responde.

—Por ahora está callada.

—Qué alivio. Ya pensaba que tenía que buscar el número de emergencias.

—No estoy loca.

—Todos estamos un poco locos, Erin. —Ensancha la sonrisa hasta que vuelve a recordarme al gato de Cheshire—. Así que le hablas a un pozo. ¿Tienes algún otro secreto inconfesable?

Pienso en mi haya.

—No tengo secretos. Por ahí —le digo, señalando uno de los caminos que sale de la carretera principal y que bordea la explanada de las caravanas hasta perderse dentro del bosque—. No está muy lejos.

—¿Ya tienes claro adónde vamos?

—A la fuente de Tristaina. ¿La conoces?

Niega con la cabeza.

—Pero me parece bien. Y no me cambies de tema. En serio, algo tiene que haber por ahí, algún secreto que te avergüence y que no sepa nadie o casi nadie.

—En realidad, no. Soy un libro abierto. La vergüenza no te da de comer, Max.

Yo antes no pensaba así. En un pueblo, todo el mundo habla de todo el mundo. De lo que ven e incluso de lo que no ven, así que crecí con esa sensación de no poder hacer ni decir nada sin que alguien te juzgara. Pero a los dieciséis me marché del pueblo y descubrí que existen lugares en los que a nadie le importa con qué ropa sales a la calle.

—Yo de pequeño metí la cabeza entre los barrotes de las escaleras y casi tuvieron que venir los bomberos a sacarme.

—¿Cómo que *casi*? —pregunto, sin disimular la risa.

—Cuando mis padres consiguieron desatascarme, yo ya llevaba ahí casi dos horas y los bomberos estaban de camino.

—Eso suena más a trauma que a secreto, Max.

—Espera. Lo gracioso y lo que no sabe nadie es por qué lo hice.

—¿Por qué lo hiciste?

—Debía de tener cinco o seis años, me estaba cuidando la vecina, que debía de tener unos dieciséis o diecisiete, yo quería impresionarla… Y digamos que estaba buscando el ángulo perfecto para doblar los barrotes.

La risa se me escapa entre los dientes.

—Intentabas impresionar a tu niñera.

—Más o menos —dice, sonriendo.

—Doblando los barrotes de una escalera.

—Más o menos. —Ensancha la sonrisa—. No me arrepiento de nada. No conseguí nada, claro, pero aprendí cómo no intentar impresionar a una chica.

—Una gran lección —le digo—. Si te sirve de consuelo, yo con cuatro años metí los dedos en el ventilador porque creía que así me cortaría las uñas.

—¿Y funcionó?

—No te lo recomiendo. La visita al hospital es obligada después.

—No suena muy bien. ¿Seguro que eres un cerebrito? Eso no suena a persona muy inteligente, perdona que te diga.

—Soy una persona con matices.

—Yo tenía miedo a que la gravedad se acabara.

Ahora sí que me río a carcajada limpia.

—¿Qué? —consigo decir a duras penas.

—Lo digo en serio: ¿y si la gravedad se acabara? Saldríamos volando y nunca nos detendríamos.

—¿Qué tontería es esa? —digo, sin poder parar de reír. Tengo que detenerme para sujetarme la barriga, porque tengo la sensación de que va a estallar de tanto reír. Intento controlar la respiración para calmarme y, cuando por fin lo logro, le explico—: Primero, si la gravedad se acabara, tendríamos problemas más graves de los que preocuparnos, te lo aseguro. Segundo, no saldríamos volando. Si no hay gravedad, no hay centro de atracción. Flotaríamos y ya.

—Bah, ¿qué sabrá la ciencia de esto? Saldríamos volando como los globos de las ferias, Erin.

—«Qué sabrá la ciencia» —repito, divertida—. ¿Lección de vida de Max?

—Lección de vida de Max.

—¿Algún otro miedo estúpido?

—Las palomas.

—Eso es más normal.

—¿No te da la sensación de que te escuchan?

—No.

—A mí sí. No parpadean nunca y de repente, sin venir a cuento, hacen un ruido y te miran con la cabeza torcida, como si preguntaran «*¿qué pasa?, ¿todo bien, humano?*». Ah, y ya que estamos hablando de animales que dan mala espina, hablemos de los perezosos.

—¿Qué les pasa a los perezosos?

—Están mal diseñados. Tienen ojos de drogados, esas garras tan largas, esa cara como si se estuvieran riendo siempre…

—Para ser un amante de los animales, no los quieres demasiado.

—Los perezosos me gustan. Solo digo que son un poco extraños.

—Pero las palomas, no.

—Ni de broma.

—No habría sitio para ellas en tu refugio.

Justo en ese instante, entramos en el bosque. Aquí la luz de la luna llega a duras penas, de modo que enciendo la pequeña linterna que llevo colgada del llavero.

—No voy a responder a ninguna pregunta sin la presencia de mi abogado —dice Max, y señalando la linterna, añade—: Por cierto, muy previsora.

—¿Has pensado en serio alguna vez lo del refugio?

—Tampoco quiero responder a eso. —Esta vez suena serio.

—¿Por qué?

—Porque es una utopía, ya te lo dije.

—Que sea difícil no significa que sea imposible.

—¿Y tú qué vas a hacer? ¿Seguirás en el hotel toda la vida?

Sé lo que está haciendo y no quiero entrar ahí, de modo que sacudo la cabeza y cambio de tema de conversación:

—No te quedes tan atrás. Ponte a mi lado, tendrás más luz. No quiero que tropieces y te abras la cabeza.

Max me hace caso y el silencio se extiende ante nosotros, entre la nieve y la luz de la linterna. Caminamos sin decir nada, escuchando únicamente los sonidos de la noche en el bosque.

18

—Aquí está: la fuente de Tristaina.

Para cualquiera que la vea, esto no es más que un salto de agua —sin agua— en el lecho de un río. Un montón de piedras que alguien colocó aquí hace tanto tiempo que ya es indivisible y que el musgo, que ahora se asoma tímidamente por debajo de la nieve, ha hecho suyo. La fuente no es más que un agujero irregular en medio del bloque de piedra.

No hay nada más. Ni un cartel explicando por qué este lugar es importante ni un pequeño letrero con el nombre de la fuente.

—Solo brota en primavera —le explico a Max.

—Entonces tengo suerte, podré verla antes de que me vaya.

Disimulo, tanto para mí como para él, el pinchazo en el costado que son esas palabras, y me fuerzo a hablar como si nada sucediera:

—¿Cuándo te vas?

—Tengo contrato hasta abril.

—Entonces no cantes victoria tan pronto. —La sonrisa me está resquebrajando la comisura de los labios—. La primavera llega cuando quiere. No te creas eso de los equinoccios.

—¿Cómo que «no me crea»? Tú eres científica...

—No soy científica.

—Ibas a serlo, tienes mente de científica. La primavera llega cuando llega, no cuando quiere.

—En Valira, no —le explico—. Dicen que en un invierno infinito, los aldeanos de la zona le rogaron a la Reina Valira que hablara con los bosques y los cielos para que llegara la primavera. Ella construyó esta fuente en medio del río, por aquel entonces seco, y a la mañana siguiente el cauce ya estaba lleno de agua. El deshielo empezó ese mismo día. Desde entonces, esta fuente es la que anuncia la llegada de la primavera. Si el agua corre, el deshielo ya está aquí. Cuando eso pasa, se celebra la Fiesta de la Primavera, en que se hace una ofrenda a la Reina Valira para que hable con quien tenga que hablar para tener una buena estación. Un niño o una niña deja un ramo de grandallas secas encima de la fuente y lee la petición del pueblo a la reina.

Max, de pie entre la fuente y yo, pregunta:

—¿Grandallas?

—Es la flor típica de la zona. También lo llaman «narciso de los poetas». Dicen que cuando la Reina Valira le prometió amor eterno al mortal, llevaba el pelo lleno de esas flores.

Él entorna los ojos.

—¿Te sabes de memoria todas las leyendas de Valira?

—Todas.

—Eres un poco rara.

—He vivido toda mi vida aquí, lo raro sería que no las conociera.

Todos los valirenses que conozco, tengan mi edad o sesenta años más, se saben las leyendas al dedillo. En Valira te cuentan esas historias antes de que sepas caminar. Creces con ellas, literalmente.

—Pero tú no has vivido siempre aquí, ¿no?

—Viví dos años fuera. Mis padres querían marcharse de Valira desde hacía tiempo, ver qué tal les iba el negocio en otra parte, y mi hermano tenía que irse de todos modos para poder estudiar el Bachillerato que quería, así que nos fuimos todos.

Max señala un pequeño tronco que queda a nuestro lado, y después de retirar la nieve con la mano, se sienta mientras dice:

—No sabía que tuvieras un hermano.

Yo, que he salido de casa pensando que íbamos a terminar la caminata a la orilla del Asters, saco un finísimo chubasquero del bolsillo del abrigo. Le hago un gesto a Max para que se levante y yo pueda colocarlo sobre el tronco.

—Mellizo, en realidad. Se llama Teo —digo, al tiempo que nos sentamos. Apago la linterna.

Apenas nos separan unos centímetros.

—¿Y qué tal es eso de tener un mellizo? —pregunta Max, mirando la fuente.

—Pues igual que tener un hermano, supongo. ¿Tú tienes hermanos?

Sacude la cabeza de un lado a otro.

—Hijo único. ¿Te llevas bien con él?

—Cuando no está en modo creativo, sí. Estudia Bellas Artes y es de esos a los que no despegas de su cuaderno ni con agua caliente. Cuando viene a casa y se encierra en su habitación a pintar es un poco agotador, porque no para de escuchar a Sinatra, pero por lo demás, está bien. Nos llevamos bien.

—¿No vive con vosotros?

—No. Poco después de que volviéramos, ese mismo septiembre, se marchó a estudiar a la universidad. ¿Te acuerdas de Au? La chica pelirroja que vino el viernes al bar.

—¿Aurora?

—Esa. Pues…

—¿Cómo la has llamado? —me interrumpe.

—Au.

—¿Au? Qué mal suena. Parece un quejido.

Lo mismo que dijo ella al poco tiempo de que empezase a llamarla así. «Suena peor que un lobo moribundo», me dijo.

—No es un quejido —le explico—. Au es el símbolo químico del oro y Aurora es el nombre de la Bella Durmiente en la versión de Disney. Princesa, oro, corona. Tiene sentido.

Max me mira con la sonrisa ladeada.

—Y por eso la llamas Au.

—Y también porque es más corto. No me desvíes del tema. El caso es que Teo y Au están juntos desde hace un par de años. Ella se mudó hace poco más de un año y desde entonces viven juntos. Comparten piso con dos chicas más, a las que no conozco.

Sé poco de ellas: una se llama Valentina y la otra Idoia, las dos se mudaron al mismo tiempo que Aurora por las mismas razones que ella. Se conocieron por alguna web de estas en las que se busca gente para compartir piso (y sobre todo, facturas). La convivencia debe de ir bien, pese a todos los augurios de mis padres, a quien no les hacía gracia que Teo viviera con Aurora siendo tan joven y aún menos con dos completas desconocidas; este es el segundo curso escolar en que viven juntos.

—¿Y a ti no te gustaría mudarte con ellos?

—No.

—Qué rotunda.

Me encojo de hombros.

—Ya viví una vez en una ciudad grande y no me gustó.

—¿Por qué no?

—No me adapté. Estoy acostumbrada a esto. Mucho espacio, casas amplias, calles con poca gente… Y cuando la gente está en la calle, *está* en la calle. No siempre va de camino a alguna parte. En las ciudades, las calles son solo lugares de paso. En los pueblos son una parte más de las casas. La gente saca las sillas, se ponen ahí a jugar a cartas o a beber algo o simplemente a hablar y a mirar la vida pasar. El ritmo aquí es diferente. Todo es más tranquilo, más silencioso… Se vive mejor.

—Yo he vivido toda mi vida en Toulouse, así que… No sé qué decirte. Ya estoy acostumbrado a los ruidos, los coches y demás. Es como un ruido de fondo.

—Esa es la cosa. A mí me pasó lo mismo cuando me mudé allá. La diferencia es que la vida de una ciudad es simplemente eso: ruido; en cambio, la vida de un pueblo… Será otra cosa, nunca es ruido. Aquí oyes el viento.

—Qué filosófico —se ríe él.

—Lo digo en serio. ¿Cuándo puedes escuchar el viento en una ciudad? Solo cuando es muy fuerte. En la montaña se oye hasta la más mínima brisa.

—¿Y qué?

—¿Cómo que «y qué»?

—¿Y qué? ¿De qué te sirve escuchar el viento?

—De lo mismo que te sirve comer chocolate: para ser feliz.

—Escuchar el viento te hace feliz.

—La montaña —digo, bajando un poco la voz. Extiendo los brazos y susurro—: Esto. Escucha bien. ¿Lo oyes? Exacto. Nada. Un animal por aquí, el viento por allá. Nada más. ¿En qué otro lugar hay tanto silencio?

—En un desierto —responde Max, también susurrando—. Entiendo lo que quieres decir. A mí aún se me hace extraño salir de casa y no ver coches por todas partes ni gente corriendo de aquí para allá. Es como si la vida fuera a otro ritmo. Es extraño, porque hubo una época en que todos los domingos mi abuelo me llevaba de excursión aquí o allá, así que terminé asociando la montaña con un día de fiesta. Ahora veo montaña por todas partes nada más abrir las cortinas y es...

Se queda trabado ahí. Clava su mirada en la mía, como si en mis ojos estuviera la palabra que busca.

—Y es... —le animo a seguir.

—Extraño.

No despega los ojos de mí.

—¿Extraño en qué sentido? ¿Es bueno o es malo?

Yo tampoco puedo apartarlos.

—Bueno. Se respira mejor.

Sonrío y cierro los ojos. Así todo se escucha mejor. El aire por encima de nuestras cabezas, alguna ardilla saltando de rama en rama en algún lugar de la espesura, la nieve cayendo de los árboles y golpeando el suelo, los pantalones de Max rozando el chubasquero al moverse.

—¿Sabes que de pequeña lloraba cuando la fuente de Tristaina empezaba a brotar? No quería que el invierno terminara.

Él no responde. No me hace falta abrir los ojos para saber que está muy cerca de mí, a apenas unos centímetros. Aunque no oigo su respiración, sí siento la tensión que me provoca su cuerpo. Ni siquiera tengo que verlo para sentirlo.

Y entonces, el chico que se parece a Alain Delon, el chico que me escucha hablar de lobos y que quiere compartir conmigo todos sus secretos más vergonzosos y conocer todos los míos, el chico al que yo no presté atención el primer día, pone mi mundo patas arriba.

Un beso.

Eso es todo cuanto necesita.

Un primer beso que tiene el sabor de mil vidas, porque es nuevo y conocido al mismo tiempo. Como si ya nos hubiéramos besado antes. O como si esto fuera solo el gesto físico de lo que ha estado sucediendo entre nosotros desde ese viaje de esquí.

Porque lo que siento cuando encuentro sus labios lo he sentido antes. En el telesilla, mientras me hablaba del refugio de animales; en la ladera para trineos, cuando le puse dos bolas de nieve sobre los ojos; cada día entre bocadillos y refrescos, hablando en francés, descubriendo su lado familiar, aprendiendo que no es solo lo que quiere aparentar.

Desearía poder quedarme aquí, con el calor del beso de Max extendiéndose por todo mi cuerpo desde mis labios, con sus manos en mi cintura, sin esas voces que intentan arrancarme de este momento y devolverme a la realidad, donde la oscuridad campa a sus anchas y yo intento escapar y por mucho que intente correr ella es más rápida y las voces suenan cada vez más fuertes y yo no soy más que una chica que solo sabe destrozar todo lo que toca y que no debería estar aquí aunque no desee estar en ninguna otra parte.

19

Sus labios están sobre los míos.

Me lo grita el cerebro y cada célula de mi cuerpo cuando vuelvo a la realidad. Sus labios están sobre los míos. Él inclinado sobre mí, sin más contacto que ese. Su calidez contrasta con el frío del ambiente. El tiempo no se detiene, no; el tiempo colapsa y rompe todas las leyes de la física y todos los árboles y las estrellas y las lunas que no vemos dan vueltas a nuestro alrededor. Sus labios, suaves y mullidos como la barriga de un peluche gigante. Tan diferentes.

Bruno.

Su recuerdo me empuja a reincorporarme, apartando a Max por el camino.

Nos quedamos frente a frente, separados por una corriente que me hiela la piel.

Su silueta se recorta contra la suave luz que llega hasta aquí. Los labios entreabiertos y los ojos ahora oscuros como boca de lobo. Durante un instante me siento parte de una película porque, me digo, la realidad no puede tener tanta luz.

¿Se puede ser la persona más feliz del universo sintiéndote la peor persona del universo? ¿Es esto lo que sienten los villanos de las películas?

La revelación me golpea con tanta fuerza en el pecho que me llevo una mano a él solo para comprobar que no hay un agujero.

Soy la villana.

Soy la mala de la historia. Si esto fuera una novela, todo el mundo me odiaría. No debería estar aquí. No sabía que pasaría esto, pero la parte más oscura de mí misma, la que ahora sonríe en el diminuto espacio que queda entre mis pulmones, lo deseaba, y eso es incluso peor. Soñaba con esto como quien sueña con ver algún día un unicornio.

Estoy con Bruno. No estamos casados ni tenemos una hipoteca ni un perro a nombre de los dos, de acuerdo; aun así, existe un compromiso. Las reglas son sencillas: tú me quieres, yo te quiero, nos respetamos, no estaremos con otras personas. Y Bruno, ¿qué estará haciendo ahora? En casa, seguro, durmiendo tal vez. ¿Estará soñando con este bosque? ¿Habrá sentido que algo se ha roto en el orden del universo?

No, no «se ha roto».

Yo lo he roto. Yo solita, con mis dos manos y esta boca y esta cabeza que no sé en qué estaba pensando.

¿Qué estará haciendo Bruno?

Una voz, que ni es la suya ni me susurra la respuesta, se acerca a mí:

—No llores.

No me había dado cuenta de que estaba llorando. Me paso la mano por la cara, como si ese gesto pudiera borrar algo. Lo único que consigo es mojarme toda la mejilla.

Max, junto a mí, tiene las manos sobre sus muslos. Esos ojos verdes, grandes como dos lunas, están casi tan tristes como yo me siento.

—Lo siento.

—Estoy con alguien —digo yo, aplastando sus palabras.

Sé que lo sabe. Hablamos de Bruno en el coche de camino a las pistas y su nombre apareció varias veces en las conversaciones de ese día. Ni Max ni yo nos hemos acercado siquiera a pronunciar su nombre, ni tan solo a mencionar su existencia. ¿Por qué? Porque esto no es inocente.

Como si decir algo en voz alta hiciera que no existiera.

Max deja caer la cabeza. No me mira cuando dice:

—Ya lo sé. No debería… Lo siento.

—No. Tú no tienes culpa de nada. Yo soy la que tiene pareja. Tú no…

—Yo lo sabía y te he propuesto venir aquí.

—Ya.

—Lo siento.

—Yo he dicho que sí.

—Ya.

Quietos, la noche girando a nuestro alrededor. Me mira, triste, feliz. Esos ojos, esos labios, todo...

Vacío mi cabeza hasta que en solo quedamos él y yo y la montaña. El mundo ha terminado. No existe nadie más, nadie a quien rendir cuentas, ningún sentimiento ponzoñoso corriendo por mis venas.

Le beso.

Corto, intenso, real.

Y me separo tan deprisa como he ido en su búsqueda, porque la felicidad del contacto se rompe cuando choca con mis sentimientos. Las lágrimas, silenciosas, no han dejado de caer.

Él me mira sin decir nada. Yo deslizo la mirada hasta mis pies. A los pocos segundos, siento como él se aparta un poco más de mí.

—¿Quieres que nos vayamos? —pregunta.

Niego con la cabeza.

¿Adónde podría ir ahora?

Así que nos quedamos ahí, los dos en silencio, yo observando los detalles de mis botas de montaña y él mirando quién sabe qué, pensando quién sabe qué.

—Qué he hecho —susurro. Mis palabras se me enganchan en el pelo.

—Ha sido solo un beso, Erin. No pasa nada.

—Dos. Y sí pasa: me he cargado mi relación.

—No se lo cuentes.

—¿Y qué hago, le miento?

No responde de inmediato.

—No lo sé. Pero si crees que no podrá perdonarte...

Lo hemos hablado mil veces. La sinceridad es la clave de cualquier relación, en eso coincidimos. Sin embargo, yo siempre le he dicho que cada caso es un mundo y habría que ver circunstancias y razones por las cuales una persona llega a engañar a otra, pero que no hay justificación y que está mal, se mire por donde se mire; para él no hay medias tintas: una infidelidad es causa de ruptura. No podría perdonarlo.

Lo hemos hablado mil veces, refiriéndonos siempre a otras personas, a amigos o a personajes de películas.

—Me perdonaría —le digo. No tengo la menor duda.

—Pues díselo. Dile que ha sido un error y que no volverá a pasar.

—¿Es lo que debería hacer?

—Eso no tengo que decidirlo yo.

—¿Es lo que quieres que haga?

—No. —Su respuesta es rápida—. Yo no me arrepiento. Sí, estás con alguien y esto no está bien, pero… Hay tantas cosas que no están bien en este mundo. Me gusta estar contigo.

—Y a mí contigo.

—Pero estás con él.

—Sí.

—Y quieres seguir con él.

No estoy segura de si es una afirmación o una pregunta.

—Sí, supongo. No sé, no sé qué me pasa. No debería haber venido. Yo no sabía que pasaría esto, pero quizás una parte de mí sí lo sabía, ¿tiene sentido eso? Pero la parte racional… Esa no, esa decía que estaba loca, que estaba imaginando cosas. Soy mala persona. Esto es lo peor que se le puede hacer a alguien. Él confiaba en mí. ¿Crees que soy mala persona?

No sé ni por qué lo pregunto, porque estoy reprimiendo las ganas de volver a besarlo.

—Creo que todos lo hacemos lo mejor que podemos.

—Yo no sé qué estoy haciendo, Max. No debería haber venido —digo. Y me guardo para mí lo que seguía: si hubiera estado en casa, le habría preguntado al haya y ella me habría dicho que decirte que sí era una muy, muy mala idea—. He engañado a mi novio.

—Erin, no es el fin del mundo. Has besado a alguien teniendo novio, ¿y qué? Vale, es feo, pero estas cosas pasan. Tampoco es que hayas matado a la madre de Bambi.

No puedo evitar sonreír.

—Si lo conocieras...

—Prefiero no hacerlo, la verdad.

—Si lo conocieras, lo entenderías. ¿Sabes el chico perfecto, ese que todas las chicas quieren? Que sea dulce, guapo, listo, atento, cariñoso... De película. Pues más o menos así es. ¿Cómo soy capaz de engañar a alguien así? ¿Qué clase de persona soy? Después de todo lo que ha hecho por mí, ¿así se lo pago?

Empezamos hace dos años. Él ya estaba trabajando en la tienda de deportes de sus padres, me atendió cuando fui a comprar unas botas de esquí nuevas y una cosa llevó a la otra y... Lo típico. Una historia aburrida, en resumen. Al poco tiempo ya estábamos juntos.

¿Sabes cuál creo que es el problema? Que le dije que le quería demasiado pronto. Es mi primera relación seria y creo que tenía la sensación de que había unos pasos que cumplir: conoces a alguien, empezáis a salir, os presentáis a los amigos, os decís que os queréis, él va a tu casa a conocer a tus padres y tú a la suya a conocer a los suyos, el tiempo pasa, después pasa aún más tiempo, alguien habla de vivir juntos, después de matrimonio y después de familia, niños, verlos crecer, primer día de cole, universidad, nietos. Es así como funciona, ¿no? Yo tenía un pie en la primera casilla y me sentí empujada a seguir avanzando. No sé si por inercia, porque yo seguía su ritmo o porque ya era hora de tener una pareja formal, después de los años de mierda que había tenido. El caso es que aquí estoy, dos años después, con alguien que no es él, ¿y sabes lo peor? Lo peor es que soy tan mala persona que si me dieran a elegir, no borraría lo que ha pasado. Porque Bruno es... Es Bruno. Es perfecto. Eso es lo peor de todo.

Bruno es el típico Príncipe Azul. El chico al que tus amigas miran y dicen: hombres como ese ya no quedan.

Me trata bien, confía en mí, me cuida y soporta todas mis tonterías. Ha soportado muchas cosas, cosas que a otro habrían ahuyentado a la primera de cambio. Y ahí sigue. Siempre cuidando de que esté bien, mirándome con ese amor que… Que… ¡Me pone histérica! Como si yo estuviera rodeada por un halo de luz mágica o fuera una muñeca de porcelana o una diosa o qué sé yo. Me siento en un pedestal y yo solo quiero saltar. Estoy cansada de tanto mimo y tanto «te quiero».

Es como si todo el mundo esperara que me rompiera de un momento a otro.

Me ahogo.

Me ahogo, Max, y no entiendo por qué.

Erin se ahogaba. Estaba sentada en las escaleras del porche de su casa, con Teo a su lado, sus padres delante de ellos y el haya un poco más allá. No podía dejar de mirarla mientras se lo decían, de cuclillas, con la cara llena de algo que Erin no había visto nunca.

Once años eran suficientes para entender lo que significaban las palabras de su madre. Los abuelos no volverían. Un accidente de coche cuando volvían de sus vacaciones en la playa. Ni la hija quiso saber más ni la madre pudo decir más.

Erin se ahogaba porque tenía todas las promesas que sus abuelos le habían hecho antes de irse pegadas a los pulmones. ¿Dónde quedaba ese futuro? Ya no subirían juntos al Asters ni irían al parque del Gallo a hacer esa barbacoa familiar que hacía tanto que posponían. El alioli de su abuelo. Ya nunca más volvería a probarlo. Tampoco volvería a robarle caramelos del bote que había en el comedor de su casa ni lo vería guiñar el ojo. No vería más las manos arrugadas de su abuela moviéndose de un lado para otro en la cocina, ni podría jugar con los pliegues de la piel de su cara.

Sus abuelos ya no existían.

Pero sus cuerpos aún estaban en alguna parte. «Los están trayendo», les explicó su padre. Ni Erin ni Teo preguntaron quiénes.

Dos días después, la plaza de la iglesia de tiñó de negro. Valira se reunió para despedir a sus dos vecinos. Erin, con un vestido negro que jamás quiso volver a ponerse. Teo, que le agarraba la mano como si temiera echar a volar si la soltaba, no paraba de tocarse la goma elástica de la corbata. A los abuelos no les gustaría todo esto, pensaba la pequeña. Tan bien vestidos que casi estamos disfrazados. A ellos les gustaba verlos sucios después de pasarse horas jugando en la calle. Aunque se quejaran, era lo que querían: que hicieran como ellos habían hecho en sus tiempos, menos consolas y menos tonterías, y que jugaran fuera de casa, en las calles del pueblo, en el bosque. Que fueran niños de verdad, ahora que este mundo se ha vuelto loco y está consumiéndose dentro de pantallas, decía su abuelo, pipa en mano.

Erin dejó de ser niña esa tarde de julio, sentada en primera fila con sus zapatos de charol balanceándose adelante y atrás.

Se levantó cuando le habían dicho que tenía que hacerlo y paso a paso, mirando el suelo para no ver nada más que las baldosas y sus pies, caminó con dos rosas, una en cada mano, hacia los ataúdes. Unos pasos por detrás de ella, su hermano.

Dejó la primera rosa sobre uno de los ataúdes. Lo rozó con los dedos. ¿Quién de los dos había dentro? ¿Y acaso importaba? Si eran solo los cuerpos de las dos personas a las que habían querido, solo eso, solo cuerpos, cáscaras vacías. Sus abuelos ya no existían. Eso pensaba ella mientras dejaba la segunda flor sobre el otro ataúd. No es que no estuvieran. Es que no existían. Nada. El concepto era demasiado grande para alguien tan pequeño. No debería estar pensando en esas cosas. Tampoco debería haberse cruzado con la sonrisa torcida de su madre, que tembló y tembló hasta que su rostro estalló en mil pedazos y las lágrimas empezaron a caer. Pobres hijos, ya no tienen abuelos. Pobre hija, ya no tengo padres. Erin lo vio: el instante preciso en el que algo se rompió dentro de su madre. El estruendo fue terrible y solo Erin lo oyó.

Más tarde, fue a sentarse bajo el haya. Había muchas cosas que deseaba preguntar, pero Erin sabía que el árbol no le iba a dar una respuesta. Así que tomó aire y preguntó: ¿debería callarse lo que estaba sintiendo?

No debía levantarse de la cama, aunque la oscuridad fuera tan densa que se le colara por las fosas nasales y le anegara los pulmones.

Chof. Chof. Chof.

Ya era mayor. Sabía que todo estaba en su cabeza. Las imágenes de sus abuelos, su madre llorando, su mano apresada por la de Teo.

Por más que se levantara de la cama y fuera a despertar a sus padres, todo eso no desaparecería. Además, era normal. Esa tarde había estado en el funeral de sus abuelos. La primera pérdida de verdad. Ella era una niña inteligente, sabía que esas cosas marcaban para siempre. Tenía que pasar el duelo. Había pasado los últimos días leyendo sobre eso. Cinco fases: negación, ira, negociación, depresión y, al final, aceptación.

No sabría decir en qué fase se encontraba ella. Lo único que sabía es que sus abuelos seguían en todas partes. No podía hacer nada sin recordarlos. Le costaba comer, porque sabía que ellos no lo harían más; tardaba horas en dormirse, porque cada vez que cerraba los ojos, ahí estaban ellos, a veces tristes y a veces alegres, y ella no sabía qué recuerdos dolían más.

Ya era mayor y, sin embargo, una noche tres semanas después del funeral, se levantó sin hacer ruido y caminó de puntillas hacia la habitación de sus padres. Golpeó la puerta tras unos segundos de duda, y casi al instante, su madre respondió al otro lado de la puerta.

¿Ella tampoco podía dormir?

Echo de menos a los abuelos, dijo Erin.

Su madre se levantó de la cama y, mientras se recogía el pelo rubio en una coleta mal hecha, ambas caminaron hacia la cocina.

Ninguna de las dos podría decir cuánto tiempo estuvieron sentadas en el sofá, compartiendo dos tazas de tila, recuerdos y lágrimas.

Erin se vació. Sacó todo el dolor, lo vio derramarse en el suelo y dejó que se evaporara. Esa noche aprendió que ser mayor no significa enfrentarse sola al mundo, sino saber cuándo es el momento de pedir que alguien te dé la mano para poder seguir avanzando.

20

—Estás viviendo en piloto automático.

La noche se ha llenado de mis confesiones. Es la primera vez que digo todas esas cosas en voz alta y ahora que lo he hecho me parece ver las palabras escritas en todas partes. Max, sentado con las piernas dobladas y los brazos apoyados en ellas, me ha escuchado sin decir nada hasta que he dejado de hablar. No sabe que solo un árbol mágico conoce mis dudas. Al haya le he preguntado muchas veces qué debería hacer. Por lo demás, no he hablado de esto con nadie. Ni siquiera con Teo. Tampoco con Aurora.

Si no lo dices, no existe.

O quizás es que simplemente me daba miedo la respuesta. Si ni yo misma puedo encontrar una lógica ni una justificación detrás de lo que siento, ¿qué van a responder ellos? Mi cabeza había pensado mil opciones y ninguna es la que me da Max.

«Vives en piloto automático».

—No sé qué hacer —le digo, a pesar de que lo que quiero es decir que sí, que tiene razón. Él me ve sentada en un avión que vuela solo y yo en una barca que navega guiada por la corriente del río. Diferentes imágenes, el mismo sentimiento: avanzo sin dar ni un solo paso y es imposible saltar en marcha.

Vivo en piloto automático.

Espero que Max me abrace o me coja de la mano y me diga que todo va a ir bien, que me marque el camino, pero no lo hace. Yo tengo demasiado frío para poder pensar con claridad. Quiero tumbarme sobre la nieve, hacerme un ovillo y dormirme hasta que se haga de día. Quiero borrar esta noche. O la tarde en la que decidí ir a por unas botas nuevas. O todo. No lo sé. Solo sé que no quiero todos estos sentimientos reptando entre mis tripas y no sé cómo deshacerme de ellos.

Otra vida y otra cabeza, una que no tenga susurros escondidos cuando el mundo está en silencio.

Max habla, quieto como una estatua.

—Si no estás bien con él…

Me levanto de repente y, sin mirarlo, digo:

—Tengo que irme.

Echo a andar sin siquiera encender la linterna, pisando con fuerza, como si así pudiera liberar toda la rabia. Max me sigue.

—Erin, espera, no puedes irt…

—No, tengo que irme. Esto no ha sido una buena idea. Yo debería estar con Ona y los demás, le he dicho que iría, o haberme quedado en casa. No debería haber venido. Y tú, tú no deberías haberme animado a venir.

—Erin…

—Sabías que estaba con alguien.

—Solo te he propuesto dar un paseo.

Es verdad y eso es precisamente lo que más rabia me da.

—Pero querías que pasara esto. No digas que no, porque sé que sí. Sé que no he imaginado que desde la excursión de esquí ha habido… —No sé cómo terminar esa frase, así que la corto ahí—. Ese día sentí…

El clic. La conexión. Los imanes.

No menciono nada de eso.

Aunque no he terminado la frase, él se detiene y dice:

—Yo también.

—Ya. —Sigo caminando, porque siento que si no salgo de este bosque, los pulmones me van a estallar—. No te pares. Vámonos.

Max me obedece. Le escucho detrás de mí el resto del camino. Avanzamos sin decir nada, ahora precedidos por la luz de la linterna.

Yo no paro de recordar el beso, de reproducirlo una y otra vez en mi cabeza, hasta que Bruno atraviesa mis pensamientos como una estrella fugaz y en su estela no dejo de ver todo lo que esta noche preferiría que no existiera. Recuerdos de nuestra primera cita, de todas esas palabras de cariño que parecen sacadas de una novela romántica, de su madre lavando los platos y diciéndome que soy lo mejor que le ha pasado a su hijo, de la forma en que sus mejillas achican sus ojos cuando le doy un beso inesperado, de la sonrisa con la que siempre le da de comer a *Tortuga*.

El cielo se abre ante nosotros cuando llegamos a la linde del bosque, pero esta noche ni el cielo es capaz de conseguir que respire un poco mejor.

Me duele el pecho.

Mi respiración me parece artificial.

Intento tomar aire pero mis pulmones no son más que dos minúsculos globos de agua vacíos.

Tengo que llegar a casa.

Apago la linterna y miro a Max un momento. Al ver que me giro hacia él, se detiene. Se queda quieto mientras yo le observo de arriba abajo, intentando registrar en mi memoria cada detalle. El abrigo naranja, los pantalones tejanos por encima de unas botas casi profesionales, el pelo oscuro ligeramente peinado hacia la derecha. Tiene la nariz y las mejillas tan rojas que el color es perceptible incluso iluminado solo por la luz de la luna. Los ojos tristes, la boca a medio abrir.

—Ya nos veremos.

Antes de que pueda echar a andar, Max da un salto hacia mí y me agarra del brazo.

—Espera, Erin.

—Tengo que irme.

—¿Quieres irte?

—Tengo que irme —repito.

Un búho ulula en la lejanía.

—Si esta es la última vez que esto va a pasar, déjame besarte una vez. Solo una.

—Max…

—Por favor.

Estamos uno frente al otro, separados por apenas unos centímetros, su mano agarrando con suavidad la mía. Le miro sin parpadear, intentando pronunciar las palabras que debería y no quiero decir.

Mi silencio es mi respuesta.

Me besa y el mundo se hiela bajo esta clara noche de diciembre. Quiero abrazarle, sentir todo su cuerpo contra el mío, su aliento en mis labios. Quiero sonreír y llorar, todo al mismo tiempo, y tengo una bomba en el pecho a punto de estallar. Me besa, me atrae hacia él, sus manos en mi cintura y en mi nuca. Le beso. Nuestros cuerpos pegados como hiedra y pared.

Nos besamos hasta que nuestras respiraciones se entrecortan y, sin decirnos adiós, cada uno se marcha en una dirección distinta.

21

El teléfono vibra en alguna parte de la habitación. He perdido la cuenta de los pitidos que he ignorado. Llevo horas tirada en la cama, en duermevela, esperando a que el universo explote o la casa se me caiga encima o suceda algo que evite que tenga que salir de debajo del edredón.

Hay un factor que no he tenido en cuenta: mis padres.

El sonido de unos nudillos golpeando la puerta y la voz de mi padre sonando al otro lado:

—¿Erin?

—¿Sí?

Mi padre entra con el teléfono fijo en la mano.

—Te llama Bruno —dice. No pregunta si quiero hablar ni tapa el auricular, se limita a darme la información y a esperar a que le coja el teléfono de las manos.

—Gracias —murmuro, aunque esa es precisamente la última palabra que querría decir—. ¿Cierras la puerta cuando salgas?

—¿Erin? —Bruno suena nervioso.

Por un segundo me olvido de todo lo que me está pegando a la cama e imagino todo lo que puede haber ido mal. Su piso inundado, Gabriel volviendo de fiesta con algo roto, alguna intoxicación por un plato en mal estado. Una enfermedad terminal. Un atropello. *Tortuga* ha muerto.

—¿Qué pasa? —logro decir.

—¿Estás bien?

—Claro que estoy bien. ¿Estás *tú* bien?

Los latidos de mi corazón me retumban en las orejas.

—No respondías al teléfono.

Mi corazón se calma de repente y el miedo deja paso a la irritación.

—Estaba durmiendo.

—Estaba preocupado. Me dijiste que me enviarías un mensaje cuando llegaras a casa, y como no lo hiciste y no contestabas…

—Estaba durmiendo, perdona.

—Ya, pero dijiste que me avisarías cuando llegaras.

—¿Creías que me había comido un oso o algo así?

—No me hables como si fuera un paranoico, Erin. —Su tono se torna duro—. Tú también te habrías asustado.

¿Que me habría asustado? Eso es quedarse corto. Yo habría sido mucho peor que él. Le habría llamado a las cuatro de la madrugada con la ansiedad en niveles críticos, después de haber consultado todas las fuentes posibles para enterarme de si en las últimas horas se había producido algún ataque en el bosque. Habría imaginado osos, lobos y hasta pumas, y accidentes con piedras que están donde no deben estar y acantilados traicioneros.

—Lo siento —susurro. Bruno tiene razón, como siempre.

Me muerdo el labio superior para no llorar. Siento el cosquilleo trepándome desde el estómago hasta la boca. Bruno no se merece que le hable como le estoy hablando, y mucho menos después de lo sucedido anoche. ¿Qué clase de persona soy?

Seguro que se pasó toda la noche pendiente del móvil, esperando un mensaje que no llegaría porque yo estaba demasiado ocupada besando a alguien que no es él.

—No pasa nada. —Lo dice porque no sabe lo que dice.

Tengo que contárselo. No puedo dejar que siga mirándome como siempre. Tiene derecho a saber con qué clase de persona está. Pero si se lo cuento… No puedo perderlo. No quiero estar sin él.

—Perdona. —La palabra sale sola.

—No pasa nada, de verdad. ¿Qué tal fue? ¿Lo pasaste bien?

Tengo que colgar. No puedo seguir con esta conversación. Ahora no es el momento.

—Sí.

Me estoy ganando la entrada al infierno a pulso.

—¿Y Ona? Estas ideas locas suyas siempre forman parte de algún plan de conquista. ¿A qué pobre forastero ha engatusado esta vez?

—Ona no vino —susurro. Lo admito porque es imposible mentirle en esto. Se enterará tarde o temprano.

—¿No?

—La gente se rajó. Se quedaron en casa de Ilaria, una de las forasteras que trabaja en el Grand Resort. Es camarera, te he hablado de ella.

—Creo que me suena. Espero que no fueras sola.

—No, claro que no.

—¿Entonces, con quién fuiste?

Trago saliva. Aunque hubiera decidido qué hacer, este no es el momento ni la manera. Por eso intento sonar lo más segura posible.

—Con un par de forasteros del hotel. Querían ir de todos modos, y como no conocen la zona…

—Hiciste bien. Mejor que no vayan solos. De noche y en invierno… —dice, y aunque sé que no es lo que pretende y que hoy menos que nunca tengo derecho a sentirme así, sus palabras me duelen porque suenan a advertencia. «Ya te dije que no era buena idea, pero tú verás lo que haces»—. Nosotros fuimos a ver el partido al bar y nos quedamos ahí echando unas partidas a los dardos hasta que cerraron. Me pidieron que te diga que hace demasiado que no te ven, que a la próxima no faltes, y te mandan besos.

—No faltaré.

—Por cierto, buenas noticias. Gabriel hoy también sube a esquiar, así que tenemos el piso para nosotros solos— me cuenta, alegre. Espera a que diga algo, y como no lo hago, dice, esta vez con un tono más dubitativo—: Habías dicho que vendrías a comer, ¿te acuerdas?

La imagen de nosotros dos solos en su casa basta para que me den ganas de salir corriendo al más puro estilo Correcaminos.

Ni hablar.

—¿Lo dejamos para otro día? No me encuentro muy bien. He dormido mal y me duele el estómago.

—Puedo hacer algo suave para comer. Arroz o algo así, y después descansamos.

—Prefiero quedarme en casa, Bruno.

—¿Quieres que vaya a hacerte compañía?

—No —me apresuro a responder—. Necesito descansar. Voy a seguir durmiendo un rato más.

—Vale. —Cuando habla, imagino un cachorrito con las orejas gachas—. Si necesitas cualquier cosa, llámame, ¿vale? Estaré atento al móvil.

—Gracias.

Sigo con el teléfono en la mano, inmóvil, pensando que debería colgar e incapaz de hacerlo.

—¿Erin?

—¿Sí?

—Te quiero.

—Y yo a ti.

Soy la peor persona del universo.

22

Llevo una hora y media dando vueltas en la cama y ya no sé qué hacer; lo he intentado todo, desde una taza de tila hasta contar todas las ovejas que serían necesarias para hacerle un jersey a un gigante. Esta noche, nada funciona. Ni siquiera consigo llorar. La presión en el pecho se queda ahí anclada, como una burbuja enorme que se niega a explotar.

Por eso estoy poniéndome un abrigo encima del pijama a las dos de la madrugada de un lunes de diciembre. Bajo las escaleras en silencio y, después de ponerme las botas, salgo al jardín por la puerta trasera.

La noche está oscura como boca de lobo. Si Teo aún viviera en casa, la luz de su habitación aún estaría encendida e iluminaría el jardín. La inspiración viene cuando viene, me decía cada vez que me despertaba con ruidos de latas y pinceles a horas intempestivas. Es la primera vez que echo de menos sus horarios extraños.

El haya es la única a la que puedo recurrir en estos momentos. Desde ayer por la noche, he estado a punto de llamar a Teo mil veces. He colgado siempre antes de que sonara incluso el primer pitido.

Llevaba tanto tiempo acallando mis dudas que llegó un punto en el que ya ni siquiera las oía. Se habían convertido en un ronroneo, un sonido recurrente por el que más vale no preocuparse. Ayer, en la fuente de Tristaina, todo cambió. Liberé todos esos pensamientos que tenía encadenados y ahora tienen voz propia. Los oigo en todas partes y a todas horas. Oigo todas esas palabras que pronuncié al hablarle a Max de lo que sentía, pero también todas aquellas que no dije.

Aun así, no soy capaz de hablar con nadie, ni siquiera con Teo. Tengo la sensación de que hay demasiado que decir, no sé por dónde empezar, no me voy a explicar, no me va a entender. Por eso voy a hablarle a mi haya. A ella no hace falta que le cuente nada. Ella sabe leerme.

¿Qué debería hacer?

Da igual cuánto rato pase debajo de las ramas desnudas, la respuesta nunca llega. Es la desesperación la que hace que insista en algo que sé que no va a funcionar. El haya solo asiente o niega.

Hoy eso no es suficiente. Hoy quiero que me diga por qué siento todo lo que siento acerca de mi relación con Bruno, si yo debería cambiar, si es posible que él cambie, si es verdad eso de que hay que querer a la pareja como es en lugar de intentar cambiarla, y si es así, si eso significa que yo no quiero a Bruno de verdad, porque hay cosas de él que jamás lograré querer. Me gustaría que me dijera qué puedo hacer para echar a Max de mi cabeza, pero sobre todo, qué debo hacer para recuperar lo que tenía con Bruno hace tiempo. Yo lo recuerdo y era bonito. Quiero saber por qué soy una persona tan caótica, si debería contárselo a Bruno, si…

Una hoja cae.

Aunque cuando miro hacia arriba lo único que veo son ramas desnudas llenas de nieve, en mis manos tengo la respuesta del árbol.

El haya opina lo mismo que Max: hay cosas que es mejor no compartir.

¿Me perdonaría Bruno?

Vuelve a guardar silencio. El haya solo responde cuando la respuesta es un hecho objetivo o cuando debe indicar la mejor de dos opciones. No predice comportamientos ni ve el boleto ganador de la lotería. Incluso la magia tiene sus límites. Eso fue lo primero que aprendí cuando descubrí que lo que se contaba sobre el haya de mi jardín era cierto.

¿Debería guardar el secreto?

Dos hojas.

¿Debería romper con él?

Una hoja.

No esperaba otra respuesta. El haya siempre me indica el mismo camino y yo siempre respiro aliviada. Hoy, no. Cuando la respuesta a la tercera y última pregunta que le hago, la que espero con los ojos cerrados, me roza las manos, yo las separo. Me quedo un rato así, quieta como una estatua, con la respuesta a mis pies y sin atreverme a mirarla. Porque sé qué va a decir el haya: sí, debería dejar de ver a Max.

Algo me pellizca la boca del estómago cuando abro los ojos y veo las dos hojas junto a mis pies, sobre la nieve.

—No es tan fácil —susurro, aunque nadie más que el haya puede escucharme, y ella no necesita que hable para hacerlo.

No es fácil porque trabajamos en el mismo hotel, mis amigos han empezado a ser los suyos y porque en Valira la única manera de evitar a alguien de por vida es encerrándose en casa. Pero sobre todo porque la idea de no verlo hace que la punzada en el estómago se intensifique, y esa es una verdad que ni toda la magia del mundo es capaz de borrar.

23

Cuando llego, él ya está ahí. Sentado de espaldas a mí, con las piernas abiertas y los brazos apoyados sobre ellas. La naturalidad de su postura me hace preguntarme si él le habrá dado tantas vueltas a la cabeza como yo.

Es la primera vez que lo veo desde la noche en la fuente de Tristaina.

Aunque solo ha pasado un día desde entonces, he sentido cada hora como una semana entera. El tiempo se ha ralentizado, ha reptado agónicamente como si arrastrara el peso de todo lo que llevo dentro.

La culpa no nos deja avanzar ni al tiempo ni a mí. Vaya donde vaya, las palabras que tengo preparadas para hoy me persiguen. Yo las escucho, tacho frases, reformulo, me digo que no debo ser tan dramática, vuelvo a repasar el discurso desde el inicio. Estoy atrapada en una rueda a la que le voy a poner un palo ahora mismo.

Tengo que detener esto.

Es sencillo.

Mientras avanzo hacia la silla vacía que hay junto a Max, la misma en la que la semana pasada estuve comiendo y escuchándole hablar de su abuelo, repaso todo lo que tengo que decirle.

No puede volver a pasar. Fue un error. Es evidente que entre nosotros hay algo, una conexión o llámalo como quieras, pero yo estoy con Bruno y quiero estar con él. Llevamos mucho tiempo juntos, estamos bien y le quiero. No puedo arriesgar lo que tengo por esto. Así que no puede volver a suceder. Ya sé que sabías que tenía pareja, pero los dos sabemos que nunca hablamos del tema. Yo en ningún momento te mencioné a Bruno

y eso está mal. No debería haberte dicho que sí y no debería haberte deja-
do suponer lo que no era. No puede volver a pasar.

Sin embargo, cuando me siento a su lado y él se da cuenta de que estoy ahí, me quedo helada. Me cuesta reaccionar incluso cuando se acerca a mi mejilla para saludarme con un beso fugaz.

Mi cuerpo está tranquilo. Todo lo que contiene se está sacudiendo. Tomo aire y lo suelto poco a poco para que Max no se dé cuenta de lo nerviosa que estoy.

—¿Cómo estás? —pregunta, con un tono demasiado formal.

—Bien —digo. La pista está desierta. Son las ocho y media de la mañana; los huéspedes estarán poniéndose las botas en el bufé. Estamos completamente solos aquí y eso no me tranquiliza.

—¿Descansaste ayer?

Como si eso importara lo más mínimo.

No quiero hacer de esto una conversación sobre el tiempo o lo cara que está últimamente la fruta.

—Tenemos que hablar, Max.

—¿Tirando de tópicos? —Se le escapa una risa, pero la impulsan los nervios.

—Max, lo digo en serio.

Borra hasta el más mínimo rastro de risa y dice:

—Perdona. Ya lo sé.

—Lo del sábado… No puede volver a pasar. Fue un error. Entre…

Estoy preparada para soltarle el discurso que he ensayado de arriba abajo, porque no quiero dejarme nada importante por decir, pero él me interrumpe.

—Ya lo sé.

—Si no me has dejado terminar de hablar.

—Pero sé qué venía después.

—¿Ah, sí?

—Fue un error, no volverá a suceder, porque tú tienes pareja y lo quieres. ¿Es eso?

—Más o menos.

—¿Más o menos?

Ha dicho lo importante, así que digo:

—Sí, era eso.

—¿Se lo has contado?

—No. No lo he visto aún.

—¿Y se lo vas a contar?

—No lo sé. No debí haber ido contigo el sábado. Yo… No sé en qué estaba pensando. Tú sabías que estoy con alguien.

—Sí.

—¿Y te da igual? ¿No te importa? ¿No ves que está mal? ¿Es que no te sientes ni un poco culpable?

—Intento no pensar en eso.

—Ya. Ese es el problema. No pensamos, ninguno de los dos. No pensamos en nadie más que en nosotros mismos, ese es el problema. Porque pudimos evitarlo. Los dos sabíamos qué iba a pasar, porque no fue cosa del momento, ¿verdad?

Max pronuncia la palabra que estoy deseando escuchar:

—No.

—¿Desde el viaje de esquí? —pregunto, y él asiente con la cabeza—. No eran imaginaciones mías.

—No eres tan imaginativa —dice Max, sin esconder la sonrisa.

Ignoro sus palabras. Tengo que retomar el control de la conversación.

—Max. Lo digo en serio. No puede volver a pasar. Estoy con Bruno. Todo esto no es justo para él. De verdad, si lo conocieras, lo entenderías. Pregúntale a Ona o a Victoria o Bardo o a quien quieras. No se merece que le haya hecho esto.

—Todos cometemos errores.

—Él no lo merece. No quiero ni pensar el daño que le haría si se lo dijera.

—¿Y tú?

—Yo, ¿qué?

—Que me hablas de todo lo que sentiría él y, sí, tienes razón en todo, pero ¿y tú? Me dices qué sentiría él, pero ¿qué sientes tú?

—No lo sé.

—Así que no tienes ninguna opinión sobre lo que pasó el sábado.

—Ya te lo he dicho.

—Sí. No puede volver a pasar, has dicho, ¿verdad? No puede ser. No «no quiero». Estás hablando de lo que es correcto, no de lo que quieres o piensas tú.

—Max, ¿qué dices?

—Que quiero saber qué piensas tú de verdad.

—Qué pienso yo.

—Sí.

—Qué pienso yo de verdad.

—Sí, Erin —resopla.

—Que no me arrepiento —susurro. He hablado tan bajo que no estoy segura de si me habrá oído—. Ya te lo dije. Me gusta estar contigo, y si las cosas fueran diferentes… Pero las cosas son como son.

Max me mira con esos ojos verdes que tan nerviosa me ponen. Tiene los labios apretados en una línea tan sinuosa como una montaña.

—Lo entiendo. No volverá a pasar.

24

Ojalá existiera un libro que te explicara cómo comportarte cuando sucede algo así.

Con el paso de los días, todo vuelve a la normalidad. Voy a trabajar, vuelvo a casa, voy a tomar algo al pueblo, camino bajo las luces de Navidad que llenan las calles de color. Sin embargo, yo no vuelvo a ser la que era hace unas semanas. Por mucho que me esfuerce en convertir a Max en un compañero de trabajo más y en pasar más tiempo con Bruno, solo los escenarios vuelven a ser los de antes.

Las cosas no marchan bien con Bruno. Si él se da cuenta de que me irrita cada respuesta suya, no lo demuestra. No sé si achaca mi mal humor al tiempo, a las Navidades (que ya están a la vuelta de la esquina) o a que mi cabeza vuelve a hacer cosas raras. Como siempre, no pregunta más que si estoy bien y si me pasa algo, y cuando le respondo que no, me da un beso en el pelo y me abraza. Yo me irrito aún más y se me llena el cuerpo de ganas de llorar. No debería sentirme así. He tomado la decisión correcta. Estoy bien con Bruno.

Pero también estoy bien con Max. Incluso ahora, con nuestras comidas solitarias en la pista de debutantes convertidas en media hora de conversaciones que se abren paso entre el barullo de la cantina. El lunes, apenas unas horas después de la charla, él apareció en la cantina y se sentó a la misma mesa en la que yo estaba, y aunque al principio había varias personas entre nosotros, finalmente se cansaron de estar en medio de nuestra conversación y terminamos uno delante del otro. Desde entonces, nos sentamos a la misma mesa, en el mismo lugar. Seguimos hablando como si estuviéramos solos, pero me digo que esto es lo que hacen los amigos. No puedo borrar a Max por completo. Trabajamos en el mismo espacio, no puedo ignorar su existencia. Tampoco puedo fingir que no me importa. La amistad es lo único que nos queda.

No vuelve a hacer ninguna insinuación ni ningún gesto. Camino todos los días sola hasta casa o hasta el pueblo, y cuando llega el fin de semana, Max desaparece de la faz de la tierra. No lo veo en ninguna parte, aunque quizás también tenga que ver con eso el hecho de que me pase la mayor parte del día en las pistas de esquí. Esta vez voy sola con Pau; Bardo tiene que trabajar y Ona está muy ocupada vete a saber con qué. Victoria ha vuelto a incumplir su promesa y también en esta ocasión nos ha dejado tirados para irse de fin de semana por ahí con Juan.

No son buenos días.

Ojalá aún estuviera yendo a ver a Diana. Me dijo que, aunque hubiéramos terminado la terapia, podía llamarla si en algún momento lo necesitaba. Lo último que debía hacer, me dijo, era esperar a que el agua me llegara hasta la barbilla para pedir ayuda. No sé hasta dónde me cubre ahora mismo, pero estoy convencida de que esta no es una de las situaciones que Diana tenía en mente cuando me ofreció su apoyo. Así que me lo guardo, y cada noche al apagar la luz le pido a algo en lo que no creo que se lleve bien lejos estos sentimientos y que devuelva mi sonrisa donde debe estar, junto a Bruno.

Mientras tanto, los días pasan. La normalidad regresa a mi rutina, pero la tranquilidad no lo hace.

Ni siquiera cuando Teo aparece en casa un día antes de lo esperado. Llega con una maleta, dos mochilas grandes como dos osos y el mismo buen humor de siempre.

—Están mal de la cabeza —dice, mientras de la primera de las mochilas va sacando paletas, pinceles y cuadernos—. Deberes en vacaciones. ¡Deberes, ni que estuviéramos en Primaria! Y al volver tenemos… No sé ni cuántos exámenes. No quiero ponerme a contar.

Mis padres revolotean a su alrededor. Quieren saber cómo está, si está comiendo bien, hasta qué día va a quedarse, si tendrá algún día libre para hacer una excursión en familia. Él va respondiendo sin dejar de ir de aquí para allá, dejando sus cosas por todas partes. Mi padre tiene que recordarle que, además de sus trastos de arte, también lleva una maleta. Teo la deshace en tres minutos; deja la ropa sucia en una esquina, la limpia en un montón dentro del armario y el neceser en el lavabo.

—¿No lo ves más delgado?

—No sé qué decirte.

—Está más delgado, seguro. Dice que come bien, pero a saber...

Las voces de nuestros padres se pierden escaleras abajo, no sin antes habernos avisado de que la cena está casi lista.

La habitación de Teo es la guarida de un artista. Da igual que ya no viva aquí, sigue habiendo cosas suyas por todas partes. Cuadros, lienzos a medio pintar, pinceles viejos que debería y no quiere tirar, libros de arte que no le caben en su minúsculo piso. Siempre defiende su desorden diciendo que así son los artistas. Si los artículos al respecto que nos envía cada dos por tres tienen razón, mi hermano es sin duda alguna el próximo Dalí.

—¿Ha venido Au contigo?

Me quito las zapatillas y me siento en la cama con las piernas cruzadas. Teo me imita al instante.

—Sí. De hecho, he subido antes porque Aurora ha decidido saltarse los dos últimos días de clase. Yo terminé hace un par de días.

—¿El Abuelo Dubois está bien?

Teo abre la boca para hablar y se queda así, como si ninguna de las palabras que encontrara para responderme fuera adecuada. Finalmente, dice:

—Es mayor.

Esa respuesta es suficiente.

—Iré a verlo esta semana.

—¿Y tú cómo estás?

—Bien.

No me cree y veo en sus ojos que no se va a contentar con esa respuesta. Sin embargo, no le da tiempo de hablar. La voz de mi madre estalla como un trueno desde la planta inferior y hago de esa mi excusa para cerrar la conversación.

Esta noche tiene sabor a tiempos pasados. Cenamos los cuatro en el comedor, a la hora de siempre, con el mantel y la cubertería de siempre. Mis padres hablan de sus proyectos, Teo de sus clases y yo de mi trabajo. A Teo no le gusta que haya dejado la recepción. No es que me dé esa sensación, es que lo dice sin tapujos: has hecho mal. Mis padres no opinan. Dicen que soy lo suficientemente mayor para saber lo que me hago, así que aceptarán cualquier decisión que tome. Aun así, tampoco se ven demasiado entusiasmados.

El pensamiento me cruza la mente en el mismo segundo en el que me meto en la boca la primera cucharada de yogur, y aunque desaparece con la misma rapidez, su rastro no lo hace.

Preferían a la otra Erin, la que tenía un futuro prometedor y las cosas claras.

Teo también la prefería a ella y por eso intenta que vuelva.

No me termino el yogur.

Después de poner el lavavajillas, subo a mi habitación y me meto en la cama con un libro. Antes de las once la lamparilla de noche ya está apagada. Dejo las persianas subidas, como siempre que duermo sola. A Bruno le cuesta dormir si hay la más mínima luz, así que cuando dormimos juntos, las persianas siempre están bajadas. Él, que dice conocerme tan bien. Si lo hiciera, se compraría un antifaz.

Tomo aire. Cuento las veces que inspiro, las veces que expiro.

Todo va bien.

Sí, todo va bien.

¿Verdad?

Nadie me responde. Estoy sola en mi habitación, envuelta en una oscuridad solo salpicada por la tenue luz de la luna, y nadie me responde. Mis padres están abajo, viendo una película, y Teo en su habitación, a unos metros de mí, seguramente trabajando en alguna ilustración nueva.

Vuelvo a cerrar los ojos. Necesito dormir.

Pero no puedo. Doy vueltas, miro al techo, ahora más allá de la ventana, hundo la cara en la almohada, me tapo, me destapo, empiezo a leer, me pierdo, releo la misma frase una y otra vez, cojo el móvil y...

Un mensaje de Max. Su cara está encerrada en un círculo, con esa sonrisa tan segura marcando todas las esquinas de su expresión.

Tres líneas de mensaje.

Buenas noches.

Y un beso.

(Hasta donde se pueda).

La pantalla llena la habitación de luz y sin embargo, la oscuridad es más densa que nunca.

25

Teo me lo cuenta así:

Es de noche, por primera vez en muchas semanas estoy durmiendo en mi cama de siempre y, de repente, un ruido me despierta y ahí estás, abrazándote a ti misma en una esquina, temblando tanto que ni siquiera entiendo lo que dices.

Ahora estamos en mi habitación, sentados en mi cama con todas las luces encendidas, y soy yo la que habla. La que intenta hacerlo, porque de veras quiero responder las preguntas que me hace Teo. Pero no soy capaz. ¿Qué le digo?

Que de repente todo se ha fundido a negro. He encendido la luz de la mesilla y la oscuridad no se ha marchado. Él no habría podido verla. Está en mis ojos. Eso decía Diana; la oscuridad que domina mis ataques está en mi forma de mirar el mundo.

¿Qué puedo decirle?

Que de repente, la oscuridad me ha envuelto y me ha ido abrazando cada vez más fuerte, hasta que casi no podía respirar.

Que he besado a alguien que no es Bruno y volvería a hacerlo.

Que quiero a Bruno y a veces no lo soporto.

Que la oscuridad ha abrazado también el recuerdo de ambos hasta engullirlo. Porque mis problemas no son nada. Conexiones entre células, información que algún día se congelará con el universo. No son nada y no soy nada.

¿Qué puedo decirle?

¿Que he sentido como si me estuviera muriendo?

¿Que ha sido todo por un mensaje, tres líneas, nueve palabras? Que en realidad estoy mintiendo, porque eso ha sido solo la chispa que ha encendido la mecha, y que todo ha estallado pero que la bomba no es Max.

La bomba soy yo.

Soy un explosivo sin detonar de la Segunda Guerra Mundial que ha quedado enterrado en alguna parte. Una amenaza constante bajo tierra.

Yo soy la única culpable. Yo le devolví el beso a Max, yo soy incapaz de querer a Bruno como él me quiere a mí, yo decepcioné a todo el mundo quedándome en el pueblo, yo soy débil y pequeña e incapaz de enfrentarme a las mismas cosas que los demás y por eso, cuando pienso en todo lo que pesa demasiado, el mundo se convierte en un remolino que lo absorbe todo y solo queda oscuridad y tengo miedo de mí misma, de lo que hace mi cabeza, de que la ansiedad nunca se marche y de que la depresión vuelva.

Tengo miedo de mí misma.

No puedo decirle todo eso.

No es voluntad, es algo físico. Mi cuerpo no me lo va a permitir: él sabe que en cuanto lo diga en voz alta va a ser real y entonces el miedo será aún más punzante.

No puedo contarle qué es lo que siento.

—Erin, habla conmigo. ¿Qué pasa?

Su expresión me duele como si me clavaran mil agujas en las yemas de los dedos. Yo soy la causa de esa preocupación. Tiene razón en preferir a la Erin de antes.

—No lo sé.

—¿Es por lo del trabajo?

—No. —Me toma demasiado tiempo responder, no porque esté mintiendo, sino porque pensar en el hotel me lleva a pensar en Max.

Teo se da cuenta.

—¿Seguro? Puedes contármelo, Erin. Si crees que te has equivocado o que no te gusta…

—Me gusta mi trabajo —le interrumpo—. Y me gusta estar en el remontador.

Él asiente lentamente, como diciéndome que me cree.

—¿Es por Bruno? —pregunta. Yo no digo nada y él sentencia—: Es por Bruno.

Se queda callado hasta que yo logro murmurar:

—Sí.

—¿Qué ha pasado?

No puedo decirlo en voz alta. Me hago una bola, me escondo entre mis brazos y susurro desde ahí:

—Soy horrible.

—Erin, ¿qué ha pasado? —Teo también susurra.

—Que soy horrible. He... Soy... —No puedo.

—¿Qué? ¿Habéis discutido?

Ojalá.

Tal vez de ese modo sentiría que tengo la más mínima justificación.

—No.

—¿Qué ha pasado?

—No puedo...

—Erin, me estás asustando.

—No puedo ni decirlo. Suena fatal, Teo. Soy imbécil. Soy imbécil, imbécil, imbécil.

—Erin...

No dice más. Deja mi nombre en el aire.

—Un chico —digo finalmente. La voz me tiembla. Me duelen los pulmones.

—¿Qué ha pasado?

—¿Solo sabes decir eso? —Me fuerzo a sonreír, pero borro el gesto al momento. No tengo derecho a hacerlo.

—¿Qué ha pasado?

—Algunos de la quinta fuimos a esquiar hace días y un par de forasteros que trabajan en el hotel y... No sé cómo explicarlo. Se encendió algo con ese chico, ¿sabes? Y esta semana hemos comido todos los días juntos y el sábado teníamos que ir de excursión nocturna al Asters, pero la gente se rajó y al final fuimos nosotros solos a la fuente de Tristaina. Y me besó. Y después le besé yo. Mierda, Teo. Mierda. La he jodido. La he jodido pero bien.

Mi hermano me mira sin moverse. Ni siquiera pestañea.

Espero que me grite, que use todas las palabras que me torturan desde mi mente. Quiero que diga en voz alta todo lo que ya sé: que soy una mala persona y no merezco a Bruno. Él, pobre, él que todo cuanto ha hecho ha sido quererme y cuidarme. Y así se lo pago yo. Ojalá el karma me la devuelva con intereses.

En lugar de eso:

—¿Qué sentiste?

Tengo que dejar pasar unos segundos antes de poder engullir y digerir esa pregunta. No estaba preparada para ella.

—Qué más da eso.

—Tú responde.

—Me sentía muy bien con él. Muy cómoda. Nos reímos mucho juntos. No sé, Teo. No sé qué decirte. No sé qué hacer, si debería contárselo a Bruno, si esto significa algo o no. ¿Es una mala racha o una señal de que algo no funciona? Y joder, no dejo de pensar en lo hipócrita que soy. Yo siempre he crucificado a la gente que es infiel a su pareja. Yo no soy así, Teo. Tú me conoces. Yo no soy así. No lo era, no creía serlo.

Teo se acerca a mí para cogerme de las manos.

—Escúchame, nunca digas «no soy esa clase de persona». Porque tú no has planeado engañarlo, Erin. Te conozco. No eres mala ni cruel. No haces las cosas para hacer daño a la gente. Simplemente te has sentido atraída por alguien y...

—¿Y qué? ¿Eso justifica algo?

—No. Has hecho mal. Pero siempre hay una razón para todo lo que hacemos, por muy enterrada que esté. ¿Fue solo un beso o hubo más? ¿Ha vuelto a pasar? ¿Sientes algo por este chico? ¿Arriesgarías lo que tienes por él o quieres estar con Bruno? Sé que son muchas preguntas, pero todo depende de eso.

—Hablé con él y le dije que no podía volver a pasar. Está de acuerdo. Sabe que estoy con Bruno.

—¿Pero quieres estar con el forastero?

—Casi no lo conozco.

—Vale. Cambio la pregunta: ¿quieres estar con Bruno?

Podría decir que sí. Es el camino más sencillo. Me gusta estar con Bruno. Me siento segura, me siento a gusto, nos llevamos bien. Sin embargo...

—No lo sé. En parte sí, en parte no lo sé. Siempre he tenido épocas de dudas, Teo —susurro, como si en voz baja todo lo que digo perdiera gravedad—. Pero después han desaparecido, así que no sé si esto es una mala racha o...

—Eso es lo primero que tienes que pensar. Si quieres estar con él o si ya no hay más. Tú tienes que saber cómo te sientes hoy y cómo te sentiste con ese chico. Si en ese momento te sentías culpable o querías volver a besarlo. Tienes que saber qué quieres. Si decides seguir con Bruno, no puede volver a pasar nada con ese chico. No repitas el mismo error. Y cuéntaselo a Bruno. Tiene derecho a saber y a decidir sin engaños. Es lo justo. Y si no quieres estar con él, tienes que arriesgar. Tomar una decisión así no es fácil.

—Ya lo sé.

—Y no eres mala. Le puede pasar a cualquiera.

—Gracias, Teo. Por no juzgarme.

La sonrisa que aparece en su rostro es la de siempre.

—Nunca lo haré, Erin. Sé cómo eres más allá de lo que la vida nos ponga por delante.

Al menos alguien sabe cómo soy. Yo ya no estoy segura de nada.

Tenía catorce años la primera vez que se dio cuenta de que un chico la miraba de una forma distinta a como la miraban todos los demás.

Se llamaba Eric. Tenía su misma edad y era el nieto de los Molina, los farmacéuticos. Ese verano no fue la primera vez ni la última que se vieron. Él y su familia llevaban subiendo al pueblo todos los veranos desde siempre. Durante esas semanas, Eric era uno más en el pueblo, solo que él, que no entendía de quintas y de leyes no escritas de pueblos de montaña, se movía entre todo el mundo. Era siempre el centro de atención. Le gustaba la gente y a la gente le gustaba él.

El nieto de los Molina tenía sangre valirense pero no era uno de ellos.

Eric y Erin.

Solo les alejaba una letra y, a pesar de eso, eran tan diferentes...

Eso fue lo que atrajo a Erin.

A él le atrajo esa melena rubia, su menudez, esos ojos grandes y azules en los que ya entonces, a vista de todos y oculto del mundo, se estaban gestando las tempestades que estaban por venir. Eric no las avistó, pero sí vio la pasión con la que hablaba de las estrellas, la seguridad con la que se refería a su futuro. Ese verano dejó de ver a la niña que siempre había conocido.

Los dos se dieron cuenta al mismo tiempo. Sucedió en uno de aquellos momentos que el universo señala como mágicos: durante una noche de agosto en la que fueron a ver una lluvia de estrellas desde el lago Asters. La orilla del lago estaba llena de grupos de gente, y aunque ellos habían subido con muchas más personas, pronto se quedaron solos, tumbados sobre una roca que se adentraba en el agua.

Él le preguntó por las constelaciones y el zodiaco.

Ella le dijo que lo suyo era la astronomía, no la astrología, pero a pesar de eso, respondió a todas sus preguntas.

La inocencia acercó primero sus manos, después sus rostros, pero cuando sus labios estaban a punto de rozarse, un ruido cayó entre ellos y los separó.

Un petardo inoportuno al que Erin maldijo con todas sus fuerzas. Se apartó de él y volvió a clavar los ojos en el cielo, dando gracias a la noche por ocultar el rubor que hacía arder sus mejillas.

Tampoco hubo beso de buenas noches. Antes de despedirse, sin embargo, él le dijo que quería verla. Sin más gente, solo ellos dos. Podían ir al cine, a dar un paseo por el bosque o lo que a ella se le ocurriera. *Tú conoces mejor la zona, así que propón lo que quieras. Si te apetece, claro.* Erin le prometió una respuesta a la mañana siguiente. Sus padres estaban de vacaciones, así que quizás querían hacer alguna excursión en familia. Ella odiaba los planes espontáneos, le explicó, pero así eran sus padres. ¿A quién había salido? Tampoco ella lo sabía. De no ser porque compartió la barriga de su madre con Teo, habría creído que era adoptada.

Todo aquello era verdad. A Erin nunca le gustaron las mentiras, ni de pequeña ni de mayor. Sin embargo, no era la razón por la que no podía darle a Eric una respuesta en aquellos momentos. Era cierto que debía preguntarle a alguien si podía quedar con él, solo que no a sus padres.

¿Debería decirle que sí a Eric?

Al día siguiente, ella le llevó a la fuente de Tristaina. Caminaron compartiendo pocas palabras. Esa noche, solo el sonido del agua acompañó el primer beso de Erin.

Fue un amor de verano. Erin lo sabía: porque aunque Eric tenía algo de valirense, era un forastero, y todos los forasteros se marchan tarde o temprano. A pesar de eso, lo vivieron como si *nunca fuera a terminarse. Compartieron excursiones con el tiempo que ella le robaba a su familia. Besos tímidos al principio, cómplices más tarde y esperanzados aquella última mañana de agosto en que se despidieron. Prometieron seguir en contacto. Prometieron que se querrían para siempre. Prometieron que la siguiente vez que él subiera al pueblo, nada habría cambiado.*

Promesas de verano que murieron cuando las hojas de los árboles del valle empezaron a caer.

Cuando volvieron a verse, él bajó la cabeza y fue a hablar con otra persona.

Ella, con las grietas del corazón llenas de las palabras que él le había enviado meses antes, se marchó de la fiesta.

Tenía grabados en la memoria todos aquellos mensajes. Demasiadas pocas líneas para decirle que aquello no tenía sentido. La distancia, el tiempo, las chicas de su clase. Tenían catorce años. A esa edad, el amor para toda la vida no existe. No le había dicho que la quería ni que la echaría de menos. No recordó los momentos que habían pasado juntos durante el verano.

Erin se sintió la persona más pequeñita del mundo.

Mientras leía aquellas palabras en la pantalla de su móvil, sintió que su corazón iba a estallar. ¿Se puede morir de un desengaño amoroso? Descubrió que sí.

Los adultos le dedicaban palabras de ánimo cuando estaban con ella, y comentarios maliciosos cuando creían que no escuchaba. Algunas palabras sueltas le bastaron para saber que no entendían nada.

Eric no era un amor de verano. No iba a olvidarlo jamás, pasara lo que pasara. Lo querría siempre, aunque él ya no la quisiera, y nunca querría a nadie como le había querido a él. Y quizás, cuando fueran mayores y volvieran a encontrarse, él se daría cuenta de que se había dado por vencido demasiado pronto. Ella perdonaría su cobardía, porque sabía lo difícil que era ser valiente, y podrían retomar la historia a la que nunca deberían haber puesto punto y final.

Nada de eso sucedió. Porque aunque los adultos se equivocan más de lo que quieren admitir, a veces la experiencia les hace hablar con sabiduría.

Erin sobrevivió al primer amor.

Cumplió su promesa solo a medias: nunca olvidó a Eric, pero sí dejó de quererle. Su corazón se hizo más grande y más fuerte. Aprendió que el amor a veces no es suficiente.

Y ella tenía razón: nunca volvió a querer a nadie como quiso a aquel forastero, porque la inocencia del primer amor muere siempre con él. Pero volvió a querer, y cuando estuvo preparada para hacerlo, supo querer mejor.

26

No falta nadie.

Estamos sentados alrededor de la mesa como una familia feliz en Nochebuena, solo que sobre ella no hay guisos especiales, solo las bravas y las bebidas de siempre.

La quinta al completo.

Estamos todos: Ona, Pau, Bardo, Paula, Teo, Aurora y yo. Hoy, aunque es viernes, no han venido ni Victoria ni Juan ni Bruno. Esta noche es solo para nosotros.

—Propongo un brindis —dice Paula, alzando su vaso ya medio vacío.

—¿Por el reencuentro? —Bardo imita su gesto.

—Por las patatas bravas —lo corrige ella—. De verdad, chicos, no sabéis cuánto las he echado de menos. ¡Por las bravas!

Hacemos chocar las jarras en el aire, que se llena de gritos alabando las patatas. La gente no nos mira. Aunque quedan dos días para Nochebuena, las fiestas ya han empezado. Las calles del pueblo están llenas de luces y de turistas, y el bar no es una excepción. No hay pared sin un Papá Noel ni mesa sin ocupar.

—A vosotros también os he echado de menos —admite Paula—. Al pueblo en general.

—No seas pelota —le responde Bardo, poniendo los ojos en blanco, a lo que Paula responde abrazándole.

Me gusta verlos así.

Parece que fue ayer cuando Bardo suspiraba por Paula por las esquinas, escondido tras su guitarra con esa actitud de terror de las nenas que ninguno de los que le conocemos bien nos acabamos de creer. Bardo nunca ha sabido que, de no haberse marchado Paula, probablemente ahora estarían juntos. Porque Paula le quiso. Quizás no tanto como él la quería, pero estaba dispuesta a arriesgar… Hasta que decidió irse a vivir con su padre a Utrecht y empezar ahí la universidad.

Para abrir esa puerta tuvo que cerrar muchas ventanas, y tras una de ellas estaba Bardo.

Ahora los dos se abrazan con el cariño de quien aprende a quererse de otra manera.

Ona menea la cabeza de arriba abajo con expresión dramática.

—Se te nota que lo estás pasando fatal por ahí arriba. ¿Dónde estuviste la semana pasada? Vimos las fotos. Tenías una cara horrible, como de asco profundo, de ese que te da náuseas. ¿Y la comida? Asquerosa. Ese gofre tenía pinta de estar caducado.

—Lo digo en serio. Aurora, Teo, ayudadme. Es duro estar lejos de casa. —Se queda mirándolos hasta que ambos asienten. Entonces se da cuenta de que ha olvidado algo y se dirige a Pau—: Tú deberías saberlo mejor que nadie.

Pau agacha la cabeza, como si no le estuviera hablando a él, pero ella no deja de mirarlo.

Esta inocente imagen me hace ser consciente de cuánto ha cambiado todo.

Nunca hablamos de esto, porque sabemos que a Pau no le gusta recordar cómo volvió al pueblo después de haber pasado un curso fuera. No nos ha explicado demasiado. Todo cuanto sabemos, o al menos todo cuanto yo sé, es que se marchó para estudiar Odontología y que, durante los siete meses y medio que estuvo fuera, prácticamente no supimos nada de él. En junio volvió para las vacaciones de verano y ya no se marchó.

Decidió que lo suyo no era ser dentista y cuando llegó septiembre empezó a estudiar Magisterio. Desde entonces, ha vuelto a ser uno más de nosotros; es como si nunca se hubiera ido. Rara vez menciona nada de la época en la que estuvo fuera. Pau siempre ha sido reservado, pero incluso para él, tanto silencio es excesivo.

No sabemos si volvió porque realmente cambió de idea sobre su futuro, porque no se adaptó a la vida fuera del pueblo o porque sucedió algo que no quiere compartir. Nosotros elaboramos nuestras teorías cuando no nos escucha, en parte por preocupación, en parte por curiosidad, y evitamos el tema a toda costa cuando él está delante.

—Sí —dice él, de forma tan cortante que es evidente que no piensa añadir nada más.

—Chicos —les llamo la atención antes de que Paula pueda insistir. Es el momento de cambiar de tema—. Ona tiene una propuesta.

Su cara se transforma en una gigantesca y radiante sonrisa.

—¿Ahora? ¿Se lo contamos ahora? —me pregunta, aunque en realidad no espera respuesta. Está golpeando la mesa como si fuera un tambor mientras nos mira a todos una y otra vez—. Vale. Atentos, por favor. Tenemos el plan definitivo de Nochevieja.

—Tiene —la corrijo, señalándola. De hecho, ni siquiera es su plan. Es idea de Ilaria, y a Ona le ha faltado tiempo para hacerla nuestra.

—Hemos pensado que estamos cansadas de hacer lo mismo todos los años. Siempre lo mismo: cena con los padres, luego aquí o a Aranés, y todo está lleno de gente, no puedes disfrutar de la noche de verdad. Es un agobio. Además, han cerrado el Boogie, así que una opción menos. Y si…

—Ona, al grano —la apremia Teo.

—No seas impaciente. El caso es que hemos pensado… En realidad, Ilaria ha pensado que… Perdón, Ilaria es una chica que trabaja en el hotel de Erin y que…

—Yo os lo resumo —la interrumpo. Ona pone los ojos en blanco, pero asiente y le da un sorbo a su cerveza, como diciendo que si quiero robarle el momento, ella al menos va a aprovechar el tiempo—: Un grupo grande de forasteros ha reservado el refugio, pero aún quedan plazas libres y buscan gente.

Ona interviene para dar detalles de lo que están organizando y a cuánto nos saldría por persona. Surgen todas las preguntas que yo ya le hice en su momento y ella va respondiendo uno a uno, tranquilamente, dejando claro que es imposible encontrar un plan mejor para dar la bienvenida al año nuevo.

—Si va a haber forasteras, yo también me apunto —dice Pau.

Con esas palabras se hace oficial: vamos a pasar la Nochevieja en el refugio. Ona aplaude mientras nos promete que va a ser la mejor noche de nuestras vidas.

Paula levanta las manos y silba para que le prestemos atención.

—Hablando de forasteros… Ahora que nuestra rompecorazones oficial está retirada… —dice Paula, sonriendo con los ojos puestos en Aurora—. Contadnos, ¿cuántos corazones ha roto ya Ona?

—Ninguno —se apresura a responder.

—Les pregunto a ellos —dice Paula, señalándonos a todos los demás.

Miro a Pau y a Bardo, que tienen la misma expresión que debo de tener yo. Acabamos de darnos cuenta de que Ona ni siquiera ha mostrado interés por ningún forastero.

—Ninguno —dice Pau—: Que nosotros sepamos, claro.

—No me lo creo —responde Paula, con las cejas enarcadas, mirándola de arriba abajo. Ona se encoge de hombros, como diciendo que le da igual si se lo cree o no, mientras los demás nos miramos unos a otros, como esperando que alguien confiese lo que sabe. Y entonces me doy cuenta de algo:

—Ese colgante que llevas es nuevo, ¿verdad?

Ona se lleva la mano al pecho para tocar —o esconder, tal vez—, el pequeño copo de nieve que cuelga de una fina cadena de plata.

—¡Te has puesto roja! —la acusa Aurora, divertida.

—¡No! Es el regalo de una amiga.

—Ya —dice Paula, incrédula—. ¿De quién? Erin no ha sido, porque si no, no habría preguntado, y Aurora… Aurora dice que no. Y si ellas no han sido y yo no he sido…

—Es un regalo de Ilaria.

—La forastera que trabaja en mi hotel, la de la fiesta —explico.

—No me lo creo —dice Paula.

Todos los demás le dan la razón. Tiene que haber un chico. Seguro que hay alguien.

—Vamos, es evidente que hay alguien. Miradle la cara. Ona, no mires a la mesa, no te escondas. Mirad cómo se le escapa la sonrisa por un lado —insiste Paula, triunfal—. ¿Cómo se llama el afortunado? ¿Es algo serio? ¿Tenéis algo?

Ona no responde, algo que nos tomamos todos como una confirmación.

—¿Ona? —interviene Aurora—. ¿Tienes algo que contarnos?

—No.

Con esa palabra, lo único que consigue es que nos interesemos más: caemos en una conversación en la que el foco no deja de moverse de uno a otro. Hablamos del supuesto pretendiente secreto de Ona, de lo poco que funciona últimamente la guitarra de Bardo, del novio holandés de Paula y de la chica con la que sale Pau desde hace unos meses.

—¿Por qué no le tocáis a él las narices? —se queja Ona, con toda la razón, después de demasiado tiempo aguantando nuestras preguntas—. Él sí sale con alguien y aún no nos la ha presentado.

—Porque no es del pueblo.

—Pau, va a la Universidad de Aranés contigo, no puede vivir muy lejos.

—No te pongas pesada y me lo pensaré.

La sonrisa de Ona se ensancha con la velocidad de un rayo. Creo que es por la esperanza que le da lo que acaba de decir Pau hasta que me doy cuenta de que toda su atención está puesta en algo que está sucediendo a mis espaldas.

Me doy la vuelta para ver a Ilaria y a Álex en la puerta, junto a un grupo de forasteros que solo conozco de vista, deshaciéndose de las capas de ropa que sobran mientras buscan dónde sentarse. Siento una punzada de decepción en el estómago, pero me obligo a sonreír cuando Ilaria, que se ha dado cuenta de nuestra presencia, levanta las manos para saludarnos alegremente.

—Chicos, estos son Álex e Ilaria —los presenta Ona con una formalidad atípica cuando ellos se acercan a nuestra mesa.

Quienes aún no los conocen los examinan disimuladamente de arriba abajo mientras hacen la ronda de besos y saludos.

—¿Es esa Ilaria? —me pregunta Paula, en voz baja.

—La misma.

Ella asiente, satisfecha, y sonríe.

—Oye, Ilaria. Dice Ona que el colgante que lleva se lo regalaste tú. ¿Es verdad?

Ilaria se vuelve hacia Ona, que tiene el rostro congelado, y entorna los ojos como preguntando qué debería responder. Ona suspira y pone los ojos en blanco.

—Se creen que tengo un novio misterioso por ahí que me va regalando joyas.

La incomprensión de Ilaria se transforma en un gesto divertido.

—Más querrías —dice, dirigiéndose a ella pero también a los demás, y luego se vuelve hacia Paula para responder a su pregunta—: Sí, se lo regalé yo.

La cara de decepción de Paula no tiene precio. Aun así, no se da por vencida:

—No hace falta que mientas por Ona.

—Se lo compré yo —insiste, y levanta un poco la voz para seguir hablando—. Lo vimos en una tienda un día que bajamos a Aranés, dijo que le gustaba y…

Desconecto súbitamente, porque sin previo aviso ahí está Max. En la puerta, solo, buscando con la mirada a alguien. Por la forma en que abre los ojos cuando me ve, no soy yo. El tiempo se congela unos instantes; desde el beso, solo nos hemos visto en el trabajo, siempre rodeados de otras personas. Me gustaría poder decir con la mano en el pecho que todo ha vuelto a la normalidad, pero no es así. Seguimos hablando como siempre lo hemos hecho, enviándonos mensajes y riendo como si fuéramos amigos de toda la vida.

El mensaje de anoche, eso sí, sigue en mi móvil, sin respuesta.

El hielo se deshace con su sonrisa. Me saluda con la mano, da un paso hacia nosotros, después otro, avanzando a cámara lenta hasta que yo también le saludo y sus movimientos ganan seguridad.

—¡Max! —Ona le saluda con la mano bien alta, para que nos vea, a pesar de que ya está acercándose—. Chicos, este es Max.

—¿Es él? —pregunta Aurora.

El corazón se me sube a la garganta. Ella no sabe nada. No puedo estar preguntando eso. Teo jamás le contaría nada sobre mí sin mi permiso. ¿Verdad?

Al ver que tiene unos cuantos pares de ojos clavados en él, Max frunce el ceño. Los ojos se le escapan un segundo hacia mí.

—¿Soy quién?

—El forastero misterioso con el que sale Ona.

Ona pone los ojos en blanco.

—No hay ningún chico misterioso, ¿vale? —bufa.

—¿Entonces, quién es? —vuelve a preguntar Aurora.

—Trabaja en el hotel con Erin.

Cuando el instinto hace que me gire hacia Teo, él ya me está mirando. No mueve ni un músculo, y aun así sé que me está preguntando si es él. Tampoco hace falta que haga ningún gesto para responderle.

—Déjame adivinar —dice Aurora—. Eres camarero.

—Monitor de esquí.

—Max, aquí donde lo veis, tiene sangre valirense corriendo por las venas.

Ona vuelve a preguntarle su apellido y anima a los demás a intentar crear su árbol genealógico; por suerte, antes de que pueda empezar con un interrogatorio completo con grupos sanguíneos incluidos, Ilaria la frena y se lleva a los dos chicos a la mesa del fondo donde el grupo con el que han llegado Álex y ella ya han empezado la noche.

Max con los forasteros y yo con mi quinta.

Me gusta estar con ellos, escucharlos hablar de las vidas que llevan lejos de aquí, porque parecen menos de película, y me alegra saber que siguen queriendo a este pueblo y a los que nos hemos quedado. De vez en cuando se me escapa la mirada hacia la mesa de los forasteros. Max siempre está riendo, con la jarra de cerveza en la mano o con el brazo por encima de los hombros del chico que tiene al lado o compartiendo alguna broma de la que me gustaría participar. Yo en mi mesa, escuchando, y Max en la suya, haciendo que lo escuchen.

Así debería ser siempre.

Y sin embargo, ni siquiera es así durante toda esta noche. A medida que esta avanza, los grupos que rodean cada mesa se deshacen. En la nuestra, Ilaria ocupa la silla que Bardo deja vacía al marcharse, demasiado pronto, con la excusa de que mañana le toca trabajar; Paula y Pau se han levantado hace eones para ir a buscar algo de beber y aún no han vuelto, y Aurora y Teo están sentados al otro extremo de la mesa, hablando de que deberían llamar a la casera para que les cambie la lavadora. Creo. Desde aquí solo pillo palabras sueltas.

Max se deja caer despreocupadamente a mi lado. Con fingida despreocupación, en realidad. No deja de mirar a todas partes.

—No está aquí —le susurro, aunque no estoy segura de que esté buscando a Bruno.

Él sonríe:

—Me dejas más tranquilo.

—No se lo he contado.

—Eso también me deja más tranquilo —dice. Y sin embargo, ayer me mandaba besos hasta donde pudieran llegar—. Aquí hay más gente de lo normal.

Por un momento pienso que se refiere al bar, pero cuando señala la mesa con un movimiento de cabeza entiendo que se refiere a la quinta.

—¿Has escuchado alguna vez eso de «por Navidad, cada oveja a su corral»? Las vacaciones de Navidad traen a todo el mundo de vuelta a casa. Esa que está con Ona y los forasteros es Paula. Y ellos —señalando con el dedo a mi hermano y a mi mejor amiga—, son Teo y Aurora.

—Parecen mellizos —le explico.

Me echo a reír tan fuerte que Aurora se vuelve hacia a nosotros.

—Dice que parecéis mellizos.

—¡Qué asco!

—¡Pero qué dice!

—Siempre lo mismo, solo porque somos pelirrojos.

Los gritos de indignación de uno y otro se mezclan sin orden ni concierto, hasta que se apagan y dejan de prestarnos atención. Aurora al menos. Tengo la sensación de que Teo tiene sus sentidos puestos en nosotros.

—Son pareja —le digo.

—¿Es alguna norma de pelirrojos? ¿Pureza de sangre o...? —susurra él.

—Pues no sé si les saldrían los niños pelirrojos, así que no creo que sea eso —bromeo—. Los genes de mi familia son un poco raros.

—¿Tu familia? ¿Esa chica es tu hermana?

—Él —le corrijo—. Somos mellizos. Ya te lo dije, ¿no te acuerdas?

Max niega con la cabeza, sin ocultar su desconcierto.

—Pero si no os parecéis en nada.

—Los mellizos vienen de dos óvulos diferentes, así que no tienen por qué parecerse. Los gemelos son los idénticos, pero un chico y una chica no pueden ser gemelos. Nosotros somos mellizos.

—Vale, cerebrito —dice, aún con la cara arrugada por la sorpresa y la incomprensión—. Pero es que tú eres rubia y tienes los ojos azules.

—Ya te he dicho que tenemos genes raros.

Dibuja una sonrisa provocadora.

—A mí me gustan tus genes.

—Max…

—Perdón. Así que ese es tu hermano. —Lo observa sin disimulo de arriba abajo. Estoy segura de que está evaluando cuán violento puede llegar a ser. Creo que tiene la impresión de que si Teo se entera de que me está complicando la vida, se lo hará pagar—. Estarás contenta. La familia al completo por Navidad.

—Me gusta que esté en casa —le digo—. Y tú, ¿te vas a casa por Navidad?

Max niega de nuevo con la cabeza.

—Es imposible tener un día extra estos días. Es una locura, en serio, ni te… —su propia risa le interrumpe—. ¿Qué voy a contarte a ti? Tú también lo sufres.

—¿No lo echas de menos?

—¿El qué?

—Todo. Tus padres, tus amigos…

—Un poco.

Parece la clase de persona que tiene más amigos que abejas un panal. Muy pocas veces lo he visto solo. En el trabajo siempre está con alguno de sus compañeros y en el bar siempre es el alma de la fiesta. Le gusta la gente y, sobre todo, que a la gente le guste él.

—Yo no podría estar tan lejos de casa.

—Claro que podrías.

—No. Ya viví en otra parte y salió mal.

—¿Por qué?

Porque llegaron los días oscuros: la ansiedad, la depresión, las pastillas, los miedos, el terror. Porque estaba lejos de mi gente y de mi haya. No me sentía en casa. Me sentía una forastera, lo que él es aquí.

Esas son las palabras que me guardo.

—Porque salió mal —repito, tajante.

—Quizás no era el momento.

—Quizás.

No dice más sobre el tema, no sé si porque percibe que no me gusta hablar de ello o porque le da igual.

—¿Quieres ir a esquiar mañana? —propone, con la emoción de un niño recordando que pronto viene Papá Noel.

—Max…

Aunque sé que sabe qué estoy diciendo, dice:

—Ya. Tienes miedo de volver a quedar mal delante de mí.

—¡No quedé mal!

—¡Te caíste tres veces!

—Porque no parabas de cruzarte en mi camino.

Él se ríe, porque sabe que tengo razón.

—Yo de eso no me acuerdo.

—Recuerdas solo lo que te interesa —digo, y el estómago me da un vuelco, no estoy segura de si por las imágenes que me trae a la mente ese día o por tener la sonrisa de Max a menos de medio metro—. Admítelo, esquío mejor que tú.

Max enarca las cejas, entre perplejo y divertido.

—Estás loca. Esquías como una kamikaze.

Ahora soy yo quien lo mira sin creer las palabras que escucho.

—¿Perdona? Esquío perfectamente bien. Nunca me he roto nada.

—Porque te ha besado el culo un ángel. Eres. Una. Kamikaze —repite, recalcando cada una de las palabras.

—Repite eso —lo amenazo, levantando entre nosotros la jarra de cerveza. Queda poca, la cantidad justa para mojarlo sin que me sepa mal perderla.

—No te atreverás —dice él, haciendo bailar la mirada entre el vaso y mis ojos.

—No me pongas a prueba.

—No lo harás.

Es la convicción con la que lo dice, la forma en que me mira, la línea de sus labios. Como si supiera quién soy. Sus ojos dicen lo que muchos piensan: «Erin es una niña buena, nunca habla mal de nadie, se deja tomar el pelo, nunca contraataca».

Le lanzo la cerveza en toda la cara.

Se queda con la boca abierta, intentando decidir si reír o gritar. Empieza a mover la cabeza de un lado a otro, y con cada zarandeo las gotas saltan y su sonrisa se expande un poco más.

—La has cagado. La has cagado, Erin.

Sigue sonriendo cuando habla y también mientras se aleja hacia el lavabo, porque sus palabras no suenan a amenaza, sino a promesa. Y por eso, cuando me veo sola en esta sala llena de gente, decido que no voy a quedarme sentada en esta silla.

Sé lo que va a pasar y aun así me encamino hacia el lavabo sin permitirme dudar. Sé que me arrepentiré de esto mañana por la mañana. Sé que no habrá vuelta atrás.

Y sé que es lo que quiero.

Abro la puerta del lavabo y ahí está, frente al lavamanos, frotándose la camisa con un trozo de papel higiénico para arreglar mi mala puntería. Levanta la cabeza al oír abrirse la puerta, que se cierra a mi espalda, y nuestras miradas se encuentran en el espejo.

Se da la vuelta.

Estamos de pie, envueltos en la tenue luz del lavabo, y aunque durante unos segundos ninguno de los dos dice nada, no escucho el silencio.

—La has cagado —repite, esta vez con una sonrisa que le llena los ojos.

Doy un paso hacia delante en el mismo instante en el que él se acerca a mí. Tira de mi brazo hacia él y de repente estoy aprisionada entre su cuerpo y la pared. Sus ojos están tan cerca de los míos que podría contar las vetas de sus iris. Se mueven nerviosos.

Se inclina hacia mí y cuando nuestros labios se rozan, estalla la tormenta. Nos besamos como si hiciera milenios que esperáramos este momento, con los cuerpos tan pegados que podrían fusionarse y las manos en todas partes.

Tiemblo.

No sabía que era posible, pero tiemblo por un simple beso.

Tampoco sabía cuánto deseaba un beso así. Entregado, libre. Me dejo llevar por Max, que me besa los labios y las mejillas y la mandíbula mientras sonríe y repite que la he cagado. Y yo sonrío también, porque sé que tiene razón y ahora mismo me da absolutamente igual.

Quiero esto. Le quiero a él.

Eso es todo cuanto sé y todo a cuanto me aferro.

27

No puedo llorar. La felicidad me tapona los lagrimales.

Esta noche lo ha cambiado todo. La sonrisa no se me cae de la cara ni con toda la culpa hirviéndome en el estómago. Max me hace sentir como si fuera otra persona.

No ha llegado en el momento correcto y yo soy demasiado insegura para poder gestionar todo esto de forma correcta. O lo era. Lo era, me digo. Todo eso se acabó. Con cada paso que doy hacia casa siento un golpe en el estómago, todos con el nombre de Bruno. La culpabilidad pesa como el uranio. Pero aun así sigo caminando, respirando la noche y el bosque en mi soledad.

¿Hace cuánto que no me sentía tan feliz?

Ese pensamiento es el que me mantiene a flote. El haya será capaz de verlo. Esto está mal, ¿pero cómo puede estar mal cuando me hace sentir tan bien?

El haya lo verá.

Entenderá lo que yo ya estoy entendiendo: estaba equivocada.

Tiene que entenderlo.

Necesito que lo entienda, y por eso me he marchado del bar tras encargarle a Ona que le diga a Teo que me he marchado. Quería estar sola cuando llegara a casa para poder hablar con el haya.

El jardín brilla bajo la luz de luna. Mis botas crujen sobre la nieve. Camino hacia el árbol con paso lento, saboreando este momento que sé que va a cambiarlo todo. Ella lo verá tan claro como yo lo he visto esta noche. Acaricio su corteza para saludarla y después me apoyo en ella, con los ojos cerrados, para hacer mi pregunta.

El corazón se me hiela cuando los abro, porque sobre mis manos encuentro la misma respuesta de siempre.

Bruno.

Siempre Bruno.

¿Pero cómo puede ser Bruno el camino correcto cuando existe Max?

El haya no responde.

28

No sé qué hora es, pero por la escasa luz que entra en la habitación, aún no es hora de levantarme. ¿Por qué entonces hay alguien al otro lado de la puerta, dando golpes y gritando mi nombre? Escondo la cabeza en la almohada. No quiero levantarme. Quiero seguir durmiendo.

—Erin, hija. —Mi madre está en mi habitación, de pie junto a la cama—. Bruno está aquí.

¿Qué? Es sábado, ¿qué hace Bruno aquí? ¿Qué hora es? ¿No debería estar trabajando? ¿Qué día es? Hago cuentas rápidamente. Sábado, 23 de diciembre. La tienda está abierta, cierran unos días a partir de mañana para irse a pasar las fiestas con sus abuelos, que ahora viven con la tía de Bruno y su familia. Lo sé porque Bruno me lo ha repetido mil veces.

Mierda. Mierda, mierda, mierda.

También me ha repetido mil veces que su primo le va a cubrir en la tienda durante su ausencia. Él y su madre se marchan antes. *Antes* significa el día antes de Nochebuena. Es decir, hoy.

Y a él, que entiende que no tenemos que hacerlo todo juntos, no le importó que ayer pasara la noche con la quinta en lugar de con él. Lo único que me pidió fue que le avisara cuando termináramos para vernos ni que fuera media hora y despedirnos.

Mierda.

Me olvidé por completo.

No puedo hablar con él ahora.

—¿Bajas o le digo que suba?

Es imposible encontrar una excusa para no verlo. Está aquí, no puedo mandarlo de vuelta a casa.

—Bajo.

No tengo ni idea de por qué está aquí y no quiero descubrirlo preocupándome de si Teo nos está oyendo desde el otro lado de la pared.

Bruno está en el recibidor, mirándose los pies con las manos en la espalda y el abrigo aún puesto.

El beso es frío, apenas un roce.

—Voy a ponerme las botas.

Cuando vuelvo, él ya está en el porche. Deben de ser las ocho de la mañana. El día está soleado y aun así, el frío es intenso. Cierro la puerta y meto las manos en los bolsillos. Me doy cuenta de que al otro lado de la valla de piedra no hay ningún coche.

—¿Has venido andando?

—Mi madre está cargando el coche.

—No hacía falta que vinieras.

—¿No hacía falta o no querías que viniera?

No suena a sospecha y, aun así, mi cabeza ya está perdida entre los recuerdos de la noche de ayer. El beso en el lavabo y los que compartimos mientras caminábamos por las calles del pueblo, sin rumbo concreto, hasta que Teo me llamó para preguntarme si volvíamos a casa juntos.

—Bruno...

—No me llamaste.

Lo he visto enfadado muy pocas veces y no me gusta saber que yo soy la culpable.

—Lo siento, me olvidé.

—Ese es el problema, Erin. Que te olvidaste. Ayer no te acordaste de avisarme, pero no ha sido solo esta vez, lo haces siempre. Ves mis mensajes dándote las buenas noches y tú nada. Solo te pido unos segundos y ni eso.

—Bruno...

—Si te olvidas tan a menudo, es que no te importo tanto como debería.

Ya lo ha dicho. Ya está. Las palabras que yo nunca había dicho en voz alta y que resumen todo lo que va mal en nuestra relación. Para él, yo soy una prioridad; para mí, él lleva tiempo sin serlo, desde mucho antes de que Max llegara a Valira y pusiera mi vida patas arriba. No. Ahora no puedo pensar en Max. A pesar de todo lo que ha sucedido, esto no tiene que ver con él. Bruno tiene razón, y él lo sabe tan bien como yo; por eso su cara es un puzle desencajado.

Siento ganas de llorar.

Porque tiene razón, porque no quiero que la tenga, porque no hay cosa que más desearía en esta vida que poder sentirme feliz a su lado, porque no estoy preparada para tener esta conversación.

—Bruno, no…

—Erin. —Por una vez, mi nombre en su boca suena duro como una roca—. ¿Me quieres?

Mi respuesta es un susurro apenas audible:

—Sí.

—¿Eres feliz conmigo?

Quiero responder, de veras que sí. Quiero mentirle y decirle que todo va a ir bien. Pero no puedo. El cuerpo no me responde. Mi mente va más deprisa que mi cuerpo y ya está pensando en todas aquellas cosas que no funcionan y que siempre he callado.

—No hagamos esto ahora.

Es el día de Nochebuena. Hoy es un día para ser feliz. No puedo responder a sus preguntas ahora, en medio de mi jardín.

—¿No te hago feliz?

Veo en su cara que no va a dejarlo pasar, aunque cada pregunta sea como una flecha en llamas directa al pecho.

—¿De verdad quieres hacer esto ahora? ¿Aquí? —pregunto, intentando mantener la calma. Él no responde—. Vale. No lo sé, Bruno, ¿vale? No sé si quiero estar contigo.

Él levanta la vista al cielo con los brazos en jarras, y en esta postura, dice:

—Bueno, supongo que eso es mejor que un no rotundo.

—¿Y si fuera un no?

—No te entendería.

Suelto una risa.

—Ya, ese es el problema.

—¿Perdona?

—Ese es el problema: que no me entiendes, Bruno.

—No sé ni cómo tienes el valor de decir eso. ¿Que no te entiendo? Vale, habrá cosas de ti que no entienda, pero las acepto. Siempre que has necesitado que yo estuviera ahí, he estado ahí. ¿Te he fallado alguna vez, Erin? Te he llevado a terapia, te he escuchado hablar de las sesiones, de la enfermedad. Cuando has necesitado llorar, ahí he estado yo. Puedes echarme en cara lo que quieras, pero eso no. No te lo permito, porque no es verdad.

—¿Pero te estás escuchando? Lo que estás diciendo es que me has cuidado. Como si fueras mi enfermero. Eso no es una pareja, Bruno.

—Así que ahora me echas en cara que me haya preocupado por tu salud.

Mi salud.

Lo dice como si hablara de un resfriado común.

Nada de depresión, nada de ansiedad, nada de locura. Para él solo existen las palabras blancas.

—No, te estoy diciendo que no es solo eso.

—¿Entonces qué quieres de mí?

—¡No lo sé!

Incluso ahora, teniendo la conversación que puede cambiar nuestras vidas, le veo gris. Veo su enfado, pero una vez más, sobre él hay una nube de tristeza que le arrebata toda la fuerza.

—Yo intento…

Niego con la cabeza y él se calla.

—No deberías tener que intentar nada, Bruno. Esto debería ser natural. Yo debería sentirme bien contigo y tú conmigo, sin que ninguno de los dos tuviera que cambiar nada.

—Eso solo sucede en las películas, Erin.

Vuelvo negar.

—Deberíamos ser felices sin tener que esforzarnos, Bruno. Llevamos dos años juntos, somos jóvenes, no tenemos ningún problema ni ningún obstáculo ni nada. Ahora no es el momento de luchar por nuestra relación. Debería funcionar por sí sola.

—Y funcionaría si te dignaras a hablar conmigo cuando algo va mal. Pero no, te lo callas todo y la bola se va haciendo grande hasta que explota. ¿Hablar? ¿Tú? ¿De cosas serias? Eres incapaz. Y después, claro, la culpa es mía.

Tiene razón, y eso es lo que hace aparecer la primera lágrima. Me la seco con el dorso de la mano al tiempo que trago saliva.

—Lo hemos hablado mil veces.

—¿El qué?

—Te he dicho mil veces que hay cosas que odio.

—¿Por ejemplo?

—Que nunca tengas ganas de hacer nada de lo que te propongo. Dime que no te he dicho eso mil veces.

—¡Pero al final siempre te digo que sí!

—¡Y ese es el problema! —grito, levantando la voz por encima de la suya—. Que lo haces *al final*, porque ves que me molesta, y que lo haces sin ganas porque en realidad no te apetece. ¿Y sabes cuánto molesta tener que estar insistiendo en hacer cosas a alguien que ya sabes de entrada que te va a decir que no? Se me quitan las ganas de hacer nada diferente. Y estoy cansada de hacer siempre lo mismo, Bruno. Siempre al bar El Valle o al Casa Gina o en tu casa o al cine. Casi nunca subes a esquiar, y entiendo que estés cansado del trabajo, pero ¿sabes qué? Siempre vamos a estar cansados por algo, y si nos aferramos a esa excusa, nos vamos a morir sin haber hecho nada.

—Pero...

—Déjame terminar. ¿Quieres que hable? Vale, hablaré. A veces siento que... —La voz se me quiebra, porque si las palabras que voy a decir me están rasgando la garganta, no quiero ni imaginar el daño que le pueden hacer a Bruno—. Siento que me retienes. Como si yo intentara ir hacia delante y tú estuvieras bien donde estás, donde estamos, y siento como si tuviera un grillete que me atara a la pared y tú...

—¿Eso es culpa mía? Decidiste quedarte en el pueblo mucho antes de que empezáramos a salir, Erin.

—No estoy hablando de eso. Estoy hablando del tatuaje que quiero hacerme, por ejemplo, o de empezar con el *snow*. Hay mil cosas que me dan miedo y tú, en lugar de animarme a enfrentarlas, me dices que me quede como esté. Nunca me animas a lanzarme al vacío.

—Eres mayorcita para saber lo que quieres hacer.

Tiene razón. Crecer es mi responsabilidad. Enfrentarme a mis demonios y atreverme a hacer cosas nuevas, también. Pero no puedo caminar con alguien que intenta llevarme siempre por el camino más seguro.

—Pero se supone que tu pareja tiene que ayudarte a crecer.

Baja la mirada hasta mis pies.

—Y yo no te ayudo a crecer.

—No. Porque, y esta es otra de las cosas que me molesta, me tienes en un pedestal.

La risa de Bruno estalla entre nosotros.

—No seas ridícula. Eso no es verdad.

—Es lo que siento, Bruno. Me tienes ahí, como si fuera perfecta o como si no pudieras llevarme jamás la contraria por miedo a que me rompa.

—No es verdad, Erin. Soy *muy* consciente de tus defectos.

Sé que ni soy ni parezco perfecta. Aun así, cuando me mira, siento como si incluso mis imperfecciones le deslumbraran. Quizás el problema está en que yo no le miro a él como él me mira a mí. Quizás la equivocada soy yo. O quizás es que nadie se equivoca y sencillamente no estamos en el mismo punto.

Bruno, al ver que no digo nada, sigue:

—Eres cabezota, te cuesta comunicarte, a veces te crees que lo sabes todo y eso te hace ser prepotente. Lo ves todo negro siempre y por eso pareces tan alegre.

Trago saliva para engullir todo lo que piensa de mí.

—No he dicho que me veas perfecta, Bruno. Pero me tratas como si lo fuera. Nunca te enfadas…

—Ahora estoy enfadado.

—Casi nunca te enfadas —rectifico—, siempre me dices que sí a todo, estás encima de mí como si de un momento a otro fuera a romperme.

Bruno agacha la cabeza.

—Es decir, me ves como alguien dócil, sin personalidad y sobreprotector.

No quiero decir que sí, porque esas palabras suenan más duras en voz alta que en mi cabeza, así que digo:

—A lo mejor no estamos hechos el uno para el otro.

Bruno no parpadea. Ha clavado los ojos en los míos y aprieta la mandíbula con tanta fuerza que temo reviente de un momento a otro.

—Quieres que lo dejemos.

—No sé lo que quiero.

Él mira el reloj de forma teatral y fuerza una sonrisa:

—¿Y tienes idea de cuándo lo sabrás? Por apuntarlo en mi calendario.

—Bruno…

—No. Yo también estoy cansado de aguantar tus desplantes. Nunca soy tu primera opción, siempre te parece mal todo lo que hago, y ahora me vienes con estas, que no soportas que te quiera.

—Yo no he dicho eso.

—Sé leer entre líneas. Estoy cansado de esta situación, Erin. Yo quiero estar contigo. Te quiero y quiero estar contigo; sé que hay cosas que no funcionan, pero también sé que lo podemos solucionar. Eres tú quien decide.

No puedo decirle que quiero seguir con él.

Mi mente vuela hacia el baño del bar, la fuente de Tristaina, todos los mediodías en las mesas de la pista del hotel, ese domingo de diciembre en el telesilla.

Debería hablarle de Max, confesarle todo lo que está pasando y todo lo que he hecho. Sería la forma más rápida de hacerme caer de ese pedestal en el que me tiene colocada y así tal vez sería él quien tomaría la decisión por los dos.

Sin embargo, no puedo hacerlo. Veo su cara, llena de tristeza, ¿y cómo podría hacerle más daño del que ya le estoy haciendo? Así que hago lo único de lo que me siento capaz ahora mismo:

—Deberíamos tomarnos un descanso. Estar un tiempo separados…

Bruno traga saliva. Todos los músculos de su cara están tensos. A pesar de eso, su voz suena tranquila:

—Como quieras.

—Nos irá bien estar separados y ver qué sentimos el uno por el otro.

—Yo ya sé lo que siento por ti.

Un puñetazo en el estómago.

—Es lo mejor.

—Tú siempre lo sabes todo, así que será verdad.

Se da la vuelta para marcharse. Así, sin un abrazo ni un «ya hablaremos» ni un «cuídate». Como si fuéramos completos desconocidos.

—Bruno, por favor…

—Feliz Navidad, Erin.

29

No voy a decírselo a nadie. Es Navidad, es el momento de estar en familia y disfrutar de las fiestas. En una familia normal, uno podría dar esta noticia esperando poco más que unas palabras de preocupación y otras tantas de consuelo. Pero soy yo y son mis padres; prefiero evitar cenas eternas en las que todos miden sus palabras y me observan por el rabillo del ojo, preguntándose cuándo voy a romperme. No tengo ganas de revivir esas Navidades. No voy a decírselo a nadie, ni siquiera a Teo.

La decisión la tomo antes siquiera de que Bruno desaparezca más allá del camino, y me aferro a ella aunque me cueste horrores. Porque, a pesar de que siento que ha tomado la decisión correcta, a pesar de todo lo que ha pasado con Max, esto duele.

Las ganas de llorar de las primeras horas se diluyen entre preparativos y comidas navideñas. Después del ataque de ansiedad de la otra noche, Teo no me quita ojo de encima; por suerte, ni papá ni mamá parecen darse cuenta. Mamá se pasa el día encerrada en su despacho y papá solo tiene cabeza para echar de menos a sus padres, que por primera vez en su vida han decidido tomarse las Navidades como unas vacaciones de verdad y se han ido a México en lugar de subir a Valira de visita.

Sé que le estoy dando la razón a Bruno: no sé cómo comunicarme cuando algo va mal. Sin embargo, esta vez hay algo diferente porque, por muchas ganas de hacerlo que tenga, no voy a ver al haya. Sé lo que tiene que decir y no quiero escucharlo. He hecho lo correcto, lo sé, y no necesito que un árbol me dé la razón.

Tampoco se lo cuento a Max. Volvemos a comer solos en las mesas de la pista de debutantes. No es algo de lo que hayamos hablado; simplemente, sucede de forma natural. No hablamos de los besos del viernes, pero tampoco hacemos como si no hubiera pasado.

La última barrera que quedaba entre nosotros está por los suelos, y aunque nuestros cuerpos siguen sin traspasarla, ese algo que nos une y que casi puedo ver sí lo hace. Estoy segura de que ahora lo miro de otra forma y estoy segura de que él lo ha notado. Por suerte, el trabajo y las comidas familiares me mantienen bastante alejada del pueblo, así que no coincidimos fuera del hotel. Mejor. Así nadie se dará cuenta. Porque se van a dar cuenta. Teo lo vio desde el segundo en el que Ona presentó a Max. De acuerdo, lo presentó como mi compañero de trabajo y Teo sabía que el chico sin nombre trabajaba en el hotel. Aun así, también estaba Álex y en ningún momento dio muestras de creer que era él. ¿Por qué? Porque es evidente.

He hecho bien pidiéndole tiempo y espacio a Bruno.

Me lo digo cada vez que un recuerdo feliz cruza mi mente como una estrella fugaz, y me repito que, por mucho que deslumbre su luz, cuando desaparece lo único que queda es oscuridad.

Cuanto más se miraba en el espejo, menos se reconocía. El pelo demasiado liso, los ojos demasiado oscuros. ¿Y el vestido? No debería haberle dicho a Ona que se lo pondría esa noche si se lo prestaba. Parecía que iba disfrazada de Barbie. No le gustaba. Aquella no era ella.

Pero era sábado, tenían quince años y un amigo de un amigo que les colaría en una discoteca. ¿Qué iba a decir cuando los demás estaban saltando de alegría?

Había dicho que sí a todo, sin preguntarle antes al haya. Ahora, desde su cuarto de baño, no podía parar de darle vueltas al tema. Debería haberle pedido consejo. Era una decisión importante, su primera vez en una discoteca. Había querido ser independiente y ahora… Debería haberle preguntado. Porque la chica que ocupaba el espejo no era ella y el corazón cada vez le latía más deprisa. Cada imagen inventada sobre la noche que estaba por llegar era un golpe a sus pulmones. Una sala abarrotada. Oscuridad. Luces. Música a todo volumen. Gente bailando, chocando unos con otros, intentando tener espacio. El aire viciado. La gente bailando y ella, ahí, de pie sujetando un vaso de algo por lo que habría pagado demasiado. Balanceándose, porque bailar, lo que se dice bailar, no sabía.

No sabía qué hacer, así que se puso una chaqueta y salió al jardín.

Aunque jamás se referiría a ella como la mejor noche de su vida, Erin la guardó entre sus recuerdos con cariño. Se lo pasó bien, porque todos los miedos se quedaron en la puerta, junto al vigilante de seguridad, y cuando salió, ya no estaban ahí.

Desaparecieron.

Fue la magia de la música y el baile, las risas con sus amigos. Confirmó que tenía un sentido del ritmo horrible y descubrió que a nadie le importaba.

¿Sus amigos se rieron de ella? Sí. Y también del pico de pato que aparecía en la boca de Ona cuando bailaba y de todas las frases cutres para ligar de Bardo, que iba soltando por aquí y por ahí como si fueran redes de pesca. Bailaba fatal, era cierto, y a todo el mundo le daba igual porque aquello no era un concurso ni una exhibición. Solo habían ido ahí a divertirse, y no hay diversión en ser demasiado perfecto.

Aquella noche, Erin se sintió libre como nunca se había sentido hasta entonces. Disfrutó de la música y de la noche y mientras las luces de la discoteca se encendían, se dio cuenta de que la oscuridad pesaba menos cuando bailaba.

30

—Me siento una forastera.

Aurora levanta la mirada de su mochila al escuchar mis palabras y sonríe. Lleva el pelo recogido en una trenza de pez y un vestido negro, adornado por unas pocas manchas doradas en la parte baja de la falda.

—Yo también.

Estamos en una de las cuatro habitaciones que hay en el refugio. Esta, como las demás, es un desastre: hay mochilas en todas partes, alguna botella sin abrir, abrigos encima de todas las camas y zapatos tirados por ahí.

—Yo sigo diciendo que nos habrían cobrado menos por el refugio si lo hubiéramos alquilado sin las habitaciones.

—Ya te ha dicho Ona que no les dieron esa opción —me responde, sin dejar de rebuscar estas palabras.

—Pero es una pena. No vamos a dormir. Nadie va a usar las…

Me callo al ver la expresión divertida de Aurora. Las cejas enarcadas y la sonrisa lo dicen todo, y aun así pregunta:

—¿De verdad crees que *nadie* va a usar *ninguna* habitación?

Miro las tres literas, con sus seis colchones de plástico. Sin almohada ni sábana ni nada. Me recuerdan a las colchonetas que usábamos en las clases de gimnasia del colegio.

—No puedo imaginar lugar menos… Romántico.

Aurora se encoge de hombros y señala la puerta con la cabeza, sin mirarla.

—Hay pestillo.

—Ah, hay pestillo. Entonces la cosa cambia —digo, poniendo los ojos en blanco.

—No seas así. Deja que la gente haga lo que quiera —me riñe Aurora—. O júrame que no las utilizarías si Bruno estuviera aquí.

Bruno.

Aurora no sabe nada y por eso lo sigue mencionándolo cada dos por tres, como el resto de mi quinta y mi familia. No han dejado de preguntarme cómo está, le has dado ya el regalo de Navidad, qué le has comprado, cuándo vuelve, le echas de menos. La culpa es mía, por no ser sincera con la gente que me quiere, pero ahora mismo no puedo hacerlo. Por eso cada vez que el nombre de Bruno surge en la conversación, yo cambio de tema.

—Supongo. —Escupo la palabra como si fuera un hueso de cereza—. ¿Encuentras ya el cargador del móvil o qué?

—Espera… Creo que… —Aurora sigue rebuscando en la mochila hasta que grita, triunfal—: ¡Aquí está!

—¡Milagro! —celebro, aplaudiendo con fuerza.

A mí me ha costado exactamente tres segundos encontrar en mi mochila los pañuelos que venía a buscar. Aurora, en cambio, parecía estar buscando dentro del bolso de Mary Poppins. Pero es por una buena causa, como me recuerda con su cara de cachorrito; no quiere quedarse sin batería y, aunque no lo diga en voz alta, yo sé por qué: su abuelo. Vive con el miedo de que le pase algo, sus padres la intenten llamar y ella no esté localizable. Por eso deja el teléfono conectado a uno de los enchufes libres que quedan y vuelve a plantarse junto a mí con gesto decidido.

—¿Vamos? —me agarra del brazo y, sin esperar respuesta, volvemos al corazón de la fiesta.

Nos recibe el mismo cuadro que hemos dejado atrás hace unos minutos. Las mesas del comedor contra las paredes, llenas de comida y bebida, que ha ido disminuyendo con el paso de las horas. La gente está repartida por todas partes, con sombreros de fiesta, collares de flores de plástico y demás joyas estéticas sacadas de las mil bolsas de cotillón vacías que cubren el suelo. Max está cerca de la puerta de entrada, hablando con Victoria y

Juan y un grupo de forasteros que me han presentado hace horas y cuyos nombres apenas recuerdo. El cuerpo me pide acercarme a él, pero mi mente me advierte de que lo más inteligente es dejar espacio entre nosotros. Le he pedido tiempo y espacio a Bruno para pensar en nosotros, no para llenar el vacío con otra persona. Además, Max no para de reírse, se lo está pasando bien. Así que hago lo que llevo haciendo toda la noche: mirarlo desde lejos y volver con los míos. La quinta está justo donde la habíamos dejado: ante la chimenea, en la que el fuego crepita silenciado por la música que retumba en la sala. Falta alguien.

—¿Dónde está Ona? —le pregunto a Aurora, aunque sé que sabe lo mismo que yo, mientras busco a Ona con la mirada.

—Ni idea.

Antes de tener tiempo a nada más, la veo. Es solo un segundo, justo detrás de Ilaria. Su pelo recogido al desgaire, los labios rojos, los ojos… Los ojos sobre Ilaria, como si estuvieran imantados. Mientras la forastera habla, Ona asiente sin dejar de mirarla ni sonreír, con una de las manos alrededor de su copa y la otra acariciándose el cuello distraídamente. He visto ese gesto en Ona muchas veces, solo que nunca mientras hablaba con una chica.

—Así que no mentía. —La voz de Aurora me sobresalta. Nos hemos detenido ambas sin darme cuenta.

—¿Qué?

—Ona dijo que no había ningún forastero en su vida —dice, aún mirando a nuestra amiga y a la forastera. Sus caras están tan cerca que van a chocar en cualquier momento—. No nos mintió.

Se me escapa la risa.

—Visto así…

—Bien por ella —resuelve Aurora, apartando la mirada. Yo lo hago también, porque siento que estoy siendo testigo de un momento que solo deberían vivir ellas.

Nos abrimos paso entre la gente hasta que llegamos a la chimenea. Yo sigo pensando que, aunque tenga una mampara de cristal, juntar fuego, alcohol y gente borracha no es la mejor idea del mundo. Sin embargo, como ya me ha recordado Aurora unas cuantas veces, esta no es mi fiesta, así que lo mejor es que me aguante y me calle. Sobre todo eso último.

—Quedan cuatro minutos —Paula nos recibe golpeando su reloj de pulsera con el índice—. Ya pensábamos que os habíais fugado.

—Nos han echado de menos —me dice Aurora, llevándose la mano al corazón en un fingido gesto de estar conmovida.

—Yo sí te he echado de menos. —Teo se mete entre nosotras para darle un sonoro beso en la mejilla a Aurora.

—¿Y a tu hermana nada de nada? Muy bonito —me quejo.

Teo se coloca delante de mí, con los brazos abiertos como si fuera a darme el abrazo del siglo.

—¿A mi hermana? A mi hermana aún más.

El abrazo que me da podría estrangular a un oso polar.

—¡Teo! ¡Teo, para, me vas a ahogar! —grito, riendo contagiada por su propia risa—. ¡Chicos, ayudadme!

Pero los demás no tienen ninguna intención de acudir en mi auxilio. Oigo cómo se ríen cada vez que Teo me da un beso.

—Y este… —me planta los labios en la frente con tanta fuerza que parece un desatascador—, para que no te olvides de que tienes el mejor hermano del mundo.

—Creo que ya no voy a poder recordar nada nunca más —digo, mirándole primero a él y luego al resto de la quinta, que todavía nos miran divertidos—. Lo juro, creo que de la presión me han estallado unas cuantas neuronas.

—Va, dejad de hacer el tonto —nos riñe Paula, que hoy parece estar sustituyendo a Aurora en su papel de madre del grupo—. Bardo, ¿tenías tú sus vasos?

Dos vasos para cada una, uno con las doce uvas y otro con un poco de cava.

—Si no te lo terminas —dice Bardo, señalando el cava—, mala suerte durante todo el año.

—Eso es con las uvas—interviene Pau.

—Y con el cava —insiste Bardo.

—¿Cómo va a ser también con el cava? Eso suena a borracho, no te ofendas.

Antes de que Bardo pueda responder, ofendido o no, un silbido se abre paso por encima de la música, que alguien apaga dos segundos después.

—*Three minutes left for Midnight!*[4] —grita algún forastero en alguna parte de la sala.

Esas cinco palabras crean poco menos que una estampida. La gente empieza a moverse de aquí para allá, cogiendo los vasos que les faltan y buscando a la gente junto a la que desean empezar el año. Yo me quedo donde estoy.

Quieta, observando la escena con tanta concentración que casi me caigo al suelo cuando noto que alguien me coloca algo en la cabeza. Levanto las manos antes de darme la vuelta, y mientras toco con los dedos la forma de un cono, descubro a Max a mi lado.

—No se puede dar la bienvenida al año de cualquier manera. Necesitabas un sombrero.

Ahí está, con su camisa de cuadros bien abrochada, un sombrero rosa y azul y un collar de hawaiano. Tiene un vaso en cada mano y una sonrisa enorme en la cara.

—Gracias.

—No hay de qué. ¿Preparada para el nuevo año?

—Sinceramente, no.

—Yo tampoco —dice él, y bajando la voz, como si fuera a compartir el secreto más bien guardado de la humanidad, añade—: Y quien te diga lo contrario o miente o está loco.

—Todos estamos un poco locos.

—Esa es una gran verdad —levanta el vaso de cava, invitándome a brindar.

Yo niego con la cabeza.

—Da mala suerte brindar antes de tiempo.

Max pone los ojos en blanco.

---

4. ¡Tres minutos para medianoche!

—No puedo estar al día con tantas supersticiones y tantas tradiciones —se queja, con los ojos puestos en sus vasos—. En Francia no hacemos nada de esto. Miramos el reloj, nos damos un beso y un abrazo cuando llegan las doce y ya está. Además, aquí la mayoría somos de fuera, ¿por qué estamos siguiendo vuestras tradiciones?

—Porque es mejor que eso de dar dos besos y listo.

Alguien está gritando en castellano y en inglés las instrucciones de las uvas. La gente se mira una a otra como si esto fuera lo más divertido que han hecho en la vida.

—¿Doce uvas, una con cada campanada? ¿He entendido bien?

—No tiene pérdida —le digo—. El cava es para brindar después. De hecho, te recomiendo que dejes el vaso en alguna parte o que lo sujetas así. ¿Ves? Mete el vaso de las uvas en el otro y sujétalos los dos con una mano, vigilando que el culo no toque el cava. Así tienen una mano libre para comer las uvas sin hacer malabarismo.

—Entendido.

—*One minute left! Silence! Don't eat until I say so!*[5]

En el refugio no hay televisor, así que le suben el volumen a una radio que Bardo y Paula han ayudado a sintonizar al poco de llegar. Las voces de los locutores llenan una sala que va enmudeciendo por segundos.

—*Just a quarter!*[6] —insiste la misma voz cuando suena el primer cuarto. Demasiado tarde, porque algunos forasteros ya están mirando a la persona que tienen al lado con los labios apretados, un pequeño bulto en la mejilla y cara de no saber qué hacer.

Los que se atreven a hablar lo hacen en voz baja.

Yo casi contengo la respiración.

La primera campanada resuena por encima de una multitud expectante.

---

5. ¡Queda un minuto! ¡Silencio! ¡No comáis hasta que yo lo diga!

6. ¡Solo es un cuarto!

—*Now!*[7]

Con cada campanada, vuelve el ruido, las voces y las risas, hasta que con la última uva, la sala estalla en gritos, besos, abrazos e incluso alguna bengala.

—*Bonne anée!* —Max me da un abrazo rápido y un beso aún más fugaz en la mejilla.

Sus ojos brillan esta noche.

—Feliz año nuevo, Max.

Me siento incómoda. Ese abrazo ha sido incómodo. Ha sido el gesto de dos personas que apenas se conocen, que están uno al lado del otro por casualidad cuando entra el año nuevo y tienen que felicitarse de alguna manera. No sé si Max siente lo mismo ni si es por eso por lo que saca el vaso vacío del cava y con una sonrisa, pregunta:

—¿Ahora sí?

—Ahora sí —le digo, haciendo lo mismo que él y levantando el vaso entre nosotros.

—Por… —dice, dubitativo.

—¿La montaña?

Max asiente.

—Por la montaña.

Nunca me ha gustado el cava, pero esta noche es una noche especial. Cierro los ojos mientras bebo, poco a poco, y me concentro en las burbujas que me cosquillean la lengua.

Antes de que me dé cuenta de lo que pasa, cuando aún estoy bebiendo, me convierto en una peonza que pasa de Aurora a Teo, de nuevo a Aurora, luego a Bardo, a Paula, a Pau, otra vez a Aurora, y cuando se digna a aparecer, con la sonrisa de las sonrisas en la cara, a Ona.

Estamos todos juntos, celebrando algo por primera vez en mucho tiempo. Estamos juntos, alzando nuestros vasos de plástico como si fueran copas de cristal de Bohemia.

—¡Feliz Año Nuevo!

---

7. ¡Ahora!

—¡Feliz año!

—¡Por vosotros!

—¡Por nosotros!

—¡Eso, por nosotros!

Nuestras voces se funden en una sola, en un círculo perfecto, el que hemos sido siempre. Y todo es perfecto, pero yo no puedo evitar darme la vuelta y buscar a Max.

—¡Erin! —Victoria, que lleva un vestido dorado y los labios violeta, se está abriendo paso entre la gente mientras grita mi nombre, con Juan agarrado de la mano—. ¡Feliz año!

—Feliz año, Erin —dice Juan, con menos emoción que ella, mientras me da dos besos.

Victoria apenas me da tiempo de devolverles la felicitación, porque a los dos segundos ya está encima del resto de la quinta, los que conoce mejor y los que no. Yo me quedo a su espalda, encerrada fuera del círculo.

—Ahora vuelvo —le digo a Aurora, que asiente tan despreocupadamente que no sé ni si me ha oído.

Yo no soy así, me digo mientras camino entre la multitud. Yo no soy así y sin embargo ¿adónde me ha llevado ser de otra manera? Estoy cansada de hacer lo que todo el mundo espera de mí. Rompí la rueda cuando me negué a ir a Estados Unidos y esa es una losa que aún pesa. Es hora de cambiar. Ya lo dijo Einstein: «No esperes resultados diferentes haciendo siempre lo mismo». Así que voy a hacer lo contrario de lo que haría siempre.

¿Serán las cervezas y el cava el que habla? Si es así, bien, que sigan hablando. Quiero escuchar lo que tienen que decir.

Ahí está. Está charlando con Álex y un par de forasteras que creo que no había visto nunca antes. Una parte de mí me dice que interrumpir así es de mala educación; la acallo y le doy un par de golpecitos a Max en la espalda.

—¿Max?

Él me recibe con una sonrisa sorprendida.

—¿Tus amigos te han liberado?

—Más o menos. ¿Quieres ir a tomar el aire?

—¿Fuera?

—¿Dónde si no?

Max hace como que se lo piensa y finalmente se levanta el sombrero de fiesta que lleva en un gesto ceremonioso.

—Será un placer. Sabes cuánto me gustan las excursiones nocturnas. —Me hace un gesto para que espere, y al volver, lo hace con un trozo de pastel de chocolate en la mano—. Fuerzas para caminar. ¿Vamos por los abrigos?

Le da un bocado y cuando sonríe, se le hacen dos bolas en las mejillas grandes como dos lunas.

31

Esta vez es Max quien decide el camino. Avanzamos siguiendo el curso del río, sobre la nieve y bajo la luna, alejándonos del ruido de la fiesta, al que oímos agonizar con cada paso. La pendiente no es demasiado pronunciada, pero la oscuridad y la nieve nos obligan a estar concentrados en el camino y dónde ponemos los pies. Sobre todo yo, que tiraría al río los botines que llevo si así consiguiera que mis deportivas aparecieran por arte de magia en mis pies. No hablamos mucho. Disfrutamos del silencio de la noche, señalamos lo que nos ha parecido algún pequeño animal salvaje y nos reímos cada vez que me sobresalto al oír algún ruido extraño.

Cuando el ruido ya se ha apagado, nos sentamos sobre unas piedras junto al río —agradezco haber optado por un mono largo en lugar del vestido rojo por encima de las rodillas que me ofrecía mi madre—. Estamos tan cerca del agua que si nos ataca la sed, solo tenemos que alargar las manos. Las piedras están frías, pero al menos no hay nieve sobre ellas.

—¿Por qué cada vez que salimos a pasear de noche terminamos cerca de ríos? —pregunta Max, mientras se sienta a mi lado.

—En la fuente de Tristaina no había agua —le recuerdo.

—Como si la hubiera. Era el cauce de un río; aunque en ese momento no bajara agua, sigue siendo un río.

—Espero que tarde en volver a correr agua. —El pensamiento escapa de mis labios. Me gusta el invierno y siempre le pido a la nieve que se quede un poco más. Sin embargo, este año tengo una razón extra: Max se marchará con el invierno.

—¿Es uno de tus deseos?

La pregunta me pilla de improvisto.

—¿Qué?

—Los deseos —responde, como si fuera evidente de qué está hablando—. Los de las uvas.

—¿De qué hablas?

Debe de darse cuenta por mi expresión de que está diciendo una estupidez, porque su seguridad empieza a desvanecerse.

—¿No se piden deseos con las uvas de las campanadas?

No puedo reprimir la risa.

—No. ¿Quién te ha dicho eso?

—Ona —responde, con los labios apretados—. Me ha dicho que puedes pedir un deseo con cada uva que consigues tragar. ¿Así que no es verdad? ¿Casi me atraganto para nada?

Lo miro, interrogativa.

—¿Los has pedido todos? ¿Doce?

—Claro —responde él, con un tono entre avergonzado y ofendido.

—Sabes que aunque fuera verdad, no es real, ¿no? Eso de pedir deseos a estrellas o monedas en fuentes o… Uvas.

—Me gusta creer, demándame si quieres. Además, está bien pedir deseos. Así te obligas a admitir qué quieres.

—Decir las cosas en voz alta las convierte en reales.

Max dibuja una sonrisa que dice que he dado en el clavo.

—Sí.

—¿Y qué has pedido?

—Si te lo digo, no se cumple.

—¿En serio eres de esos?

—¿Cómo que «de esos»? ¿Qué significa «de esos»?

—De esos que creen en los deseos que se piden a las fuentes, a los cometas y demás.

Soy muy consciente de que si conociera mi secreto, las acusaciones de hipocresía no se harían esperar. Por suerte, por muy especial que sea la noche de cambio de año, seguimos viviendo en un mundo donde la magia no tiene espacio para existir.

—No creo que haya que desear y sentarse a esperar. Eso de «el universo proveerá» es una chorrada. Pero no está de más decirle lo que queremos, ¿no? Mientras vamos trabajando para conseguirlo.

—Supongo que no está de más, aunque no creo que sirva para nada.

—A veces sirve para admitir qué queremos. ¿No te ha pasado alguna vez que hasta que no has dicho en voz alta que querías algo, no has sido consciente de *cuánto* lo querías? O al revés, que al decirlo se disipara toda la emoción.

—Decir algo en voz alta lo convierte en real. —Lo digo en un susurro, mirando a Max a los ojos.

Él asiente con lentitud. No sonríe, pero es como si lo hiciera. Su gesto es tan dulce y acogedor como siempre.

—Exacto —él también susurra, cada vez más cerca de mí—. Aunque, como he dicho, creo que cuando uno quiere algo, lo mejor es dejarse de deseos y actuar.

Me besa sin darnos un segundo para dudar, y yo me dejo llevar por él. Su suavidad, su avidez. El primero que es libre de verdad, aunque él no lo sepa. Sabe diferente y es al mismo tiempo un beso que ya conozco y tiene una fuerza nueva, como si el tifón se hubiera convertido en huracán. La distancia que nos separa desaparece y de repente somos solo una mancha en la inmensidad de la noche, una bola de gestos dubitativos, de sonrisas y de besos.

Me siento bien. No sabría cómo explicarlo mejor. Sería como intentar definir el frío o el color verde. Las palabras se quedan cortas, también mi cuerpo. No sé qué deseo, pero deseo más. Lo deseo todo. Lo deseo todo, todo, todo, y eso es lo que le repito al universo, ese al que Max dice que nunca está de más hablar, mientras mis sentidos se pierden en nuestros besos.

Solo logro aterrizar cuando Max se separa unos milímetros y habla encima de mis labios.

—¿Volvemos al refugio?

Sé lo que está preguntando con eso. Sé lo que grita mi cuerpo, lo que quiero hacer y lo que debería, y que esas dos flechas no señalan en la misma dirección.

—No —respondo, y cuando veo que su sonrisa sigue ahí, que no se da por vencido, añado—: Podría mentirte y decirte que digo que no porque soy una persona con principios, que sabe lo que es lo correcto, con una brújula moral que siempre señala la dirección correcta. Pero…

La verdad es otra: digo lo que digo por miedo y, sobre todo, por cobardía.

—¿Por qué no?

Podría llenar una libreta entera con la lista de razones.

Max me mira con esa sonrisa suya que apenas asoma, tan segura que me dan ganas de arrancarla con mis propios labios. No se mueve ni un centímetro, solo espera que su cercanía —y el alcohol— hagan su efecto.

No pienso lo que digo antes de hacerlo.

—Porque creo que siento algo por ti.

Como si esa fuera la razón por la que yo no debería estar aquí. Da igual que ahora Bruno y yo estemos en territorio de nadie. Sin embargo, es la única que tiene sentido en mi cabeza.

Su respuesta, tan fría y dura como una bola de nieve:

—No.

Sus ojos son puro hielo.

—¿No?

—No, no puedes sentir nada por mí.

—¿Por qué no?

—Porque no. Porque ese no era el trato, porque soy un desastre —dice. Me mira, parpadea, vuelve a hablar—: Mira mi vida. Soy un desastre. No puedes, no puedo…

Me trago las palabras que tenía preparadas. La noche respira a nuestro alrededor. Escucho su sonido para intentar ignorar el de mi pecho y dejo que el tiempo pase, hasta que Max encuentre las palabras que sé que está buscando.

—No puedo —repite.

Y entonces se levanta, da unos pasos hacia atrás y se queda ahí, de pie, mirando entre la espesura de los árboles. No sé qué ve o qué recuerda o qué le está pasando por la cabeza; lo único que sé es que tiene cara de estar viendo algo muy lejos de aquí.

Cuando intento acercarme a él, mueve la cabeza de un lado a otro y se deja caer sobre la piedra. Yo vuelvo a sentarme donde estaba.

—¿A qué viene esto? Esto no era… No puedes venir aquí y decirme que sientes algo. —Mira hacia atrás, como buscando algo, no sé qué, y cuando vuelve a mirarme niega con la cabeza—. Quiero irme.

No entiendo nada. Solo he dicho que quizás, tal vez, a lo mejor, creo que es posible que sienta algo por él. Porque tiene que ser eso. Es la única respuesta lógica a todo lo que está pasando.

Yo no entiendo nada y él no deja de repetir que quiere irse, que quiere irse, que quiere irse, pero no se mueve. Está como clavado al suelo, atrapado por unas raíces que no veo.

—Max…

Él se limita a negar con la cabeza. Se pone de pie, trastabilla, lo sujeto, él vuelve a intentarlo, se zafa de mi mano, se aleja. Yo corro hacia él, porque es lo único que puedo hacer. No puedo dejarlo solo cuando todo él está tan lejos de esta montaña.

—Max, por favor, espera —le pido cuando consigo ponerme a su lado y hacer que se detenga. Le estoy sujetando los brazos con ambas manos, mis ojos clavados en su rostro y los suyos en nuestros pies—. Respira.

Es un consejo estúpido y el único que sé que le puede servir ahora. Porque Max está en un lugar en el que yo he estado mil veces. Lo conozco como la palma de mi mano. Ahora, por primera vez, vivo el papel del espectador. ¿Así se sintió Teo cuando aparecí en su habitación en plena noche hace unas semanas? ¿Así se sienten mis padres cada vez que me miran, recordando todas las crisis que vivieron hace tiempo?

Así me siento yo: pequeña, inútil, muda. ¿Qué puedo decirle? Solo eso, que inspire profundamente para que su respiración se acompase. No puedo decirle nada, porque sé que es inútil, así que hago lo único que puedo hacer: lo abrazo.

Él se pone tenso cuando siente mis brazos alrededor de su cuerpo, pero no se aparta. Se queda quieto, intentando calmar su respiración, y poco a poco, su cuerpo se destensa. En ningún momento me abraza. Está ahí, sin hacer nada, con la cabeza sobre mi hombro derecho. Creo que está llorando.

Está llorando.

Lo veo cuando se aparta de mí con suavidad, como diciendo que no me rechaza, que solo necesita espacio. La luna le arranca luz al camino que han dejado sus lágrimas.

—Quiero irme —susurra.

No puede volver ahora a la fiesta. No está bien y el ruido y las voces y la música no van a ayudarlo. Ahora necesita estar tranquilo, así que lo agarro de la mano y le propongo:

—Vamos a sentarnos.

No dice nada durante unos segundos. No me mira, no sé qué está pensando. Estoy a punto de soltarle la mano cuando él me la aprieta y dice que sí con la cabeza.

Esta vez nos sentamos en una piedra grande que hay en medio del prado. Él se sienta primero y yo después, separados por medio metro.

No le pregunto nada y aun así, él habla.

—Soy un desastre. Perdón. Soy un desastre.

—No es verdad.

—Sí, mírame.

Ya lo hago y no puedo decirle lo que siento. Sé lo que está pensando: esta chica, a la que parecía que le gustaba, me ha visto en mi peor momento. Aquí estoy, a punto de perder la cabeza, y aquí está ella, con ganas de irse porque nadie tiene por qué aguantar esto. Nadie tiene por qué ver mi parte oscura. Puedo con ella yo solo. Está pensando que he cambiado de opinión sobre él.

Max me mira como dándome permiso para alejarme y yo nunca me había sentido tan cerca de él.

—Puedes irte —dice, dando voz a los pensamientos que yo ya he visto en sus ojos.

—No.

—Puedes irte —insiste.

—No voy a dejarte solo.

Le veo tragar saliva, intentando retener las lágrimas, pero una consigue escaparse.

—Perdón.

—Como vuelvas a pedirme perdón, te arreo con una piedra. —Mi amenaza le arranca una sonrisa efímera—. Mira, no voy a preguntarte si estás bien. Primero porque es una pregunta idiota y segundo porque es evidente que no lo estás. Tampoco voy a preguntarte qué te pasa ni si quieres hablar de ello, ¿vale? Sé que eso da ganas de matar a alguien con las manos. Me voy a quedar aquí, contigo, hasta que de verdad quieras marcharte. Marcharte, ¿vale? No huir. Hasta que de verdad estés bien para volver al refugio. Y si en algún momento quieres hablar, yo te escucharé.

Los ojos de Max albergan esta noche toda la tristeza del universo. Mueve la cabeza lentamente, diciendo que sí, hasta que se queda quieto, con los brazos sobre las piernas cruzadas y los ojos cerrados.

En algún momento, comienza a hablar.

32

Algo no funciona bien en mi cabeza, dice.

Algo va mal. *Yo* funciono mal, estoy roto. ¿No me ves? Estoy contigo y... Mírame. Soy un desastre y tú no tienes por qué aguantar esto. Yo... En Toulouse mi vida era un desastre. Mi cabeza hacía cosas extrañas. Creía que viniendo aquí todo iría a mejor. Incluso dejé las pastillas, y entonces también dejé de ver las cosas como si fueran una película. Esas pastillas me atontaban. Me hacían sentir como si mi vida no fuera mía, ¿sabes? O como si estuviera todo el tiempo dormido. Pero las necesitaba, porque mi cabeza hacía cosas extrañas.

Me di cuenta un día, al volver de la universidad. Llovía, así que prácticamente corrí hasta la entrada del metro. Una vez ahí, me detuve. Estaba solo, las escaleras solo estaban un poco mojadas, podría haber bajado sin problemas. Pero no podía. No sé cómo explicarlo. Era como si unas cuerdas invisibles tiraran de mí hacia atrás. Di un paso y te prometo que fue como si me pegaran un golpe en el pecho. Me senté en el primer escalón, mirando la boca del túnel durante no sé cuánto tiempo. De repente, ese sitio en el que había estado tantas veces me dio miedo. No, miedo no. Terror. Esa es la palabra. Tenía la sensación, la certeza, de que si me metía en esos túneles, colapsarían y yo me quedaría ahí, enterrado para siempre bajo la ciudad.

Que qué hice. Me levanté y me fui andando a casa. Caminé media hora. Al día siguiente fui directamente a la parada del bus, y desde entonces no he vuelto a tomar el metro.

Es mi cabeza. Hace cosas extrañas. Yo no quiero ser así. No quiero todas esas cosas en mi cabeza, Erin. Me da miedo y no sé por qué me pasa. Mi psicóloga siempre me dice que no hay que buscar razones, sino motivos, y desvincularlos del problema. Desprogramarlos, perdona, esa es la palabra. Desprogramar, como a los robots. ¿Cómo se hace eso? Meses de terapia y mírame. Sigo siendo un desastre.

¿Por qué?

Porque sí.

No, mi psicóloga no creía lo mismo.

Mi abuelo. Estaba obsesionada con mi abuelo. Te he hablado de él.

Mi abuelo se llama Bonifacio. *Abue* Boni, para mí. Él es… Era. Es como un padre para mí. No recuerdo a mi abuela, murió al poco de nacer yo, así que él hizo todos los papeles, de abuelo y de abuela, todo a la vez. Él me protegía de mis padres. Sé que es algo feo de decir, pero era así. Mis padres siempre me han cuidado, me han tratado bien y me han querido. Pero querer no es suficiente. Querer bien, eso es lo que importa. Ellos nunca me preguntaban qué quería hacer. Por eso puedo hablar tan bien castellano. Mis padres creían que ser bilingüe me abriría puertas en la vida. Justamente es eso: abrir puertas. Es todo en cuanto pueden pensar. Para eso me preparaban: estudia música, estudia idiomas, haz esto, haz aquello. Esto te dará agilidad mental, esto otro es un gran plus en el currículum (qué importa que solo tengas siete años, ya tendrías que estar pensando en esas cosas), con esto aprenderás a ser más organizado.

Abue Boni era el único que me preguntaba qué deseaba hacer. Él no entendía esa obsesión de mis padres. Decía que era un niño y debía ser un niño, así que empezó a llevarme a la montaña todos los fines de semana. A mis padres les convenció fácilmente. La montaña le hará más fuerte, les dijo.

Durante muchos años, la excursión de los domingos fue algo obligado. Con el tiempo, él empezó a notar la edad y a faltar a algunas de las citas, y yo también crecí. Me apunté a un club excursionista, empecé a salir más con ellos.

Qué pasó.

No lo sé.

No sé qué pasó, Erin.

No… No lo sé, ojalá lo supiera, daría lo que fuera, porque no lo sé y yo debería… Yo… Yo debería. Sí. Pero no. Erin, yo…

Perdón. Ya está. Ya estoy respirando.

Abue Boni desapareció. En julio, hace un año y medio. Mis padres alquilaron una casa en el monte para el *14 Juillet*. Él dijo que se iba a caminar. Mi madre le dijo que ni hablar, que solo no podía irse, pero él se fue de todas formas.

No volvió.

Lo buscaron. Vino la policía, los bomberos. No puedo ni… Hubo un gran despliegue. Lo intentaron. No será porque no lo intentamos. Pero no fue suficiente. No apareció. Dieron por finalizada la búsqueda unos días más tarde, y la investigación, en pocos meses. Cerraron sin pistas ni indicios.

No sabemos qué pasó.

Desapareció y ya está. Y ya no está aquí y yo sigo aquí, y todo gira como si el mundo siguiera siendo el que era, pero yo estoy roto. Todos los días me levanto pensando que tal vez hoy, por fin, alguien encuentre a mi abuelo. Pero nadie llama. Nadie, Erin. Al final todo el mundo volvió a sus vidas. Ya ni siquiera mis amigos preguntan por él. No debería sorprenderme, no son esa clase de amigos. Para los buenos momentos siempre están ahí. Para los malos, no tanto. No los culpo, porque yo soy igual con ellos. Cuando pasa algo malo, bebemos, salimos y olvidamos. Nunca hablamos. No saben nada de la terapia ni de las pastillas, porque cuando mencioné la posibilidad de empezar a ir al psicólogo, dijeron que eso es para los locos.

¿Locos?

¿Estamos locos?

¿Por qué si te duele la cabeza puedes ir al médico, pero si sientes que algo va mal *dentro* de ella te dicen que seas mayorcito, que lo arregles tú solo, que todo el mundo tiene problemas?

A la mierda.

Quizás sí estoy loco.

Lo único que sé es que me siento cada vez más lejos de ellos y cada vez más solo. Estoy con gente y aun así me siento solo. Aquí, en Toulouse, en todas partes. Mi abuelo estaba bien y ya no está y yo soy un desastre y sigo aquí. ¿Por qué? No lo entiendo, Erin. Dime, ¿por qué?

33

Cuando termina de hablar, estamos agarrados de la mano y él tiene el rostro desencajado. Yo siento un tapón en la garganta. ¿Qué puedo decirle?

Hemos pasado muchas horas juntos y esta noche, por primera vez, le veo como realmente es. Ahora me doy cuenta de que todo lo que he visto de él no es más que una proyección de quien querría ser: alguien seguro, confiado, tranquilo. La verdad es lo que asoma entre las juntas de su armadura. Miedo, fragilidad, tristeza. Y vergüenza. Ha hablado sin mirarme, reconociendo mi presencia solo cuando he acercado mi mano a la suya y él la ha aceptado. No me ha soltado, y sigue sin hacerlo, pero tampoco ha levantado los ojos del suelo. Está viendo lo que yo he visto ya tantas veces y, como yo, lo conoce bien.

—Max.

—Qué.

—Estás aquí.

—Sí.

—No, escúchame. Estás aquí. No hay una razón. Podrías caerte en el río y golpearte la cabeza y dejar de estar y no habría razón.

—¿Se supone que eso debe consolarme?

—No. Te digo que estás aquí. Aquí, no en otra parte. Has estado mal.

—Sí.

—Pero ahora estás bien.

—A veces.

—¿La mayoría de las veces?

—Sí.

—Y has dejado la medicación y todo va a mejor. Todo mejora, poco a poco. Lo de tu abuelo… Ni siquiera puedo imaginar qué es vivir eso. No voy a fingir que lo entiendo. Pero sí entiendo otras cosas, Max. Entiendo lo del metro. Entiendo lo de la cabeza haciendo cosas extrañas. Contra eso sí puedes luchar.

—Estoy cansado. ¿Y si soy así? ¿Y si tienen razón? ¿Y si estoy loco?

—Todos estamos un poco locos —digo, por segunda vez esta noche—. ¿Qué le has pedido a las uvas?

Esas palabras consiguen atraer a Max lo suficiente para mirarme. Sus ojos se mueven nerviosos de un lado para otro, pero en sus labios asoma una sonrisa.

—¿A qué viene eso?

—Responde.

—Si lo digo, no se cumple.

—De hecho, según la antiquísima tradición de pedir deseos a las uvas de Nochevieja, tienes más posibilidades de que se cumplan.

—¿En serio? —La sonrisa de Max se extiende un poco más.

—En serio —digo, fingiendo la máxima seriedad posible.

—Entonces tendré que decírtelo.

—Soy todo oídos.

—Vale. Uno: un baúl de chocolate infinito; da igual cuánto saques, siempre habrá más.

—Yo quiero uno de esos.

—Haber utilizado uno de tus deseos para pedirlo —repone—. Dos: tener siempre algo en el plato, aunque ahora que lo pienso, esto está solucionado con el baúl de chocolate. Da igual. Tres: saber tocar la guitarra por arte de magia. Cuatro: el poder de teletransportarme a los pies de cualquier montaña. Cinco: saber si una peli va a gustarme antes de verla, porque no me gusta perder el tiempo. Seis: que mi abuelo aparezca sano y salvo y diga que ha estado recorriendo el mundo en plan mochilero. Siete: que mi cabeza deje de hacer cosas raras. —Se detiene unos segundos, no sé si para tomar aire o para recordar cuáles eran sus deseos—. Siete: que el invierno dure para siempre.

—Eso suena a glaciación. No parece muy agradable.

—Un invierno que dure para siempre solo en las montañas —rectifica él, apretándome con suavidad la mano—. O en su defecto, poder aparecer en cualquier pista de esquí cuando quiera.

—La cuestión es esquiar.

—Sí. ¿Por dónde iba?

—Ocho.

—Eso. Ocho… Ah, sí. Ocho: cada vez que meta la mano en el bolsillo, sacar el dinero que necesito. Así podré montar el refugio. Nueve: el amor de una buena chica. Diez: cerveza. Once: vivir en algún lugar tranquilo. Doce: vivir feliz.

—Veo que lo tienes claro. ¿Y has podido pedir todas esas cosas mientras comías las uvas? ¿Te ha dado tiempo?

—He resumido: chocolate, comida, guitarra, peli, ab…

—Entiendo —le interrumpo—. Pero sabes que así no vale, ¿verdad?

—¿No vale resumir?

—No, no vale que la mayoría de los deseos sean cosas imposibles.

—¿Y qué?

—Pues que no vale pedir eso. Tienes que pedir cosas que se puedan cumplir.

Max levanta las cejas y su cara se llena de una alegría aún manchada de tristeza.

—¿Qué clase de regla absurda es esa?

—No es absurda, es pura lógica: si pides algo imposible, nunca se va a cumplir. En cambio, si pides algo posible…

—Tienes las mismas posibilidades de que se cumpla se lo pidas a una uva o no.

—Ya, pero tú has dicho antes que te gusta creer.

—No hay que ser tan racional siempre. Pero vamos, si eres tan lista, cerebrito, ¿tú qué pedirías?

—Lo primero, levantar el culo de esta piedra porque se me está quedando cuadrado y helado.

—Eso es fácil de solucionar —dice Max.

Desencajamos nuestras manos para levantarnos y empezamos a deshacer el camino.

—Si todos los deseos se cumplieran tan fácilmente…

—Te quedan once. ¿Número dos?

—Tener un gato.

—Pensaba que eras más de lobos.

—Y soy de lobos, pero si alguien te dice que quiere tener un lobo en casa, enciérralo, por inhumano y por loco.

—Pero todos estamos un poco locos, tú lo has dicho.

—Hay locuras que no pueden permitirse.

—¿Y un perro? Al final un perro es un poco como un lobo domesticado, ¿no?

—Soy de gato.

Max entorna los ojos y me mira de arriba abajo.

—En realidad te pega más ser una chica de gatos.

Le sonrío.

—Lo sé. Así que dos: un gato, cuando tenga mi propia casa. Ah, tres: tener mi propia casa. Cuatro: dinero para montar un hotel, pero algo pequeño, familiar, sin muchas habitaciones. Cinco: me copio el baúl sin fondo lleno de chocolate. Seis… —me esfuerzo en pensar algo—. Ya lo tengo. Seis: tener a Teo cerca otra vez. Ah, y ya que estamos, también a Au. Ese es el séptimo.

—No, eso cuenta como uno: tener a las personas que quieres cerca.

—Vale —acepto, a desgana—. Pues siete: ir alguna vez a un Bosque Aventura. ¿Sabes lo que es? —pregunto, y cuando Max responde que no, le explico—: Estos parques de aventura con plataformas, cuerdas y tirolinas en los que vas atado con un arnés y tienes que ir avanzando. Básicamente es eso en un bosque.

El verano en que volví al pueblo, hace dos veranos, estuve a punto de ir con Grég. Fue poco después de conocernos en la fiesta; me invitó a ir con sus amigos y él y yo me escabullí del compromiso a último momento. Después repetimos no sé cuántas veces que algún día iríamos juntos. No nos dio tiempo; corté las cosas antes de que pudiéramos cumplir la promesa.

—¿Ese es uno de tus doce deseos?

—Sí, ¿qué pasa?

—Que eso no es un deseo.

—Claro que sí.

—No, eso es algo que quieres. No tienes que pedírselo a nadie, no dependes de nadie, ni de tu familia ni de las leyes de la física ni de tus circunstancias personales ni de nada. Espera —me observa con las cejas arrugadas—; a no ser que no haya ninguno cerca.

—Hay uno desde hace años en el Asters.

Max pone los ojos en blanco mientras suelta un suspiro que seguro que ha hecho temblar todos los árboles que hay al otro lado del río.

—Entonces, repito: eso no es un deseo.

—¡Claro que es un deseo! Pero me dan miedo las alturas.

Las cejas de Max saltan como si tuvieran vida propia.

—Pero si fuimos a esquiar juntos.

—Eso es diferente.

—¿Cómo va a ser diferente?

—No lo sé. Quizás porque he esquiado desde que era una enana y ya estoy acostumbrada. ¿Qué quieres que te diga? No tengo problemas con los telesillas. Todo lo demás: horror.

—¿Qué nivel de horror? ¿Te desmayas?

—No *tanto* horror. Un poco. No tengo fobia, es solo miedo. Se me pone el corazón a mil y no puedo dejar de pensar que voy a caerme o que el suelo va a ceder o que el edificio va a desmoronarse.

—Eres todo optimismo —se ríe Max.

Ahora soy yo quien levanta las cejas, aunque lo que las empuja hacia arriba no es sorpresa, sino incredulidad.

—¿Y me lo dices tú?

Me dan ganas de morderme los labios en el mismo instante en el que termino de pronunciar esas palabras. Diana siempre me decía que era importante poder hablar de mis ataques con normalidad; nunca me dio consejos sobre cómo tratar los ataques de *otros*. Aunque, en realidad, nunca conseguí hacerle caso. Para mí es más sencillo explicar la base de la teoría de cuerdas que hablar de lo que sucede dentro de mi cabeza.

Por suerte, Max suelta una risa burlona.

—Muy graciosa. Va, sigue. Te quedan cinco más.

—Ya lo sé, no me presiones. Déjame pensar. Ocho: tener tiempo para leer siempre que quiera. Nueve: no tener que dormir. Es decir, poder dormir y querer dormir, pero que no sea una necesidad física. Así aprovecharía mucho más el tiempo. Diez: un tatuaje. Once...

—Espera, espera. Un tatuaje.

—Sí.

—*Non!* Te he pasado uno ya. No, espera, dos: el de ir a un Bosque Aventura y el de levantarse de la piedra. ¿Pero un tatuaje? Repito, una vez más y todas las que haga falta: eso no es un deseo. A no ser que seas alérgica a la tinta.

—No, al menos que yo sepa.

—¿Te prohíben llevar tatuajes en el trabajo? ¿Cuando estabas en recepción?

—No.

—¿Entonces?

—¿Entonces qué?

—Que por qué no te lo haces.

Buena pregunta. Hace años que hablo del tatuaje que quiero hacerme. Tengo claro qué y dónde, y aun así, nunca he dado el paso. Ni siquiera he decidido el diseño. Solo tengo claro que quiero la cara de un lobo. Abstracta, sin muchos detalles, pero reconocible.

—No ha llegado el momento.

Max se ríe tan fuerte que podría causar un alud.

—¿Qué clase de excusa es esa?

—No ha surgido la ocasión, ¿qué quieres que te diga?

—La verdad. ¿Tienes miedo a las agujas?

—No.

—Entonces…

Suspiro.

—Es de esas cosas que vas dejando para otro momento y ya está. Quiero hacerlo y algún día lo haré, ¿qué prisa hay?

—Ninguna —dice él, y cuando estoy a punto de responderle, se adelanta—: Y toda. Cualquier día puede ser el último. Lección de vida de Max.

—Qué fúnebre eres.

—Mi abuelo desapareció de un día para otro.

La nube ha vuelto y nos acompaña durante unos minutos, en los que caminamos sin decir nada, ya con el refugio a la vista. La música empieza a abrirse paso entre nosotros. No sé si seguir con el juego, preguntarle si quiere hablar más del tema o fingir que no ha dicho nada.

—Me quedan dos deseos —digo al fin.

Parece que he acertado, porque por el rabillo del ojo veo cómo Max sonríe. Cuando habla, su voz suena animada.

—Es verdad. Por favor, sorpréndeme.

—Once: me encantaría saber bailar. No para dedicarme a ello, sino para mí misma, para expresarme, ¿sabes? —Busco la mirada de Max y asiente con la cabeza—. Así que bailar, ese sería mi deseo número once. Y el último, el número doce…

—¿La paz mundial?

—Casi, de hecho. No está tan lejos. Poder meterme en la cabeza de las personas que me importan. No para cotillear qué piensan, solo para entender cómo funcionan. Siempre esperamos que la gente se comporte como nosotros lo haríamos; de ahí nacen la mayoría de conflictos. Si todos nos comprendiéramos un poco mejor, si pudiéramos ver más allá de lo evidente… Todo iría mejor. A pequeña y a gran escala.

—Es un buen deseo.

—Gracias.

—Aunque tengo que admitir que estoy decepcionado.

—¿Por qué?

Max me coge de la mano y me obliga a detenernos. Quietos, uno frente al otro, da un paso hacia mí.

—Esperaba que dijeras que me deseabas a mí.

Estamos tan cerca que no queda espacio para nada. Ni para culpabilidad ni para lógica ni para segundos pensamientos. Solo para nosotros y para lo que quiero. Él se inclina hacia mí y yo me pongo de puntillas.

—Pero tú has dicho que eso no vale —le susurro, poniendo la mano sobre su pecho para detenerlo donde está. Sus labios dibujan un «¿por qué?» que no llega a sonar. Me acerco más a él, hasta que su aliento me hace cosquillas en los labios—. Porque no vale pedir lo que está en tus manos tener.

34

¿Quién es esta chica que camina tan resuelta hacia el refugio, entre besos y juegos, que atraviesa la fiesta sin ver a nadie y que cierra con pestillo la única habitación vacía?

Quién es, eso no lo sé.

Pero sé que quiero que se quede.

Porque el sonido del pestillo a mis espaldas suena como la mejor de las orquestras interpretando a Brahms solo para nosotros. Casi puedo oír las notas en esta burbuja. Me estremezco cuando los dedos de Max rozan mi piel al colocarme un mechón de pelo detrás de la oreja. Deja la mano en mi cuello y con el pulgar me acaricia la barbilla.

—Hola.

Su voz esconde un beso que encuentro al levantar la cabeza para mirarlo. Lo estrecho contra mí, dejo que mis manos recorran su espalda y me pierdo en el calor de sus labios, que me besan la boca y las mejillas y el cuello.

Hola.

No sale nada de mi garganta, pero aun así Max me ha entendido. Deja caer la mano con suavidad hasta que encuentra la mía y, tras entrelazar los dedos, tira de mí para que nos movamos.

El colchón cruje cuando caemos sobre él.

—Esto me recuerda a mis clases de gimnasia —susurra Max, que mueve los pies intentando quitarse los zapatos.

Cuando tanto los suyos como los míos están en el suelo, me tumbo en el colchón, tan cutre que ni siquiera tiene almohada. Max repta por encima del plástico hasta colocarse a mi lado.

—A mí también.

—¿Eras la típica cerebrito patosa?

No espera a que responda antes de besarme. Su lengua acaricia mis labios y yo creo que voy a fundirme.

—No. Soy patosa, pero me esforzaba —consigo responder.

—Barbie perfecta.

Lo atraigo hacia mí para besarle. No vamos a hablar de eso. No vamos a hablar, punto. Ahora mismo solo quiero sentir que estamos aquí los dos, juntos, con mis manos hundidas en su pelo y nuestros cuerpos tan juntos que parecen uno.

¿Cómo podría explicar lo que siento?

No necesito más que esto. Este silencio, la distancia que nuestros cuerpos rompen con sus vaivenes, la forma en que su aliento tiembla. Esto es cuanto necesito, porque son las respuestas a las preguntas que aún no me he hecho.

Max me aparta y susurra:

—¿Estás segura?

—¿Por qué no iba a estar…?

La mueca que cruza su rostro es mi respuesta: porque estoy con Bruno, al menos según las últimas noticias de Max. Es decir, ningunas.

—Tú…

—Ya. —No sé qué decir. De hecho, ni siquiera sé si me siento culpable por esto. Nos hemos tomado un tiempo, no estamos juntos. Sin embargo, no deja de ser una traición a algún nivel, ¿verdad? No. Me da igual. No sé qué estoy haciendo, sé que me estoy equivocando y, por estúpido que parezca, sé que no me voy a arrepentir—. ¿Te sientes culpable?

El ruido de la fiesta se hace atronador durante unos segundos.

—No —susurra finalmente. Cierra los ojos antes de continuar—: Es decir, sé que está mal, pero intento no pensarlo mucho.

—Ya.

—Pienso que después de tanto tiempo mal, yo también merezco algo bueno.

Aprovecho que tiene los ojos cerrados para acercarme a sus labios. Él vuelve a apartarme, pero con mucha menos decisión esta vez.

—¿Qué pasa? —pregunto, al ver que no hace más que mirarme sin pestañear.

—Erin. —Pronuncia mi nombre como si fuera una sentencia. Me acaricia el brazo hasta que encuentra mi mano, y cuando parece que va a envolverla con la suya, deshace el camino. Deja los dedos quietos por encima de mi codo, repite mi nombre y dice—: No te prometo nada.

Es estúpido fingir que sus palabras no tienen efecto sobre mí. Yo no he pedido que me prometa nada y aun así, él ya se adelanta. ¿Será que puede ver el futuro y sabe que va a hacerme daño? Yo no sé qué quiero, así que trago saliva, sonrío y digo:

—No te he pedido nada.

—Ya me has visto —sigue él, como si yo no hubiera dicho nada—: Soy un desastre.

—No…

—No puedo cuidar de otra persona, si no soy capaz ni de cuidarme a mí mismo.

—No te he pedido nada —le repito, esta vez tan cerca que nuestros labios se rozan—. No te he pedido nada, ¿vale?

Asiente con la cabeza hasta que sus movimientos se funden en un beso construido con mil besos más.

Es verdad lo que le he dicho hace un rato, creo que siento algo por él, y en ese momento sentía que decírselo era lo más importante. ¿Ahora? Ahora son solo palabras y qué son ellas comparadas con el calor de nuestras pieles al primer contacto. Qué son comparadas con la lentitud con la que le desabrocho la camisa a Max, la eternidad que le toma a él bajar la cremallera de mi mono, la forma en la que se me arquea la espalda cuando me besa el cuello y nos abrazamos desnudos por primera vez.

No es perfecto ni digno de un cuento de hadas.

El plástico del colchón se me pega a la piel y nos hace resbalar, nos golpeamos la cabeza con la litera de arriba, la habitación es un desastre, la música está demasiado fuerte. Y a pesar de todo, no cambiaría nada. Tampoco quiero nada. Es verdad, no le pido nada. Ambos sabemos que se marchará cuando se acabe su contrato en el hotel. Adiós, ¿hasta nunca? Quién sabe.

No quiero nada perfecto porque no quiero otra cosa que no sea esto y cada uno de los pasos que nos ha llevado hasta esta habitación. Ahora mismo me da igual todo lo demás: lo que piensen de mí, el daño que pueda hacer a Bruno, el daño que Max pueda hacerme a mí.

Qué más da lo que pueda pasar. Si ni siquiera sé quién soy hoy, más vale no pensar en qué querrá la Erin del futuro.

No importa más que el presente, donde Max me acaricia y me busca cuando me alejo y estamos tan cerca que rompemos todas las leyes de la física para quedarnos congelados en este plano en el que no somos más que dos cuerpos llenos de grietas que se aferran el uno al otro para no romperse.

Nos marchamos.

No le preguntaron porque, aunque ella ya se sentía mayor, seguía siendo pequeña. Su hermano quería marcharse y también sus padres querían, así que eso hicieron. No prepararon las maletas, no. Lo metieron todo en cajas, desde los tenedores hasta las plantas, y después todo eso pasó al interior de un camión y, más tarde, al de un piso sin jardín. Tenía unas ventanas enormes, eso sí. Erin vería caer y alzarse muchas noches a través de ellas.

Erin dijo muchas veces, siempre con la boca pequeña, que no quería dejar el pueblo. Sus padres querían saber motivos y ella no acertaba a dar con uno que le sonara bien en los labios. No podía dar ninguna razón de peso. Su familia tenía razón: Teo tenía que irse fuera para poder estudiar arte, sus padres siempre tuvieron el plan de probar suerte en algún otro lugar cuando ellos fueran mayores y ella tendría una mejor preparación para la universidad. Podría ir a conferencias, charlas y todas esas demás cosas de las que siempre se quejaba que se celebraran demasiado lejos. Con todo eso sobre la mesa, Erin se quedaba sin cartas. La verdad no era una opción, porque ni ella misma la aceptaba: no quería marcharse porque no podía llevarse el haya.

La aterrorizaba estar sin ella.

Y cuando se dio cuenta de ello, se asustó aún más. ¿Tanto dependía del consejo de un árbol que el corazón le latía a mil por hora cuando pensaba que algún día no lo tendría?

Ella le preguntó mil veces. ¿Debería marcharme? El haya siempre le dio la misma respuesta. No.

Esa fue la primera vez que Erin desobedeció al haya.

35

—¿Vas a contármelo?

Ona no pierde el tiempo. Dispara la flecha en cuanto Ricardo nos deja los dos refrescos y las bravas sobre la mesa. Estamos sentadas en una mesa demasiado grande y con demasiadas sillas; no nos movemos porque aún tenemos la esperanza de que la tormenta amaine pronto y aparezca el resto de la quinta. Además, esta noche el bar está casi vacío. Entre la nieve y que hoy es Noche de Reyes, hay razones suficientes para quedarse en casa.

Estoy empezando a pensar que yo también debería haberlo hecho. Esto huele a encerrona, aunque seguramente ni siquiera haya sido algo premeditado. Estoy aquí, estamos solas, Ona tiene ojos en la cara y ganas de saber, así que pregunta.

—¿Qué?

Es lo único que se me ocurre decir.

—¿Vas a obligarme a preguntártelo?

—No sé de qué me hablas.

—Para ser tan lista, mientes de pena —dice Ona, poniendo los ojos en blanco—. Iré al grano. ¿Qué está pasando entre tú y Max?

—Ona…

—Erin, vamos. No soy tú, pero no soy tonta. Me fijo en las cosas. Es evidente. Ayer desaparecisteis horas enteras, y no es la primera vez. —Espera a que diga algo. Aunque no dejo de mirar las bravas, noto sus ojos puestos sobre mí—. Vale, no me digas nada. Pero que sepas que estás jugando con fuego.

La mirada de Ona es aún más dura que sus palabras y todas las imágenes que llevo días intentando alejar de mí me golpean al mismo tiempo.

Todos los pedazos en los que se rompió Max esa noche, sus deseos imposibles, el plástico contra mi piel, la tristeza de Bruno deseándome feliz Navidad en mi jardín. La noche, la nieve, la libertad. No sé cómo me siento. Durante los últimos días, Max ha estado en todas partes: compartiendo mesa en el hotel al mediodía, caminando conmigo hacia casa por las tardes, en mi cabeza a todas horas. No hemos hablado de cómo se rompió delante de mí ni de lo que sucedió en la habitación del refugio. Nos hemos robado gestos y besos cuando hemos estado solos y hace un par de días, fuimos a su casa aprovechando que sus compañeros no estaban. Pedimos una pizza, vimos una película y terminamos la noche debajo de su nórdico, acompañados solo por la luz de su mesilla de noche y la música de fondo. Cuando tocó la una me marché a casa.

Él no ha preguntado por Bruno, yo no he querido ni mencionarlo.

Tampoco he hablado con él. Llevo sin tener noticias suyas desde la discusión en mi casa. Ni una felicitación, ni una señal de vida. Quiero saber cómo está, pero no me atrevo a escribirle. Merece que lo deje en paz.

—He roto con Bruno. Un tiempo —corrijo—; nos hemos tomado un tiempo.

Ona deja el vaso que se estaba acercando a los labios suspendido en el aire. Tiene la misma cara que tendría si le hubiera dicho que de camino hacia aquí le he cedido el paso a una familia de dinosaurios.

—¿Es por el forastero?

—No. —Soy tan tajante que mi respuesta suena a mentira—. Pero sí.

—¿Sí o no?

—En parte. Max no es el problema, es un...

—¿Síntoma? —pregunta, y cuando asiento con la cabeza, no espera ni un segundo en asegurarme—: Has hecho bien.

¿Pero qué llevan las bravas? ¿Ha oído lo que acaba de decir?

—Ona, lo he engañado.

Es la primera vez que uso esas palabras y en cuanto lo hago tengo una revelación: no me siento culpable. Siento culpa, pero la culpa no nace del engaño, sino de la falta de culpabilidad. Me siento culpable porque no me siento culpable.

Mi cabeza es una fiesta ahora mismo.

—Ya lo sé.

—¿Y aun así dices que he hecho bien? ¿Te parece que he hecho *bien*?

—No soy quién para juzgarte. En alguna parte leí que no es casual que infidelidad e infelicidad compartan tantas letras.

—¿Qué frase de mierda es esa? Eso no es excusa. Soy...

Antes de que pueda decir nada, Ona me ataja:

—Humana. Y por eso a veces te equivocas, aunque seas una cerebrito. —Alarga el brazo encima de la mesa y me agarra de la mano—. Erin, no te digo que hayas hecho bien. No voy a justificarte porque un engaño es un engaño y Bruno es un buen chico, sabes que me cae bien, pero... Nada es nunca blanco o negro. Sé cómo eres. Nos conocemos desde que éramos crías y sé que no lo has hecho para herirle.

—Pero lo he hecho. Y sí, me conoces, pero también lo conoces a él. Sabes cómo es. Es el novio perfecto y yo...

—A lo mejor es que no es la persona perfecta para ti. Ya te lo he dicho, me cae bien, pero...

—Pero...

—Negaré que he dicho esto —dice, mirando a todas partes—, pero yo habría hecho lo mismo. ¿Qué pasa? Has conocido a alguien que te ha hecho despertar y te has dejado llevar. Sí, no está bien, pero Erin, con Bruno... Es evidente que no funciona. Si aparece alguien que te hace verlo, ¿sabes qué? Bienvenido sea.

—Ona...

—¿Es que no tengo razón? Ahora me dirás que te sentías en el séptimo cielo con él.

—No, pero...

Ona mueve las manos entre nosotras para hacerme callar.

—Estás cómoda, eso es todo. Bruno es como un sofá viejo que ha cogido la forma de tu cuerpo. Tiene algún muelle por aquí y otro por allá, pero no duelen, solo molestan, y más bien poco. Y uno se pregunta… ¿para qué tirar el sofá?

—¿Estás comparando a Bruno con un mueble?

—Te estoy diciendo que estás cómoda con él, pero que no eres feliz. Es evidente. ¿Te crees que no lo he visto? Bueno, yo y todos.

—¿Cómo que *todos*?

—Erin, no hay que ser un lince, sinceramente. Se ve a la legua que estáis en puntos muy diferentes de la relación. Bruno te lleva en bandeja de plata y tú… Tú te dejas llevar.

No pestañea. Me mantiene la mirada, como si me retara a llevarle la contraria.

—¿De verdad piensas eso?

—Te lo repito: no hay que ser un lince.

—Nunca me habías dicho nada —digo. Ona, que no sabe el significado de «callarse la boca»—. Ni tampoco los demás.

—Porque te veíamos… feliz. No, esa no es la palabra. ¿Contenta? —sugiere, con un tono no demasiado seguro—. Estable. Sí, estable.

—Ah. Estable. Como un volcán dormido, ¿no?

En la cara de Ona saltan todas las alarmas.

—Erin, no me refería…

—Da igual —la interrumpo. Mis problemas nunca han sido un tema que hayamos puesto sobre la mesa entre las dos. Sé que toda la quinta está al corriente de lo que sucedió y que saben que no me gusta hablar de ello—. Ya sé a qué te refieres.

—Mira, sé que no hablamos del tema y eso, pero… Sé que lo has pasado muy mal y que ni yo ni el resto de la quinta sabemos ni la mitad. Lo entiendo, y precisamente por eso entendíamos que Bruno… Bueno, que era lo que necesitabas en ese momento. Pero Erin, en realidad solo es la opción más cómoda.

—¿Debo buscarme a alguien que me haga sufrir?

—No, no estoy diciendo eso. Solo digo... No lo sé, Erin. ¿Qué sabré yo? Pero al menos alguien que te haga sentir algo. ¿Cuántas veces has discutido con Bruno? —me pregunta, y cuando le digo que apenas un par de veces, y que aparte de la «ruptura» el día antes de Nochebuena, nada grave, ella pone los ojos en blanco y dice—: Más vale alguien imperfecto al que quieras que una figura de plastilina que se amolde a todo lo que tú quieres. Y Bruno era pura plastilina.

—Pura plastilina. —Sonrío.

—Pura plastilina. —Ona sonríe también—. Y no justifico en absoluto lo que has hecho, pero ¿sabes qué? Me alegro. Me has demostrado que las relaciones Disney son una porquería.

—¿Relaciones Disney? —me acerco el vaso a los labios para disimular la risa.

—Sí, la típica relación perfecta que te vende Disney. Estoy harta de cómo no las intentan vender a todas horas.

—¿Te has pasado al club del odio de Au?

—Aurora hace bien en odiar esos cuentos. Siempre es la misma historia: una princesa encuentra el amor en un príncipe alto y guapísimo. ¿Y sabes lo peor? Que muchos de ellos ni siquiera son príncipes, son tíos que pasaban por ahí y de repente ven que una princesa les guiña el ojo. ¡Y puf! Como por arte de magia, ahí está su corona y su reino y su todo. ¡Encima eso! Y siempre es lo mismo: chica conoce a chico, matrimonio, hijos, reino feliz por los siglos de los siglos. ¿Es que no podemos salirnos de ese guion? ¿No podemos querer nada que no se ajuste a ese molde de chico bueno? A lo mejor es que no queremos un chico bueno. Mírate a ti. Lo tienes y no lo quieres, pero no lo dejas porque te han metido en la cabeza que es lo que necesitas. Alguien que te cuide, que te trate bien, que siempre tenga una sonrisa para ti. Pues yo digo que no: búscate a alguien que a veces te ponga de los nervios, que te lleve la contraria cuando tenga que hacerlo, que no te baile el agua solo porque te quiere. El amor no es un sí incondicional. Búscate a alguien que te haga sentir viva, eso es lo importante, y olvídate de Disney y de las novelas románticas, porque ya ves adónde te han llevado.

No me atrevo a interrumpirla. Incluso cuando ha dejado de hablar, me quedo quieta, nuestras manos aún juntas sobre la mesa, mirándola a los ojos, mi mente inundada por el recuerdo de Ona e Ilaria en la fiesta de Nochevieja.

—Uau. ¿Llevabas eso preparado?

Ona sonríe, entre avergonzada y orgullosa.

—He estado pensando en el tema.

No es que quiera desviar la conversación, pero debo aprovechar el momento. Yo no soy como Ona, no puedo cruzar los brazos, inclinarme hacia ella y retarla con la mirada a que me diga qué pasa entre ella e Ilaria. Por eso me quedo como estoy, con mis manos entre las suyas, y pregunto:

—¿Por algún motivo en particular?

Ona entorna los ojos.

—A lo mejor.

—¿Por *alguien* en particular? —preciso. Esta vez, su respuesta es muda. Se pone casi tan roja como la salsa de las bravas y agacha la cabeza para ocultar la sonrisa tonta que se le dibuja—. Yo tampoco soy tonta.

—También era evidente —dice, aún sin mirarme.

—En realidad, no. Os vi en la fiesta de Nochevieja.

—¿Y antes? ¿No notaste nada? —Vuelve a mirarme, y se lleva la mano al colgante en forma de copo de nieve que le regaló Ilaria antes de Navidad—. ¿Ni por esto?

—No sospeché nada. Ni siquiera se me pasó por la cabeza. No sabía que te gustaban las chicas.

—Yo tampoco. Es decir, a algún nivel supongo que sí lo sabía, pero… No sé cómo explicarlo. Con Ilaria hubo algo desde el primer momento. Yo pensaba que se veía a la legua. Con lo del colgante… Pero bueno, supongo que tiene que ver con lo que estábamos hablando. No es la típica historia. Si me lo hubiera regalado un chico…

—Habría pensado que había algo entre vosotros —admito.

—A eso me refería con el guion. Siempre el mismo guion. Si alguien se sale… Se rompen los esquemas.

—Ona, yo no he dicho…

—Ya lo sé. No lo digo por ti. Mi abuela nos vio. —Los últimos trazos de su sonrisa se hunden en un gesto triste—. Hace un par de días, por la calle; cuando llegué a casa, mi madre ya estaba enterada de que había estado paseándome por el pueblo de la mano de una chica. No sé si mi abuela vio algo más. El caso es que le fue corriendo a mi madre con el cuento. Lo típico, te voy a ahorrar los detalles.

—¿Y qué te dijo tu madre?

—Que a ellos, a mi padre y a ella, les da igual. Si soy feliz con una chica, está bien. Pero me pidieron que entendiera a mi abuela, que es de otra época, y que es ya mayor… Resumiendo: me han pedido que «no lo restriegue», y cito literalmente. Vamos, que no nos veamos en el pueblo.

—Ni te pregunto qué vas a hacer.

Ona tiene carácter. Si hay algo que odia, incluso más que alguien le toque el orgullo, es que le digan qué debe hacer. Sé que seguirá yendo al pueblo con Ilaria, ahora más que nunca.

—Llamé una vez a mi abuela, porque mi madre me obligó, y no me cogió el teléfono. Ahora ya solo finjo que llamo. No quiero hablar con ella. Mi madre dice que hay que ponerse en su lugar, que en su época las cosas eran diferentes y que ella me quiere, aunque sea a su manera. ¿Pues sabes que te digo? Que para que me quieran por partes, solo lo que les interesa, prefiero que no me quieran. Me ha costado mucho admitir que no me conocía tan bien como creía, admitir que me gustan las chicas tanto como los chicos, y no necesito a nadie cerca diciéndome que eso está mal.

Y justo en ese instante, como punto final a su discurso, la campanilla de la puerta suena y el bar se llena de voces. La quinta está aquí.

—Y tú —me dice Ona, bajando la voz—, aplícate el cuento. Ten lo que hay que tener, sé sincera contigo misma y deja a Bruno.

36

No dejes a Bruno.

No dejes a Bruno.

No dejes a Bruno.

Da igual cuántas veces le pregunte al haya. La respuesta es siempre la misma. Yo sigo preguntando, con la esperanza de que en algún momento vea todo lo que hay detrás de mi pregunta. Pero ella sigue señalando en la misma dirección y yo no entiendo.

Porque sé que Ona tiene razón.

Tengo veinte años. Llevo dos con Bruno y casi desde el primer momento supe que había cosas que no funcionaban. Me dije que era normal. Al fin y al cabo, la perfección no existe. Sin embargo, hay un recuerdo que llevo atado al pecho desde hace tanto tiempo que tengo la sensación de haber nacido con él. Llevábamos menos de medio año juntos y yo estaba en la cama de Teo, escuchando lo duro que se le estaba haciendo vivir lejos de Aurora. Me di cuenta de cómo le cambiaba la cara cuando hablaba de ella y también de que eso a mí no me sucedía cuando hablaba de Bruno. Yo no lo miraba como Teo miraba a Aurora. Esa noche estuve llorando hasta que me dormí, porque fui consciente de que nunca iba a poder sentir por Bruno lo que él sentía por mí. Tenía que dejarlo. Lo supe entonces y aun así, por pura cobardía, no lo hice.

En lugar de eso, puse mis miedos sobre la mesa y traté de ser objetiva. Hice una lista. Bruno es guapo (no de esos que te quitan la respiración, porque esos solo existen bajo un foco), es dulce y atento, siempre se preocupa por ti, te dice que te quiere cada dos por tres, te abraza, te besa, te toma de la mano siempre que puede, te halaga, presume de ti ante sus amigos y se ha preocupado por llevarse bien con los tuyos, te hace sentir perfecta, nunca se queja ni se enfada ni levanta la voz. Te hace sentir bien, tranquila y segura.

Esa era la lista. Y ahora, a los pies de mi haya, la que me escucha y esta noche no me entiende, por fin veo lo que no vi entonces: no era una lista sobre él, sino sobre mí. Sobre cómo me hacía sentir. No lo alabo ni lo admiro ni me siento orgullosa de él.

Ona tiene razón.

Bruno no es para mí ni yo soy para él.

Mi lista no está escrita desde el amor, sino desde la comodidad, y es el miedo lo que me encadena a ese lugar.

Tengo que tomar la decisión más difícil, aunque el haya señale otro camino.

Al fin y al cabo, ¿qué sabrá un árbol de amor?

37

Si escribiera un libro sobre nuestra historia, el capítulo de la ruptura sería un epílogo tan extenso como una epopeya. Bruno no merece menos. Debo explicarle lo que siento, hacerle ver que esto es lo mejor para ambos. En mi cabeza, la escena es eterna y yo no dejo de hablar hasta que he vomitado todos los sentimientos que llevo siglos guardando. Mientras camino hacia el pueblo, la reproduzco una y otra vez para recordar todo lo que debo decir.

Pero esto es mi vida y, cuando el momento llega, se siente tan breve como una nota a pie de página.

Peor aún: nos convertimos en una obra de microteatro.

El escenario: la plaza del pueblo. El sol se derrama por todas partes. La nieve, sucia, amontonada en las esquinas.

Los protagonistas: él y ella (yo), cada uno sentado en un extremo del banco, los auriculares de él entre los dos.

El diálogo: se acabó. Es él quien lo dice, por supuesto, porque mi determinación se ha quedado pegada al barro del camino y yo sigo siendo tan cobarde como siempre, aunque fuera yo quien lo llamara para vernos. Yo asiento y lloro por los dos.

Y ya está.

Eso es todo.

La escena se funde a negro y estalla la página en blanco.

38

Nadie habla de cuánto duele dejar de querer. Cuando rompes el corazón de alguien a quien has querido, el tuyo también se agrieta. Tal vez no hablan de ello porque ese dolor no te paraliza, solo te llena de recuerdos y universos alternativos donde las cosas son diferentes, y ese peso te ralentiza, pero no te detiene. Con cada paso que me acerca a casa me siento un poco más ligera. Me gusta caminar sola, con el cuerpo calentito gracias a mi abrigo y la nariz helada. El vaho que deja mi respiración me hace sentir acompañada mientras avanzo por el camino con la vista puesta en la nieve que cubre las copas de los árboles.

Caminaría hasta el fin del mundo. Ahora mismo, en esta parte del universo que conecta la ruptura en la plaza del pueblo con la vida que me espera en casa, me siento segura como hace tiempo que no me sentía en ningún sitio. Mi haya dejó de ser un refugio hace mucho.

Si tiempo atrás me hubieran dicho que hoy apartaría la mirada al cruzar el jardín para no tener que ver al haya, no les hubiera creído. Y hoy nadie entendería por qué se me acelera el corazón cuando cierro la verja del jardín ni por qué el terror me invade al dejar el haya detrás de mí.

Es ahora, con mi árbol a mis espaldas, cuando la realidad me cae encima como una losa y machaca toda la felicidad que he recolectado de camino aquí.

He roto con Bruno.

Con él y con toda su vida y la que hemos creado juntos.

Ya no habrá más comidas en el Casa Gina, las noches de los viernes tendrán una silla menos, no volveré a ver a *Tortuga* y los padres de Bruno volverán a ser unos vecinos más de Valira. Tampoco es que fuéramos grandes amigos, pero no puedo dejar de pensar en lo bien que me han tratado siempre. ¿Y Gabriel y los demás? ¿Qué les contará Bruno? ¿Y Bruno? ¿Cómo estará él? No ha llorado. De hecho, ni siquiera parecía dolido. En su cara solo había espacio para una tristeza resignada. Nos hemos despedido aun sabiendo que vivimos en el mismo pueblo y que nos veremos más pronto que tarde. No hemos dicho adiós porque las personas que hemos sido durante estos dos últimos años han desaparecido con ese último beso en la mejilla.

El dolor que se ocultaba en mi interior hincha mi cuerpo como un globo. Estoy a punto de estallar. Mis pulmones están a punto de estallar. No puedo encontrar las llaves. No puedo respirar. No puedo dejar de respirar. No puedo controlar mi cuerpo, que tiembla y se hincha y me hace golpear la puerta con las manos, aunque no quiero, porque no quiero que nadie me vea así, pero no puedo quedarme en el jardín con el haya detrás de mí y el invierno en todas partes y el frío pegado a mis huesos.

—Erin.

Teo me agarra de la mano, cierra la puerta, me obliga a sentarme en la escalera. Habla, no sé qué dice. Yo solo puedo pensar en el daño que le he hecho a Bruno. Yo me siento bien y por eso me estoy agrietando por dentro. El estruendo es terrible. No oigo nada más. El tiempo sigue avanzando y el mundo girando y yo no me doy cuenta. De repente, ahí está mi padre, en cuclillas delante de mí. Mueve los labios. Desaparece. Vuelve con un vaso de agua en las manos y mi madre a su lado. No, no quiero beber.

Mi nombre está por todas partes. Se cuela entre el ruido de mi mente y el silencio del mundo para golpearme el pecho.

—Erin.

—Erin, tranquilízate.

Como si fuera tan sencillo. Mi madre nunca ha entendido estos ataques. No sabe cómo manejarlos, y por eso tiene esa cara que parece sacada de un cuadro de Munch y no para de repetir que me tranquilice. Pero no es la primera vez que vivimos esto, así que sé lo que quiere decir en realidad: inspira, expira, cierra los ojos, convierte tus pensamientos en coches y tu cabeza en carreteras, suéltalos ahí, déjalos arrancar, observa cómo pasan y cómo se alejan.

Y así, poco a poco, vuelvo a sentir que mi cuerpo es una pecera y no un volcán.

Y así, poco a poco, consiguen que me levante y arrastre los pies hasta el sofá. Se quedan los tres delante de mí, mirándome como si fuera una obra de arte echada a perder o una bomba que amenaza con hacerlo todo añicos. No sé por qué no se acercan. ¿Por qué no se acercan? Esperan algo. Sí, lo veo en sus ojos, en cómo me miran sin parpadear. Quieren que les diga que ya ha pasado, que estoy bien.

Desearía poder.

Estoy rota y estoy bien porque yo soy así.

Pero debo hablar. Debo borrar la preocupación de sus caras.

—He roto con Bruno.

Cuento hasta tres mientras observo las caras de mi familia.

Uno…

Dos…

Y…

Tres.

Nada. No sucede nada. La tormenta no estalla. Nada de sorpresa ni de miedo ni de preguntas sobre lo que he hecho mal. Solo la voz de mi madre, hecha susurro:

—¿Cómo estás, cariño?

Se sienta a mi lado, me abraza, me besa el pelo. Yo la dejo hacer mientras asiento sin decir nada. Mi padre, aún de pie, se aclara la garganta antes de hablar:

—¿Ha sido decisión tuya?

Pero no suena del todo a pregunta.

—Jesús, qué más da eso —lo riñe mi madre—. Lo importante es que tú estés bien.

—Estoy bien, mamá —digo, apartándome un poco de ella. Necesito aire—. He sido yo.

—¿Ha pasado algo? —pregunta—. ¿Habéis tenido algún problema o…?

—¿Algo grave? —la interrumpe mi padre.

—No ha pasado nada.

Aunque segura, mi voz suena débil.

—Dejadla tranquila —interviene Teo, quieto junto a mi padre—. No seáis cotillas.

La cara de mi madre se llena de indignación.

—No estoy cotilleando, Teo. Estoy preocupada. Ya lo que faltaba, ni preocuparse por sus hijos puede una.

Su voz escala de tono con cada palabra, lo que hace que mi cabeza empiece a martillear.

—Está bien —le digo, haciéndole gestos para que baje la voz—. No ha pasado nada. La cosa no funcionaba. A veces no funciona y ya está.

Teo sabe que no es verdad, pero no reacciona. Si le importa que les mienta a nuestros padres, lo disimula a la perfección.

—Bruno es muy buen chico. Muy buen chico —dice mi madre. Mi estómago se retuerce. ¿Es que ahora va a ponerse a alabar a Bruno? Ya sé que es un buen chico. Lo conozco, no hace falta que me hable de sus grandes cualidades—. Pero no es para ti.

¿Qué?

—Se veía de lejos.

¿Mi padre también lo cree?

¿Y Teo?

Teo está moviendo la cabeza de arriba abajo, como si suscribiera todas las palabras de nuestros padres.

—Es un buen chico, pero muy parado para ti, Erin. Necesitas a… A alguien con más vida. Se lo dije a tu padre el primer día que vino a casa, ¿recuerdas que te lo dije? Muy apagado para Erin. Muy diferentes, sois muy diferentes.

Yo les escucho decir en voz alta todo lo que yo le confesé a Max cerca de la fuente de Tristaina con el corazón en un puño, pensando que era la peor persona del mundo por sentir todas esas cosas. Y resulta que todo este tiempo los demás estaban viendo lo mismo que yo, solo que ellos sí se han atrevido a hablarlo. ¿Por qué mis padres no me han dicho nada antes? Porque era mi relación y me veían feliz, dicen.

¿Han hablado con Ona? ¿Les ha dicho ella qué decir? Porque usan casi las mismas palabras que usó ella anoche.

Teo se ríe cuando se lo pregunto, ya en mi habitación, por fin solos. Son casi las cuatro de la tarde y tengo en el cuerpo una tila y una tostada con sal y aceite. No he podido comer más. Por una vez, mis padres no han insistido. Mi madre ha empezado a contar historias sobre su primera gran ruptura y cómo estuvo días sin poder probar bocado. Mi padre no dice mucho; eres como tu madre, qué se le va a hacer. Hemos comido pronto y después, ellos se han tumbado en el sofá a ver una peli.

—Papá y mamá ya pensaban así hace tiempo.

—Así que cuchicheabais sobre Bruno a mis espaldas.

—Comentábamos —matiza él, como si cambiar la palabra cambiara la realidad—. ¿Es que tú nunca has hablado de mi relación con papá y mamá? ¿O con la quinta?

—Es diferente.

—¿Por qué?

—Porque yo nunca os he criticado.

Teo sonríe como si acabara de recibir un trofeo y este fuera su discurso de aceptación:

—Porque Aurora y yo somos una pareja de diez. Y no os criticábamos, solo… Comentábamos. Y no pongas los ojos en blanco, tú misma nos has dicho que había mil cosas que no iban bien.

Tiene razón y, a pesar de eso, siento que solo yo tengo derecho a decirlo.

No me apetece hablar más del tema, así que digo:

—Ya lo sé.

—Vale —resuelve Teo, levantándose de mi cama de un salto. Camina hacia la puerta y, antes de salir, me señala de forma amenazadora con el dedo—: Y prepárate, tenemos que marcharnos en diez minutos.

39

A Aurora le gustan los cuentos de hadas. Dice que los odia porque todas las versiones originales son mucho más oscuras que los cuentos dulcificados que nos han contado y hemos visto en la tele. Pero en el fondo le gustan. Si no, no perdería el tiempo en conocerlos ni en repetirlos. ¿Quién fue en realidad Pocahontas, qué le pasó a Blancanieves, cuál es el drama de Ariel? Sea lo que sea, ella lo sabe.

Después de la fiesta de Nochevieja, no puedo dejar de recordar algo que me dijo hace años. Fue tras la muerte de mis abuelos, no mucho después de su funeral.

Me dijo: «No te pongas triste; eres pequeña como un hada y, como ellas, no puedes contener más de una emoción a la vez». La tristeza desapareció como una estrella fugaz, al menos durante el rato en que Aurora me estuvo hablando de las hadas y de Peter Pan. Unos días después, yo le hablé de todas las desgracias que sufrió el escritor que los creó, James Matthew Barrie: del enanismo psicogénico que empezó con la muerte de su hermano mayor, David; de cómo su madre se apenaba cuando le escuchaba y se daba cuenta de que solo era él, James, en lugar de su hijo muerto; de su matrimonio con una actriz que terminó entre rumores de no haber sido consumado; del accidente en el que su futuro cuñado perdió la vida montando un caballo que el propio Barrie le había regalado por la boda; de los rumores de pedofilia por la relación que tenía con los cinco niños de la familia Llewelyn Davies —que inspiraron al personaje de Peter Pan y todas sus aventuras—; de cómo vivió las muertes de tres de sus niños: uno en la guerra y otro presuntamente por un suicidio acordado con su mejor amigo (y, según se dice, amante).

La cara de Aurora era un poema mientras le enumeraba todos los datos que había leído en una biografía del autor. Ese día descubrió toda la oscuridad que ocultaba aquella alegre fábula sobre el niño que no quería crecer. Aún a día de hoy, pienso que eso fue lo que terminó de unirnos. Algún día debería preguntarle si se acuerda.

Ahora no es el momento.

Hemos venido para despedirnos de ella y de Teo, que se marchan mañana a primera hora (dicen que prefieren madrugar un domingo antes que comerse los atascos de la operación retorno).

La pastelería ya está cerrada al público. Todas las mesas están coronadas por tres o cuatro sillas, excepto la que nosotros hemos ocupado. Teo, Pau, Bardo y yo estamos sentados con las manos en el regazo y la vista clavada en la puerta del obrador, a la espera de que salga Aurora con el postre magistral que lleva meses prometiendo hacer.

—¿Preparados? —Aurora no espera a que nadie responda a su grito para salir del obrador con una bandeja. Hace bien, porque estamos todos ocupados en admirar la tarta. *Pavlova*, ha dicho que se llama. Parece una montaña de nieve coronada por frutos rojos. Tiene una pinta deliciosa.

Y sabe aún mejor.

—Podéis repetir —asegura Aurora, mientras devoramos la tarta—. De hecho, *por favor*, repetid. Aún queda mucha y mi abuelo no se sabe contener si la ve en la nevera.

—Deja que sea feliz —dice Bardo, con la boca llena—. Esto está para morirse.

—Mi abuelo está delicado de salud. Ya lo sabes. —Aurora habla con los dientes apretados, pero Bardo no se da cuenta—. Los médicos le dijeron…

—Bah. Médicos. —Bardo suelta esa palabra con el mayor de los desprecios.

—Mejor hacerles caso —interviene Pau—. Aurora, esto está riquísimo. Te pediría la receta si no fuera porque soy un manazas en la cocina.

—Teo, no entiendo cómo no has engordado más —le digo a mi hermano.

Él se encoge de hombros y dice:

—En casa de herrero…

—Cuchillo de palo —termina Aurora—. Intento no cocinar demasiado en casa. Ya estoy todo el día metida en la cocina el resto del día. Además, si hiciera estas cosas cada dos por tres… No ganaríamos para azúcar.

—¿Alguien ha dicho azúcar?

La voz del abuelo Dubois surge de la nada, tan arrolladora como un alud. Bastan cuatro palabras para hacernos callar a todos.

Está tras el mostrador arrastrando los pies con la ayuda de su bastón. Hoy tiene buen aspecto. Se sienta en la silla que Aurora coloca entre ella y Teo y mira a su nieta con gesto expectante.

—¿Es que no le vas a traer un plato y un tenedor a tu pobre abuelo, boniato? —pregunta, más dulce que indignado. Cuando Aurora se pone de pie, nos mira uno a uno y asegura—: Prometo que no vengo a tocar la gaita. Ya sé que a la juventud eso de tener a viejos cerca no os gusta. Pero boniato, olía a *Pavlova* por todas partes —dice, alzando la voz para que Aurora le oiga. Después se inclina hacia delante y susurra—. Entre nosotros, mi nieta tiene complejo de doctor y sé que si no la probaba ahora, no me guardaría nada.

—Te he oído —le advierte Aurora—. Además, no es verdad, te habría guardado un trozo.

El Abuelo Dubois simula no oírla.

—No la creáis —dice. Pero cuando Aurora regresa con el plato y el tenedor y le sirve una porción de tarta, no tiene más que sonrisas para ella—. Tengo una nieta que vale un tesoro. Y es una artista.

—Yo no diría tanto. Teo sí…

—Boniato, te lo digo yo. Si el arte es lo que emociona… —Se mete un pedazo de tarta en la boca y su cara se arruga de pura satisfacción—, eres una artista, porque pocas cosas me emocionan tanto como tus pasteles.

—Estoy de acuerdo —dice Bardo.

Los demás asentimos con la cabeza y a Aurora le suben los colores de golpe.

—Exagerados.

—No me extraña que tus amigos te quieran tanto —dice el Abuelo Dubois—. Por cierto, ¿dónde están las otras dos muchachas? ¿Paula ya se ha marchado adonde sea que viva? —Al ver que asentimos, sigue—, ¿Y Ona?

Silencio.

La respuesta es sencilla: está con Ilaria.

Decirlo en voz alta también debería ser sencillo, pero momentos como estos demuestran que quienes aseguran que ya no quedan derechos que reclamar se equivocan. Si fuera así, no dudaríamos en decir que Ona sale con una chica. Veo en las caras de los demás el reflejo de lo que yo misma estoy pensando. Todos sabemos los problemas que está teniendo Ona con su abuela por estar con una chica y entendemos que muchas personas de la edad del Abuelo Dubois siguen viviendo en la época en la que nacieron.

No debería preocuparnos lo que piense, porque, como dice Ona, para que te quieran mal, mejor que no te quieran. Aun así, algo nos mantiene callados.

Es Aurora quien lo dice.

—Está con su novia. Vendrá después.

Contenemos la respiración.

El Abuelo Dubois arruga el entrecejo.

—¿Novia?

—O amiga especial —matiza Bardo—. No lo tenemos muy claro.

—No sabía que le gustaban las mujeres.

—Nosotros tampoco —admite Teo.

Bardo vuelve a poner la puntilla:

—Ni ella, hasta que conoció a Ilaria.

El abuelo, aún con el entrecejo arrugado, se rasca la cabeza. Casi puedo escuchar el esfuerzo de su cerebro intentando unir las piezas.

—En mi época estas cosas no se veían —dice, pensativo.

—En su época, la gente se escondía. —Sueno más cortante de lo que pretendía.

—A veces las cosas cambian para bien —resuelve él, y entonces, como si de repente fuera consciente de que estoy aquí, se queda mirándome unos segundos y me pregunta—: Y ese muchacho tuyo, ¿dónde lo tienes escondido?

En algún momento de esta tarde tenía que decirlo. Hubiese preferido hacerlo a última hora, cuando ya nos estuviéramos despidiendo y no hubiera tiempo para el aluvión de preguntas. Debo acostumbrarme a no planear lo que no depende de mí.

Tomo aire y elijo las palabras adecuadas.

—Hemos roto.

Breve, conciso, en plural.

Las reacciones no se hacen esperar. Aurora pone cara de horror y se me echa encima para abrazarme, Pau no deja de preguntarme si estoy bien, si estoy *segura* de que estoy bien, y Bardo dice que lo siente y que, si los necesito, ellos están ahí y que habla en nombre de todos porque todos saben cómo de difíciles pueden ser las rupturas. Los demás asienten. Todos menos el Abuelo Dubois. Se queda donde está, apoyado en el bastón como si fuera una estatua de mármol, y espera a que todo el mundo haya callado para hablar.

—Bien —no hay trazo de emoción en su voz.

—¡Abuelo!

Él ignora por completo la riña de su nieta.

—El chico de los Alins es un buen muchacho. Y un buen muchacho se convierte en un buen hombre, un buen marido y un buen padre. Pero niña… Eso no es suficiente.

Hay algo en sus palabras que arranca todas las que nosotros teníamos preparadas. El silencio cae en la pastelería.

No es suficiente.

Lo dice con los ojos tristes de quien sabe de lo que habla. No es una frase hecha ni algo que haya leído en alguna parte. Siente cada una de esas palabras. Sabe la verdad que hay en ellas, y eso es lo que me duele y al mismo tiempo me hace sonreír.

Porque tiene razón: no es suficiente.

Pero entonces, ¿qué lo es?

Aurora le da voz a la pregunta que tengo escondida en la cabeza.

El Abuelo Dubois sonríe.

—No soy lo suficientemente mayor para saber eso —reconoce. Y entonces se acerca un poco a mí y, con la mano sobre mi hombro, dice—: Estarás bien. Eso sí lo sé.

Todos le dan la razón.

De hecho, aseguran uno tras otro, ya me ven mejor.

Todo el mundo cree que he hecho bien. La palabra ruptura, sin yo saberlo, era el código de apertura de mi caja de Pandora particular. Esta no estaba llena de todos los horrores del mundo, sino de comentarios y juicios sobre mi relación. Incluso Pau, que suele abstenerse de dar su opinión cuando hablamos de estos temas, en esta ocasión defiende la suya a capa y espada. Es la misma que la de los demás, por supuesto: no teníamos una relación sana. Si no estallaba ahora, habría estallado en unos meses. O aún peor: habríamos seguido por pura inercia y habríamos sido los dos unos desgraciados.

Una parte de mí quiere confesar a gritos lo que he hecho. Odio que me miren como si fuera perfecta y tuviera toda la razón del mundo.

Así que, cuando el Abuelo Dubois se marcha, lo escupo todo.

El nombre de Max, el viaje de esquí, la fuente de Tristaina, la conexión, el «no te prometo nada», el «no te he pedido nada». Todo.

Y ellos dicen lo mismo que Ona:

No eres mala.

Sabemos que no querías hacerle daño.

No somos perfectos.

Lo importante es que te arrepientes.

Ahora ya no se lo cuentes, ¿para qué?

Y sabes que has hecho mal.

Y has aprendido algo.

Vuelvo a casa con la seguridad que siempre me ha negado el haya y, al pasar a su lado, no siento nada. Si todos ven lo mismo que yo veía, es estúpido pensar que todos estamos ciegos.

Esta noche, cuando me meto en la cama, la oscuridad solo me hace cosquillas en los pies. No recuerdo la última vez que me sentí tan ligera que podría echar a volar. Cierro los ojos y me veo corriendo por el bosque. Cuando me duermo, sueño con árboles, nieve y lobos. No tengo miedo. Lo que antes veía como una amenaza, ahora es una promesa.

La única responsable de mi felicidad soy yo. Ni Bruno ni Max ni mi familia ni mis amigos. Yo, solo yo. Creía que cuando empezara a desmontar las piezas que formaban mi vida, el castillo se desmoronaría y me quedaría a la intemperie. Esta noche, sin novio ni una carrera en aeronáutica ni planes de futuro, descubro que había estado equivocada todo este tiempo, y que esas piedras no formaban un refugio a mi alrededor, sino una cárcel.

Esta noche, todo lo que conocía está por los suelos por fin y yo soy libre para correr con los lobos.

40

La rutina vuelve tan de repente como las luces de colores desaparecen de todas partes. De la noche a la mañana, todo vuelve a la normalidad: Teo y Aurora ya no están, las calles dejan de brillar y en el hotel empieza a haber habitaciones libres otra vez.

Este año, sin embargo, rutina no suena a sentencia de muerte, porque las Navidades dejan paso a algo nuevo: Max. Max en todas partes: en el trabajo, a mi lado de camino a casa, en mi móvil con mensajes llenos de bromas. Sus besos, también en todas partes, cuando nadie mira, porque seguimos siendo un secreto. Cada vez que apago el despertador, me digo que hoy le diré que he roto con Bruno, y cada noche me voy a dormir con la promesa de cumplir mi promesa al día siguiente. He buscado mil excusas que ni yo misma me creo; lo cierto es que temo su reacción. No quiero que crea que lo he hecho por él. Imagino su tartamudeo, la risa nerviosa y millones de «ya hablamos esto, estamos bien como estamos».

El miedo a que algo cambie entre nosotros es lo que me cose la boca.

Un miedo muy similar al que me sobrecoge cuando el viernes a mediodía, mientras regresamos del hotel, Max me muestra cuatro invitaciones para el Bosque Aventura.

Acepto sin titubear.

En ese momento me pareció un plan de sábado perfecto. Hacía mucho tiempo que quería ir. El circuito de aventura lleva años instalado junto al lago Asters; yo le propuse ir mil veces a Bruno. Te dan miedo las alturas, me recordaba él siempre, antes de cambiar de tema como quien no quería la cosa. Tenía razón;

odio las alturas. Pero un Bosque Aventura tiene árboles, y solo por eso merece la pena enfrentar el miedo.

Ahora mismo, desde la plataforma más alta del circuito, solo puedo pensar que debo de estar loca.

Es decir, loca en un sentido metafórico; que mi cabeza hará siempre cosas raras ya lo tengo asumido. Diana dejó claro que no iba a verla para curarme, sino para aprender a gestionar mi forma de relacionarme con el mundo.

Creo que nos quedaron pendientes algunas sesiones. Por ejemplo, aquella en la que te enseñan que no es buena idea hacer cosas que te dan miedo sin pensarlo dos veces, por mucho que te lo proponga un chico con pinta de estrella de cine y que tú hayas decidido empezar a hacer todas esas cosas que llevan años en tu lista de pendientes. Quizás entonces me habría dado cuenta de que ahora no era el mejor momento para hacer esto. Enfrentarse a tus miedos es importante, pero no de cualquier manera. No oyendo la respiración de Max a mi lado.

Ahora mismo, desde la plataforma más alta del circuito, tengo claro que mi mente solo soporta las alturas desde de un telesilla. En las demás situaciones, como ahora, no puedo mirar abajo sin verme aplastada contra el suelo. Da igual que lleve un arnés y que el chico de la entrada me haya explicado con detalle todos los sistemas de seguridad y me haya prometido que nunca ha muerto nadie aquí. La imagen sigue ahí y yo, quieta, mirando a todas partes. Ona e Ilaria están un par de niveles más abajo, decidiendo qué camino van a tomar. Nosotros llevamos aquí tanto tiempo que podría haber caído una civilización entera.

—¿Vas a pasar?

Un niño de unos nueve años me sorprende cuando me doy la vuelta. Le digo que sí porque no me queda más remedio: debo seguir adelante. Así que hago de tripas corazón, me agarro a las dos cuerdas que hay por encima de mi cabeza y pongo un pie encima de una estructura de triángulos. Max grita de júbilo justo en el instante en el que yo retrocedo.

—No puedo.

—¡Pero si ya casi lo tenías! Solo tienes que agarrarte fuerte a la cuerda de arriba y no mirar hacia el suelo. Tú mira al frente y piensa que vas atada, no te puede pasar nada. Confía en mí, tú mira hacia delante y repítete todo va a ir bien. Lección de vida de Max.

—Eso ya me lo ha dicho el chico de la caseta.

—Tenemos que movernos —insiste él—. Va, ya casi lo tienes. Si lo consigues, te invito a un chocolate caliente.

Lo estoy desesperando. Se lo veo en los ojos. No quiero ser testigo de cómo pierde la paciencia conmigo, así que aparto la mirada.

—Ve tú, Max. Yo iré ahora, déjeme unos minutos.

—No. Va, voy yo primero. Sígueme.

No quiero hacerlo. Prefiero ir yo delante. Sí, es lo mejor. Voy a decírselo, pero antes de que pueda abrir la boca, él ya está encima de las cuerdas, flotando en el vacío. Ahora lo único que puedo ver es su cuerpo aplastado contra el suelo. No está consiguiendo tranquilizarme.

Al llegar a la otra plataforma, levanta los brazos y me anima a que me reúna con él.

—No puedo.

Es imposible que me haya oído.

—¡No mires hacia abajo y ya está! —me aconseja.

Sí, claro, y entonces ¿cómo sé dónde estoy poniendo el pie? Me voy a quedar colgada de la cuerda.

—¿Vas a pasar o no? —El niño ahora me mira con cara de fastidio.

Tengo que hacerlo. Max me está esperando. El niño quiere seguir adelante. No puedo quedarme aquí toda la vida.

El corazón me va tan deprisa que parece estar intentando escaparse. Cuando llego a la otra plataforma, Max me recibe ofreciendo la mano para que choque esos cinco. No le digo que cuando ves a alguien temblar, un abrazo es mejor opción.

—¿Ves como podías hacerlo?

Los nervios me permiten sonreír.

Es verdad. Lo he hecho.

—Lo siento —murmuro.

—No te preocupes. ¿Seguimos?

Estaría bien poder decir que a medida que voy recorriendo el circuito consigo dominar el miedo. La realidad es que los nervios no desaparecen hasta después de haberme lanzado por la tirolina.

El temblor me acompaña de camino a la caseta, mientras devuelvo el arnés, mientras observo el circuito desde el suelo. Y de repente, al ver todas esas cuerdas y plataformas, el miedo desaparece. El vacío que deja se llena de una cálida sensación de orgullo. Me descubro pensando que volvería a subir. Lo he pasado mal, es cierto, pero volvería a hacerlo. Por la tirolina, porque surcar el aire me ha hecho sentir invencible pese al miedo, pero sobre todo, porque estoy orgullosa de mí misma. Hace mucho tiempo que no me sentía así.

—¿Ves como no ha sido tan duro? —dice Max, mientras nos alejamos del circuito. Señala una de las mesas de madera que hay frente a la caseta y, cuando nos sentamos, avisa a Ona y a Ilaria con un silbido para que sepan dónde estamos. Ona asiente mientras Ilaria sigue intentando quitarse el arnés.

—Ha sido duro.

—Pero no *tanto*.

—No *tanto* —admito, con la sonrisa más sincera—. He sobrevivido.

Max levanta una mano y chocamos los cinco.

—Te dije que podías hacerlo.

—No, me dijiste que si lo hacía me invitabas a un chocolate caliente.

—Yo no recuerdo eso —dice él, frunciendo los labios.

—Yo sí.

Él hace una mueca y menea la cabeza de un lado a otro.

—Lo he dicho porque pensaba que ibas a tener síndrome de estrés postraumático y no recordarías nada.

—Exagerado. No ha sido tan horrible.

—Tienes razón, perdón. No *tanto*. —Sus palabras me molestarían de no ser porque sonríe. Sé que está bromeando—. Te debo un chocolate caliente.

—Podríamos ir luego a por él. ¿Has ido a la crepería de la plaza de la iglesia? El chocolate ahí está para morirse —propongo, de carrerilla, y sigo hablando antes de que me entren las dudas—: O puedes venir a casa, mis padres se han cogido unos días de fiesta y no vuelven hasta el martes.

—Lo siento, hoy he quedado con algunos del hotel.

—Oh.

No tiene por qué invitarme. No somos nada. A sus espaldas, Ilaria ya ha conseguido deshacerse del arnés y ahora ella y Ona se están riendo, quién sabe de qué, con el chico de la caseta.

—Podemos dejarlo para otro día —dice Max.

—¿Mañana? ¿Subimos a esquiar y luego chocolate caliente?

Max entorna los ojos.

—¿Puedes?

—Sí, no tengo nada que hacer. Pensaba preguntar a la quinta si alguien se apunta a subir conmigo, pero si tú quieres ir…

—No, me refiero a… ¿Todo el fin de semana desaparecida? —titubea él—. ¿Dónde vas a decir que estarás? ¿Dónde se supone que estás ahora?

Aquí está, el momento que he buscado y he evitado al mismo tiempo desde hace días. Tiene encima un letrero gigante con letras de oro, luces intermitentes y bengalas. No puedo ignorarlo. No puedo seguir mintiendo por omisión.

—Si lo dices por Bruno… —susurro. No soy capaz de hablar como una persona normal. Es como si me estuviera quedando sin pilas—. Hemos roto.

La respuesta es instantánea:

—¿Ha sido por mí? —Lo pregunta en serio, con la expresión arrugada por los restos de una risa nerviosa que no es capaz de controlar.

—¡No! —La voz se me escapa mucho más fuerte y vehemente de lo que pretendía—. Eres un egocéntrico, Max.

—Solo preguntaba.

—Ya estábamos mal. No ha sido por ti.

—Vale.

—Ya hablamos del tema, ¿verdad?

Logro decirlo como si tal cosa, como si no me importara la respuesta que vaya a darme.

—Sí.

—Y todo sigue igual. Ninguno de los dos quiere nada.

—Yo no quería que dejaras a tu novio.

—No es decisión tuya —le respondo, tajante.

No me pregunta si estoy bien ni cómo sucedió. Lo único que le interesa ya lo sabe: no ha sido por él y las cosas entre nosotros siguen como siempre.

Por una vez me gustaría que pudiera deshacerse de esa risa nerviosa y mirarme de tú a tú, sin bromas de por medio. Solo nosotros dos y la verdad. Me hubiera gustado que ahí arriba me hubiera dado un abrazo, que me hubiera invitado a ir con él esta noche y que ahora se preocupara por cómo estoy. Pero es Max. Lo conozco. Sé que no es capaz de decir en voz alta todo lo que le pasa por la cabeza. Sé que ahora me mira con ganas de besarme y que si no lo hace es porque cada vez que se da la vuelta, ve a Ona y a Ilaria demasiado cerca.

Ni me habla ni me abraza ni me besa. Solo dice, con la misma sonrisa de siempre y la mano tendida hacia mí:

—Vale. Mañana día de nieve y noche de chocolate.

Cerramos el trato con un apretón de manos que no deshacemos hasta que Ona e Ilaria vienen a sentarse con nosotros.

La chica que amaba los lobos no tenía ganas de ir a esa fiesta. Apenas llevaban unos días en el pueblo, en el que, para su sorpresa, nada había cambiado demasiado. Ella no sabía si eso la ponía triste o feliz. Se alegraba de que el pueblo que ella recordaba siguiera existiendo, pero al mismo tiempo, eso la hacía recordar todas las cosas que se había perdido. La fiesta de verano para dar la bienvenida a los forasteros. Se había perdido las dos últimas y, ahora, también la ilusión para volver a vivir una.

A pesar de eso, sonreía a sus amigos mientras hacían los preparativos y, como una más, hablaba de las ganas que tenía de que llegara esa noche.

Poco sabía que iba a cambiarle la vida.

Empezó con un juego. Noche, bosque y linternas. Erin comenzó el juego con Aurora corriendo de su mano y lo terminó con él.

Grég.

Ese era su nombre.

Erin no creía en los cuentos de hadas. En eso era como su amiga, la chica con nombre de princesa: nada de príncipes azules ni ángeles salvadores. No creía que el amor a primera vista existiera.

Y sin embargo, esa noche…

Tal vez ella, tan amante de la precisión, no llamaría amor a lo que sintió esa noche. Y no se equivocaría, pero tampoco acertaría del todo, porque aquella noche, tanto ella como él se llevaron del bosque una semilla de la que crecería algo que llevarían consigo para siempre.

Fue una de esas historias que se cuentan con pocas palabras, porque qué importan cuando se habla de sentimientos. Y lo que ella sentía cuando estaba con aquel chico no lo podría describir ni con todas las poesías del mundo. Lo había intentado. El diario que escribía desde que iba a terapia estaba lleno de páginas con frases inconexas y tachones. En algún momento se rindió, primero sobre el papel y un poco más tarde, con él.

Lo quería. Era la primera persona a la que realmente quería. Qué más daba que casi no hubiera pasado nada entre ellos. A Erin eso no la preocupaba. En realidad, solo la preocupaba una cosa: que el forastero se iba a marchar.

No había lugar para dudas y, aun así, no era capaz de dar ningún paso hacia delante. Le ardía la cara cuando hablaba de él con Aurora. Se sentía tonta y tenía miedo. Lo miraba a los ojos y tenía aún más miedo.

Hizo lo único que podía hacer: preguntarle al haya.

¿Una historia con final feliz? La suya no fue de esas. Pero sí fue real, y eso es incluso más importante. El verano de Valira se llenó de los besos de la pareja. Estaban en todas partes. Cuando él salía de trabajar, iba adonde estuviera ella y se marchaban juntos a pasear por la montaña, a ver una película a casa de él, a probar algún nuevo local de Aranés. Siempre estaban juntos y, cuando él tuvo que marcharse, decidieron que seguirían estándolo. Se querían, eso era lo importante. Sobre el futuro, el tiempo diría. Se lo repitieron muchas veces durante los meses que siguieron a ese verano, hasta que dejaron de creer lo que decían. No tenían un objetivo y por eso se cansaron de caminar. Antes de que llegara la primavera, cada uno avanzaba por su camino.

Erin lloró. Pasó noches enteras escuchando los quejidos de su cuerpo, al que sintió quebrarse de dolor. Las flores nacieron, la fuente de Tristaina empezó a brotar y la nieve se marchó. Tuvo que pasar mucho tiempo antes de que Erin pudiera pronunciar el nombre de Grég sin sentir nada. Aún ahora siente cosquillas cuando lo nombra.

Aún ahora…
Ahora…

Ahora no puedo mentir, porque tú conoces a Grég, el primer chico del que Erin se enamoró. Esa parte sí es cierta, forastero: Erin se enamoró de ese chico francés y el temor a perderlo la empujó a buscar el consejo del haya. Esta le señaló siempre el mismo camino: debía olvidarse de Grég.

Erin tardó mucho en cumplir los deseos del haya. Tal vez alguna parte de ella misma sabía la verdad, y es que aquella no era la decisión correcta, sino la fácil. Los árboles no entienden de los deseos y emociones de los mortales. Solo ven el invierno acechando. Eso es cuanto ve el haya: el dolor oculto en cada camino. No ve dónde termina, porque no importa. Por eso, cuando alguien le pregunta, señala siempre el camino donde el invierno es menos crudo.

Erin buscó a Grég y le dijo que ni sentía ni podría sentir nada por él. Enterró bien su recuerdo y siguió caminando.

Yo, desde lo más hondo del pozo, vi la historia que jamás sucedió.

Lo que debería haber sido verdad y ahora es solo una mentira.

Pero qué bonita historia.

La fantasía suele ser más bonita que la realidad.

Por eso yo hablo de lo que podría haber sucedido, mientras la chica que ama los lobos está condenada a vivir sin saber qué se siente al pronunciar el primer «te quiero» de corazón, ni qué habría pasado si hubiera vuelto a sus clases de danza, ni qué sabor tiene una sonrisa al recordar un amor de verano adolescente.

Yo hablo de todas las cosas que no sucedieron con el deseo de que la chica que ama a los lobos me escuche y comprenda que la felicidad suele estar al final del camino más largo.

41

Max está en el otro extremo del sofá, envuelto como una larva con la manta granate de mi madre y las manos alrededor de una taza de chocolate caliente. Se acerca a ella lentamente y toca el chocolate con la punta de la lengua. La mueca de dolor es inmediata.

—Esto está hirviendo —se queja.

—Es chocolate *caliente.*

—Gracias, Capitán Obvio.

—Un placer —digo, devolviéndole la sonrisa.

—Entonces, mientras esperamos a que esto se enfríe… ¿Me cuentas qué es eso de la Decisión Vital?

No debería haberlo mencionado. Hace unas horas, en el telesilla, hablarle de ello me ha parecido una gran idea. Ahora no estoy tan segura. Lo que en mi cabeza parece lógico quizá suene muy infantil. No sé ni por qué le he puesto nombre.

—Vale —me fuerzo a decir, sobreponiéndome al impulso de desviar la conversación. Al fin y al cabo, ser capaz de hablar de esto forma parte del cambio—. Pero no te rías.

—No puedo prometer nada.

—Lo digo en serio.

—Yo también.

—No te rías —le repito, amenazándolo con el dedo hasta que él asiente con la misma seriedad.

—Cuando fuimos al Bosque Aventura… Bueno, ya sabes que hace mucho tiempo que quería ir. Y también sabes que me aterran las alturas.

—Lo recuerdo.

No sé cuál es la política sobre la mención de mi ex entre nosotros, así que intento sonar lo más natural posible.

—Culpaba a Bruno por no haber ido nunca. Una de las cosas que le echaba siempre en cara era que no me animaba a hacer este tipo de cosas. Las cosas que me daban miedo, digo.

—Erin, no te ofendas, pero… Después de ver cómo te pusiste el otro día, es normal. ¿Cómo iba a querer que lo pasaras mal?

—Porque es la única forma de crecer. Da igual, no me refiero solo a eso. Me refiero a todo. Ona me habló del amor según Disney, y ayer, cuando llegué a casa, me puse a pensar en el tema e hice una lista: *Las mentiras universales de Disney.*

—Eso suena un poco cínico.

—No, no es eso. Ona decía que muchos de los problemas de pareja son culpa de las ideas que nos meten en la cabeza esas historias de princesas. Por ejemplo: que tu pareja debe ser un príncipe azul que te haga crecer y ser mejor persona. ¡Mec! Error. Una cosa es que esté a tu lado, la otra depender de otra persona para ser mejor. No puedes delegar en los demás la responsabilidad de ser feliz. Tienen que apoyarte, pero jamás empujarte. La decisión de saltar debe ser tuya.

—Y de ahí deriva la gran decisión.

—Sí.

—¿Y es algo concreto o…?

—¿Nunca has sentido que algo que no funciona en tu vida pero no sabes concretamente qué es? —le pregunto. Él asiente—. Pues he decidido cambiar.

—Cambiar. Suena *muy* concreto.

—Cállate. Me refiero a cambiar de verdad, con pequeñas cosas del día a día. Empezar a hacerlo todo al revés.

—Ponerte el jersey con la etiqueta por fuera.

—Max, hablo en serio.

—Perdón —dice, antes de dar el primer sorbo a su chocolate.

—Siempre he dejado de hacer cosas por miedo, pereza, desidia… La Decisión Vital es, en esencia, empezar a hacer lo contrario de lo que haría normalmente. Si quiero quedarme en casa por pereza, salir. Si me dan miedo las alturas, ir a un Bosque Aventura de una vez —digo, a lo que él responde con un *ahhh* que escapa mientras asiente—. Si dudo si comprar una pieza de ropa porque es demasiado llamativa, llevármela puesta —sigo. Estar teniendo esta conversación también forma parte del cambio. La Erin de toda la vida se habría guardado sus pensamientos. Como Max no dice nada, pregunto—: ¿Suena a locura?

Cuando me miro al espejo, sigo viendo a la misma Erin de siempre. Pero los ojos engañan. La verdad está escondida a simple vista, en el día a día.

La Erin de hace un año no habría hecho la mitad de lo que he hecho esta semana.

Y definitivamente, no habría aprovechado que sus padres se marchaban de fin de semana para invitar a un chico a casa.

Max se lame los restos de chocolate del labio superior.

—Un poco. Pero las locuras son la sal de la vida, ¿no?

Voy a guardarme esa frase bajo llave para repetírmela cada vez que me haga falta. «Las locuras son la sal de la vida». Espero no olvidarlo de aquí al viernes o todo el trabajo que ha hecho Teo habrá sido una pérdida de tiempo. No. No puedo dejar espacio para las dudas, me digo. Voy a hacerlo. No hay vuelta de hoja. Estoy a punto de contarle a Max lo que voy a hacer, pero al final decido callar. No quiero arrepentirme a última hora y volver a casa con el rabo entre las piernas.

—Sí. Y Einstein decía que no puedes esperar resultados diferentes haciendo siempre lo mismo.

Max suelta una carcajada.

—¿Dejar de ser una cerebrito no está en tu lista?

—No.

Max deja la taza encima de la mesa y se quita la manta de encima para poder acercarse a mí.

—Bien —dice, cuando aún nos separa medio metro—. Cambia lo que tengas que cambiar, pero que sepas que a mí me gusta cómo eres.

Porque nunca le he hablado de mis días oscuros. ¿Por qué no lo he hecho? Porque sería como hablarle del frío a un esquimal y porque siento que él ya lo sabe todo; si le miro a los ojos y me veo a mí misma reflejada dentro de ellos, en lo más profundo del pozo, él debe de ver lo mismo.

Me muevo un poco más hacia él, hasta que nuestras piernas se rozan.

—Seré una Erin mejorada. Una Erin 2.0.

Max se inclina hacia mí para hablar sobre mis labios.

—Seguro que me cae tan bien como la versión beta.

Unos segundos de miradas entrelazadas bastan para que me lance sobre él. Sabe a chocolate y a invierno. Me encanta su sabor, sus manos buscando mi piel, nuestros cuerpos enredados en la manta. Nos buscamos como dos animales salvajes que no han comido en días, saboreando cada gesto. Me pierdo en su boca y en sus susurros al oído, que se derraman por toda mi piel.

Nos besamos en todas partes. En el sofá, en mi cama, en la ducha, en la cocina mientras preparamos algo de cena. Nos besamos riendo y nos besamos sin hablar. Empezamos una peli que se queda a medias y perdemos el tiempo compartiendo anécdotas arrebujados bajo mis sábanas.

Debería dejar de sonreír, pero no puedo.

Estoy en mi habitación con Max, los dos tirados en la cama, tapados hasta la nariz, casi sin rozarnos. Sin hablar. Sin música. Puro silencio, solo nosotros.

No sé cuándo fue la última vez que me sentí tan feliz, tan… en paz. Eso es. Max consigue que me sienta tranquila. Vibramos en la misma frecuencia. Está lleno de esa oscuridad que temo y aun así consigue ser luz. ¿Será que la locura de uno anula la locura del otro?

¿Por qué no podía sentirme así con Bruno?

Tenía que ser Max, un forastero de los que vienen sabiendo que se van a ir. Tengo la fecha de su marcha clavada en la mente y la esperanza perdida en alguna parte de mí. A veces, los forasteros se quedan. Victoria se quedó.

—Debería irme —dice Max.

Se mueve en la cama, pero no se levanta. No sé si lo dice en serio o quiere romper el silencio y está esperando a que le invite a pasar la noche aquí.

—Si quieres puedes quedarte —susurro.

Contengo la respiración. Quiero que se quede y no sé cuál va a ser su respuesta. Nunca he tenido nada como lo que tengo con Max. ¿Quedarse a dormir está dentro o fuera de los límites? Lo único que sé es que quiero que se quede, y por eso estoy conteniendo la respiración.

—Debería ir a casa. Mañana trabajo. —Él habla incluso más bajo que yo.

—Podemos ir juntos desde aquí. Ya te has cambiado de ropa después de esquiar y de todos modos, para trabajar tendrás que ponerte el mono del hotel.

Mientras los segundos se arrastran, a mi mente se le ocurren mil razones por las que no quiere quedarse, y todas terminan con el recuerdo de esta noche como la última vez que estuvimos juntos.

—Vale. Me quedo, Erin 2.0. —Esta vez sonríe cuando habla, aunque es una sonrisa tan pequeña como un diente de león—. Pero vamos a dormir ya, es tarde.

No hay beso de buenas noches ni un «que duermas bien». Cada vez que lo miro de reojo, lo veo con la cara serena y los ojos cerrados, así que me repito una y otra vez que yo también debería dormir. Son casi las tres de la madrugada; en seis horas tenemos que estar en el hotel listos para aguantar —perdón, atender— a los huéspedes. Intento no pensar en mis ganas de acariciar la piel de Max, de besarle el cuello y decirle lo bien que me siento a su lado. Intento también no pensar en el paseo por la montaña en Nochevieja ni en esa conversación que empezó con un «creo que siento algo por ti» y terminó con un pestillo cerrado.

Cuento ovejas, como hacía cuando era pequeña y no podía dormir. Con los ojos cerrados, las veo pasar una tras otra, todas de un color distinto y tan mullidas como una nube.

Una, dos, tres…

No acaricio a Max, no le digo nada y no revivo recuerdos.

Ciento veinte, ciento veintiuna, ciento veintidós, ciento veintitrés…

No me muevo.

Estoy aquí. Me concentro en el ritmo de mi respiración.

Ciento cuarenta y nueve, ciento cincuenta…

Tengo que ir al baño. Me da miedo levantarme y romper la calma que llena la habitación, pero llega un momento, al contar la oveja número doscientos, en que veo que no voy a dormirme a menos que vaya al baño.

Cuando vuelvo a meterme en la cama, Max da la vuelta sobre sí mismo y se queda mirando el techo con los ojos muy abiertos. Lo compruebo, pero no hay nada. Max se levanta con la brusquedad de quien de repente recuerda que se ha dejado el gas abierto.

—Tengo que irme.

¿Qué? ¿Irse? ¿Ahora, de repente, después de no sé cuánto rato intentando conciliar el sueño?

No entiendo nada y Max no está dispuesto a explicármelo. Lo único que hace es repetir una y otra vez que debe irse y que ya nos veremos mañana en el trabajo. Se viste mientras habla y las sonrisas aparecen y desaparecen de su cara como un faro. Yo lo observo intentando comprender qué ha pasado.

Lo despido en la puerta de casa con un «adiós» que siento tan frío como esta noche y vuelvo a la cama atravesando sola todas las sombras de mi casa.

42

No puedo creer que esté aquí.

Estoy sola y estoy a punto de hacerlo. Aún podría echarme atrás. No dejo de pensar en lo que me van a decir mis padres cuando me vean.

Qué más da eso. Teo tiene razón, no debería importarme. Ya no soy una niña a la que pueden decirle qué hacer. Tengo veinte años, un trabajo estable y quiero hacerlo. No es un arrebato.

Soy un lobo: fuerte e independiente.

Me lo repito una y otra vez hasta que oigo mi nombre.

43

La mirada se me escapa hacia la puerta cada pocos minutos. Quiero estar aquí como lo están los demás, al cien por cien. No me gusta estar pendiente de alguien que ni siquiera se molesta en avisar de que llegará tarde. Dos horas tarde.

Si la situación fuera otra, en lugar de estar comprobando el móvil cada dos por tres esperando encontrar un mensaje, le llamaría para preguntarle si ha pasado algo. El problema es que se trata de Max y con él nunca sé cómo comportarme.

Lo único que tengo claro después de todo este tiempo es que no hay reglas ni planes. Da igual qué suceda entre nosotros, las cosas nunca cambian. No cambiaron cuando le dije que creía sentir algo por él ni cuando le dio el ataque de pánico en Nochevieja ni tampoco después de que hace un par de semanas se marchara bruscamente de mi casa.

Después de eso, todo siguió como siempre: momentos alejados de la vista de todos, paseos nocturnos, ratos robados a la noche en su apartamento, escapadas a esquiar el fin de semana. Disfrutamos de los buenos momentos sin hablar jamás de aquellos que nos han puesto contra las cuerdas. No vuelve a mencionar a su abuelo ni yo a Bruno. Aunque hay muchas cosas que sigo sin comprender, ya le conozco lo suficiente como para saber que no le gusta mostrarse débil.

Es casi la una cuando por fin aparece.

Sin excusas ni explicaciones, con su sonrisa de gato de Cheshire, que comparte con todo aquel que se cruza en su camino. Desde la mesa de billar, por encima del hombro de Álex, le observo saludar al grupo de monitores. Charla con ellos tranquilamente, con su abrigo en la mano, como si no tuviera ninguna prisa.

Tal vez ni siquiera recuerde que habíamos quedado aquí hace dos horas.

Uno de los chicos señala hacia nosotros y, antes de que Max pueda darse la vuelta, yo aparto la mirada y vuelvo a concentrarme en la partida.

Apenas unos segundos más tarde, oigo la voz de Max detrás de mí:

—¿Me habéis echado de menos?

Todos le miran: Victoria, Juan, Pau, Bardo y... No. Ona no. Ona me está observando a mí, con una expresión que no logro descifrar.

—¿Qué horas son estas, tío? —le dice Álex, chocándole la mano amigablemente.

Max suelta una risa entre dientes. Me parece notar un temblor nervioso en ella, pero cuando habla lo hace tan seguro como siempre:

—Se me ha hecho tarde.

Álex pone los ojos en blanco y, con una sonrisa ladeada, menea la cabeza como si lo diera por perdido.

—¿A quién le toca?

Ona levanta la mano para pedir el taco y la partida se reanuda. Max no espera siquiera a que Ona haya terminado su turno antes de acercarse a mí. Espero a que hable. Cualquier cosa estaría bien. Una disculpa por llegar tan tarde, por ejemplo. O una pregunta para saber qué quería decirle. Pero no abre la boca. Sé que sigue vivo porque cuando llega mi turno me da unos golpecitos de ánimo en la espalda.

Me concentro, y cuando vuelvo a su lado, le digo, como quien no quiere la cosa:

—Has llegado tarde.

Su respuesta es la de siempre: una sonrisa.

—Lo bueno se hace esperar.

Estoy tentada de decirle que «lo bueno» podría haber avisado. No lo hago porque no me apetece tener una discusión de pareja con alguien que no es mi pareja. No sé qué somos y así está bien. No quiero que las cosas cambien. Por eso me limito a una frase prefabricada:

—Eso dicen.

—Lo siento —susurra él—. Pero estoy aquí, ¿no? Y muy intrigado, por cierto. Últimamente estás muy misteriosa.

Ese era el objetivo. Esta tarde le he enviado un mensaje desde la sala de espera: «A las once en el bar El Valle. La Erin 2.0. está tirando la casa por la ventana. Estarás orgulloso».

Ha respondido al momento. Un «ahí estaré» y demasiados signos de exclamación.

—No sé si debería, has llegado tarde —le riño.

Él hace pucheros.

—Lo siento.

No dice más. Ni excusas ni explicaciones. Nada que justificar. Me mira como diciendo que está aquí y que eso es lo importante, y yo termino por ceder.

—Vale —digo, y levanto la voz para que los demás me oigan—: ¡Chicos! Tengo algo que enseñaros.

Se miran unos a otros, como preguntándose si alguien sabe de qué va todo esto. Se encogen de hombros, niegan con la cabeza, me miran con los ojos bien abiertos. El único que sabe algo es Teo, porque es mi hermano y porque necesitaba su ayuda, y no está aquí, de modo que todos están más perdidos que un pulpo en un garaje. Ona no deja de preguntar si voy a sacar una paloma de una chistera o si les enseñaré un boleto de la lotería premiado. Mientras los demás ríen, yo me doy la vuelta para darles la espalda, me recojo el pelo hacia delante y con la mano derecha busco el cuello trasero de la camiseta. Mis dedos rozan el papel film. Respiro hondo, agarro la tela y suavemente tiro hacia abajo, para que la parte central de la espalda quede al descubierto.

—¡Te has hecho un tatuaje! —Ona grita como si acabara de ver a la mismísima Reina Valira—. ¡Se ha hecho un tatuaje!

En cuestión de segundos me convierto en un panal y ellos en las abejas que revolotean a mi alrededor. Todos se acercan para verlo mejor o, tal vez, para asegurarse de que sea de verdad.

—Es precioso —dice Victoria.

—Lo ha diseñado Teo.

Es el rostro de un lobo dibujado con figuras geométricas, con un leve sombreado, todo en blanco y negro. Algo sencillo y elegante, como quería, y a la vez lleno de fuerza.

Las voces de mis amigos se mezclan unas con otras.

No sabía que querías hacerte un tatuaje.

¿Por qué no nos has dicho nada hasta ahora?

¡Llevamos aquí dos horas!

Yo quería acompañarte a hacértelo.

Y yo. Era un momento histórico.

Es precioso.

¿Dónde te lo has hecho?

Yo también quiero hacerme uno.

Max sonríe y observa tan callado como si fuera el espectador de una película. Solo abre la boca cuando el enjambre se dispersa para volver al billar. Entonces se acerca y con media sonrisa me dice:

—Te queda bien. Me gusta la nueva Erin.

A mí también me gusta. El tatuaje, lo que significa y la persona en la que me estoy convirtiendo. Hasta hace poco, para mí, las posibilidades de hacerme un tatuaje eran las mismas que las de ir a la luna. No imposible, pero más que improbable.

—Gracias —respondo. No dice nada más. Me mantiene la mirada unos segundos antes de dejar que se pierda más allá de la mesa—. ¿Estás bien?

—Claro. —Vuelve a mirarme y cuando lo hace me convence de que su palabra es una mentira tan grande como el Himalaya. Está nervioso. Algo no va bien y no me da la ocasión de preguntarle qué, porque tan deprisa como ha respondido, añade—: Voy un momento con los chicos.

Y sin más, desaparece.

El resto de la noche es así: viene y va, a veces con una cerveza en la mano, a veces con una broma en los labios, siempre con gesto nervioso. Yo lo observo desde lejos, por más que intente concentrarme en lo que está sucediendo en mi alrededor más inmediato.

Odio esta sensación.

No me gusta saber que algo va mal y verle fingir que no es así, ni verle reír cuando está hablando con alguien y quedarse mirando al vacío cuando se desconecta de la conversación y se queda apartado en alguna esquina.

Revolotea por todas partes como un colibrí. Me está poniendo nerviosa. Ahora habla con aquel forastero, ahora con las chicas de la quinta del 96, ahora va a pedir otra cerveza, ahora… ¿Qué está haciendo? Está cruzando el bar tan deprisa que parece como si llevara cohetes en los pies, moviéndose entre la gente al tiempo que intenta ponerse el abrigo. ¿Se está marchando sin decirme nada? Me da igual que no esté bien, irse sin decir nada es de mala educación, no puedo creerme que se marche sin…

La rabia se deshace cuando nuestras miradas se cruzan. He visto esos ojos antes.

—Ahora vuelvo —digo.

Apenas he terminado de pronunciar esas palabras cuando la puerta se abre, se cierra y de repente, ya no está.

El frío me golpea la cara al salir a la calle. Este invierno está siendo mucho más frío de lo habitual. Aunque para ser justos, también influye el hecho de que, con las prisas, haya salido solo con el jersey.

Lo veo cuando está a punto de doblar la esquina.

—¡Max! ¡Espera!

El gesto de sorpresa que encuentro en su cara cuando se vuelve hacia mí se descompone en la misma tristeza que he visto hace unos segundos en el bar del que me estoy alejando.

—Tengo que irme —dice.

Eso ya lo he oído antes.

—¿Por qué?

Él no deja de mirar detrás de mí de forma nerviosa. Me giro por puro instinto. No encuentro más que la misma calle de siempre, completamente vacía. No sé si está viendo algo que yo no puedo ver o sus ojos no consiguen traspasar su mente.

—Porque no me siento bien.

—¿Por qué?

Se frota la cara con las manos y, aún escondido, dirigido al cielo, dice:

—Porque me siento mal.

—¿Has bebido?

Sé que ha bebido. Lo que le pregunto en realidad es *cuánto* ha bebido. No tiene pinta de estar borracho, y sin embargo hay algo en su mirada, que ha caído hasta encontrarse con la mía, que me indica que está muy lejos de aquí. Si no es el alcohol lo que le ha llevado ahí, no sé qué es.

—Sí.

—¿Demasiado?

—No.

—¿Qué te pasa?

—Nada.

—¿Es por tu abuelo?

Silencio.

—No.

—Entonces, ¿qué pasa?

—No lo sé. Es mi cabeza. Mi cabeza —repite. Está de pie frente a mí, con los brazos caídos a cada lado, mirándome con los ojos más tristes del mundo—. Mi cabeza hace cosas extrañas. Y tengo miedo, porque en Toulouse...

—No pienses en eso.

Él menea la cabeza enérgicamente.

—Me da miedo volver.

—Aún te quedan unos meses aquí, no pienses...

Dice que no muy despacio. O quizás es que el tiempo sabe qué viene a continuación y se ha ralentizado para que sus palabras duelan menos:

—Me voy en menos de un mes.

Cada una de esas sílabas es un puñal en el estómago.

—¿No tenías contrato hasta abril? —Tengo la sensación de que mi voz no sale de mi garganta, sino de todos esos agujeritos que cubren mi abdomen.

—Sí.

—¿Y entonces?

—*Abue* Boni… —El nombre se le atraganta.

—¿Lo han encontrado?

Menea la cabeza de lado a lado con tanta tristeza que tengo que reprimir las ganas de abrazarlo.

—Hay mucho papeleo cuando alguien desaparece. Lleva tiempo y gestiones y… No voy a entrar en detalles. Mis padres me llamaron hace unos días. Han arreglado todo el asunto del testamento y la herencia y voy a recibir mi parte en breve.

—No lo entiendo. —Quiero decir que eso es una buena noticia, pero en el segundo en el que escucho esas palabras en mi cabeza me doy cuenta de lo poco adecuadas que son—. ¿Eso es una mala noticia?

—No. Es bueno. Todo son buenas noticias.

—¿Noticias, en plural?

—¿Te acuerdas de André? Mi socio. Ha encontrado un terreno perfecto para el refugio.

—No sabía que… No me dijiste que iba *tan* en serio.

En realidad sí me lo dijo, solo que yo creía que era una de esas cosas que se dicen por decir. Un plan a largo plazo. Ahora me doy cuenta de que escuché lo que quería oír.

Él se encoge de hombros, como si la cosa no fuera con él.

—André dice que es una oportunidad de oro y que ahora que tenemos el dinero… Dice que no podemos dejarlo escapar. Los propietarios quieren firmar ya, pero han accedido a esperar para darnos tiempo a tener el dinero y a que yo esté ahí. Son amigos de la familia de André o algo así.

—Pero entonces, eso es una buena noticia, ¿no? —No para mí, pero para él lo es, aunque ahora su reacción sea entrar en pánico—. Vas a poder montar el refugio.

—Ya. Pero es demasiado pronto. No es buena idea.

—¿Por qué?

—Porque sigo teniendo todas estas… Todo esto en la cabeza. No funciona bien. ¿Y si no estoy preparado para llevar un proyecto como este? ¿Y si tiro a la basura la herencia de mi abuelo? No sé. No quiero irme. Aquí estoy bien. El trabajo es bueno, el sueldo está bien, hay montaña por todas partes y no tengo a… Estoy lejos. No quiero volver.

Mi parte más egoísta esperaba que mencionara mi nombre en algún momento. Es esa parte también la que me grita que le diga que, si no quiere marcharse, siempre tiene la opción de quedarse. Me toma un esfuerzo sobrehumano hacerla callar:

—Por miedo.

Max da un paso hacia atrás.

—No.

—Sí. Eso es lo que te pasa. Te asusta hacer lo que quieres hacer.

Él sigue negando.

—No. O sí. No lo sé, Erin. ¿Por qué me haces preguntas? Ve dentro con tus amigos.

—¿Y dejarte aquí solo? ¿Estás loco?

—Sí, claro que sí, ¿no había quedado eso claro ya? Todos estamos un poco locos. —Una risa triste acompaña sus palabras—. No te he pedido que salieras.

—¿Me estás pidiendo que me vaya?

Su respuesta tan rápida como suplicante:

—No.

—¿Entonces, qué quieres? ¿Qué te pasa?

—Ya te lo he dicho: es mi cabeza. Funciona mal. A veces se desconecta y ya está, y todo empieza a ir mal, es como si hubiera cortocircuitos y se encienden las alarmas y no sé por qué me pasa, ¿vale? Estaba bien. Estos últimos meses he estado bien y ahora no sé qué pasa. No pasa nada, joder —gruñe, con la cara tan tensa que temo que vaya a implosionar—. Ese es el problema. No pasa nada y yo me siento mal y pequeño y solo y soy un desastre. No quiero volver a las pastillas, Erin. Me atontaban. Me convertían en un zombi. Pero no sé qué hacer. No sé…

Doy un paso hacia él, a lo que responde retrocediendo, así que me detengo y trabo mi mirada con la suya.

—Max…

—Vuelve dentro. No quiero arruinarte la noche.

—No estás arruinando nada. Yo he decidido estar aquí.

Me mira de arriba abajo, traga saliva. No reacciona. No se mueve ni un milímetro, no sonríe. Ojalá pudiera saber qué está sucediendo ahora mismo en su cabeza.

Finalmente, con la voz rota, dice:

—Gracias.

Olvido que se estaba apartando de mí, que acaba de decirme que se va dentro de un mes, alejo de mi memoria las punzadas que sentí en el estómago cuando se fue de casa en plena madrugada. Me olvido, en definitiva, de mí misma. Ahora no importa lo que yo sienta, ahora importa este chico de sonrisa perenne con el rostro desencajado.

Sé de qué soledad habla, porque ella y yo nos hablamos de tú desde hace muchos años. No creía que alguien como Max la conociera también.

Me acerco a él más rápido de lo que él se aleja y lo abrazo antes de que pueda apartarse. Se mueve para deshacerse de mí, pero no lo consigue. Con el empeño que le pone, no podría ni mover un globo.

—Max, no estás solo.

—Ya lo sé —susurra él, con un tono que contradice a sus palabras—. Ve dentro.

—No estás solo.

—Vas a coger frío.

—No estás solo.

No me replica ni se aparta cuando lo rodeo con los brazos. Se deja abrazar mientras le acaricio el pelo. Me inclino para repetírselo al oído: «no estás solo».

Noto cómo asiente y me estrecha un poco más fuerte contra él.

—No tienes por qué estar aquí —dice—. Soy un desastre, yo no…

—Ya lo sé.

No quiero estar en otra parte.

44

Valira celebra el último lunes de enero con un día lleno de luz. Tras la tormenta de nieve de anoche, que en casa nos dejó sin electricidad durante un par de horas, la calma ha vuelto. El cielo es tan azul que dan ganas de hundir en él pinceles mojados en amarillo y crear la versión valirense de la noche estrellada de Van Gogh.

Salgo de casa sabiendo que hoy nada puede ir mal. Valira está demasiado bonita. Hoy camino hacia el hotel sin música. Quiero escuchar la nieve que se precipita de vez en cuando de las copas de los árboles, absorber con todos los sentidos la paz que brota de todas partes.

La vida es complicada, pero momentos como este me demuestran que, pese a todo, hay días por los que vale la pena estar vivo. Es imposible estar triste cuando el sol brilla con tanta fuerza. Ni siquiera los recuerdos del sábado son capaces de empañar el día.

Me siento bien.

Hoy nada puede salir mal.

Eso es lo que estoy pensando justo en el momento en el que mi móvil empieza a sonar en el interior de mi mochila.

—Teo, perdona, estoy de camino al hotel y no encontraba el móvil —me disculpo—. Ahora estoy entrando en el aparcamiento, pero…

—Erin…

—Pero tendrías que ver el pueblo. Está precioso. Ayer hubo tormenta y…

—Erin. —Esta vez no susurra. Su tono es una bofetada que me hace caer al mundo real.

El pulso se me acelera.

—¿Qué pasa?

—Tengo que decirte algo.

No. No quiero que me diga nada. Conozco esa frase. La he utilizado muchas veces para hablar con mis padres: de la universidad, de los ataques de pánico... Nunca nadie ha anunciado algo bueno con esa frase, no en el tono en que la ha pronunciado Teo.

Es una mala noticia y yo no estoy preparada.

¿Cómo puedo poner pausa a esto?

—¿Estás bien? ¿ Aurora está bien?

—Sí. Sí, estamos... —No logra terminar la frase. Me estoy quedando sin respiración—. Es el Abuelo Dubois.

45

Me gustan los días fríos porque la nieve lo llena todo de luz.

La gente no me entiende y yo no los entiendo. Pero hoy sí, porque cuando miro a mi alrededor, no veo lo que suelo ver. Hoy la tierra mancha la nieve de las calles y las nubes el cielo. No hay luz en ninguna parte.

Todo está gris.

La gente comparte palabras de cariño, camina entre los bancos para dejar una rosa y prometer a la familia que todo va a ir bien. Yo no sé qué hacer. Estoy sentada en el tercer banco, a la izquierda, justo detrás de la quinta —e Ilaria, a la que Ona se abraza como si fuera un koala—, con mi hermano a un lado y mis padres al otro, esperando para ir a dar nuestro pésame a Aurora y sus padres. Teo solo está aquí por mí; me gustaría decirle que vuelva al primer banco, donde ha estado sentado toda la ceremonia, para estar más cerca de Aurora mientras el pueblo entero desfila delante de ella. No digo nada porque sé que Teo no se va a mover de aquí: ha venido a sentarse con nosotros para que yo no estuviera sola. Está lejos de Aurora porque *yo* no soy capaz de cuidar de mí misma. Y a pesar de todo, no puedo abrir la boca. Me siento tan clavada a estas cuatro maderas como Jesús a esa cruz enorme que hay sobre el altar. Oh, no. ¿Empezaré a arder en llamas por esta blasfemia? Qué más da. Ni siquiera sé qué hacemos todos aquí. Nunca oí al Abuelo Dubois mencionar a Dios. ¿Iba a la iglesia? Estoy segura de que no. Si los domingos era el día grande para su carrusel. ¿Y el carrusel, quién lo llevará? Aurora es la última Dubois y vive demasiado lejos.

No quiero que el carrusel muera también.

No quiero estar aquí y no quiero ver las caras de estas personas, con las que me cruzo en las tiendas y por las calles, hoy todos vestidos de negro. Algunos lloran. Otros rezan. ¿Y yo? Yo no soy creyente, aunque en días como estos quisiera serlo; ojalá pudiera entender a todos aquellos que aseguran que ahora está con su querida Margarita, que por fin descansa y está en paz. Era mayor, no se cuidaba, tenía que pasar más pronto que tarde, pero ahora ya descansa. Y yo pienso en todas las veces que subí a su carrusel y me siento tentada de salir corriendo de esta iglesia, correr por las calles del pueblo de la mano de Aurora y cobijarnos ahí hasta que el dolor pase. El corcel dorado, la figura mágica, podría ayudarnos.

Aurora no lo permitiría. Está de pie junto al ataúd, recibiendo las condolencias de la gente. Desde aquí no la veo bien, pero he visto sus ojos al llegar a la iglesia. Jamás los olvidaré.

La Aurora que conozco, aquella con la que he crecido, mi Au, sigue en alguna parte. Estoy segura. Pero la persona a la que he visto antes no es ella. No sonríe. Su mirada está tan vacía como el pozo de la plaza. Su tristeza es un alud ensordecedor.

No quiero verla así y me rompe no poder hacer nada. Ni siquiera tengo fuerzas para mí misma.

Cuando Teo me lo dijo, el mundo se rompió en dos y me quedé atrapada en el abismo que se creó en el centro. Mi cuerpo está en esta iglesia y mi mente en todas partes y en ninguna al mismo tiempo. Me he pasado los últimos dos días en la cama, con la baja médica en un cajón y las persianas bajadas, en silencio, sin hacer nada. Porque para qué levantarse de la cama. Si la oscuridad está en todas partes, mejor abrazarla desde un lugar donde me siento segura.

—Erin.

Bruno está de pie en un extremo del banco. Mis padres lo miran y, mientras encogen las piernas para que yo pueda salir, lo saludan con un cariño titubeante.

Es la primera vez que veo a Bruno después de nuestra ruptura. Este es un pueblo pequeño y precisamente por eso es fácil evitar a la gente si quieres hacerlo. En estas últimas semanas, Bruno no ha pisado ni una vez el bar El Valle. Ricardo se lo confirmó a Victoria hace unos días.

Sigo a Bruno entre la gente, hasta que encontramos una esquina más o menos tranquila, sin gente que pueda escucharnos cerca.

—¿Cómo estás?

Hay tantas cosas detrás de esa pregunta, de esa cara que tan bien conozco...

Siento ganas de volver atrás en el tiempo, de no sentirme sola en esta iglesia, de abrazarlo y que me abrace, de no pensar en Max y su tristeza cuando pienso en la soledad.

Quiero llorar y pedirle perdón.

Quizás no es tarde para una segunda oportunidad.

Pero el Abuelo Dubois aún sigue aquí, y sus palabras también.

Eso no es suficiente.

Bruno me mira sabiendo que la muerte del Abuelo Dubois ha creado una grieta dentro de mí, pensando en todo lo que hemos dejado atrás, con la cabeza llena de todos los buenos momentos, intentando adivinar qué falló entre nosotros. Lo sé porque yo lo conozco tan bien como él a mí.

—Estaré bien —acierto a decir.

No le pregunto cómo está él. Quiero saberlo, pero siento que una palabra más y voy a derrumbarme. Él lo ve. O ve algo, no sé qué, que hace que sin preguntar nada más, dé un paso adelante y me rodee con los brazos. Es ese gesto, lleno de un amor que dejé de merecer hace mucho tiempo, lo que acaba por romperme.

Intento apartarme, pero él me lo impide.

—Está bien.

No. Nada está bien. El Abuelo Dubois ya no está. Mi mejor amiga no tiene lágrimas suficientes para expresar todo su dolor.

La gente muere. La gente está triste. El mundo es un lugar oscuro y a mí me duele incluso respirar, pero sigo aquí, con mis errores y mis imperfecciones adheridos a la piel. Quiero irme a casa.

—Lo siento —susurro.

Por estar mojándole la camisa, por usarlo como paño de lágrimas, por haberle herido, por engañarlo, por ser tan cobarde.

—Está bien —repite.

—No. Llevé las cosas muy mal y…

—Ya lo sé.

—Y tú ya no, ya no tienes por qué… —La voz se me rompe.

Me aparta un poco para poder mirarme a los ojos cuando habla:

—Erin, hemos estado juntos mucho tiempo. ¿Crees que dejarás de importarme de un día para otro? Sé cuánto querías al Abuelo Dubois, puedes llorar si quieres llorar, y no voy a dejar que llores aquí de pie sin hacer nada.

—Pero…

Bruno me interrumpe al tiempo que fuerza una sonrisa.

—La imagen sería muy rara. Lo hago por mí. No quiero que luego hablen y digan que no soy un caballero. Las Tres Marujitas están ahí —dice, señalando con la cabeza hacia la izquierda. Efectivamente, ahí están Conchita, Enriqueta y Pepita, las cotillas del pueblo por excelencia—. No quiero que vayan diciendo por ahí que Bruno Ailins es un muchacho descortés.

—Qué mancha en tu reputación. —Se me escapa una sonrisa, pero soy incapaz de mantenerla en su sitio más que unos pocos segundos.

—Y eso no puedo consentirlo, así que llora lo que tengas que llorar.

Su sinceridad es la única luz del día.

Hacía mucho tiempo que no se veían. La muchacha parecía la misma persona que se había marchado de estas tierras tiempo atrás: la misma altura, la misma complexión, la misma abundante y despeinada melena rubia. Sonreía y hablaba tanto como siempre, así que nadie advirtió los cambios que asomaban a través de las fisuras de su sonrisa.

Yo sí lo vi.

Vi la pequeña habitación con ventana a un patio interior en la que la chica que ama los lobos lloró tantas noches. Vi el agujero que se le formaba en el pecho, la oscuridad que le nublaba la mente y el esfuerzo por seguir siendo la de siempre. Vi también las caras de preocupación de sus padres, las sesiones con el psicólogo y la psiquiatra, los frascos de pastillas, la mirada vigilante de su hermano, los brotes verdes, su cuerpo inconsciente en una bañera. Escuchó la conversación que tuvieron sus padres en el pasillo del hospital; aunque ellos creyeron a su hija cuando les dijo que no pretendía que eso sucediera. Había sido un accidente. Ella era demasiado fuerte para querer acabar con todo de aquella manera, pero sobre todo y tal y como habían dicho los médicos, demasiado lista como para no saber que la dosis que había tomado no era letal. A pesar de eso, ellos tenían miedo de lo que la ciudad le estaba haciendo a su hija. No demasiado tiempo después, regresaron al pueblo.

El haya vio todas esas heridas en el momento en el que Erin, de pie bajo sus ramas, le acarició la corteza con una mano.

No le preguntó nada.

Se quedó ahí, sin moverse ni decir nada, sin ninguna pregunta en mente, mientras su familia empezaba a cruzar el jardín con las primeras cajas.

Regresó más tarde, ya entrada la noche, con su hermano caminando junto a ella. Le dijo que entrara, que ella iría en unos minutos, y cuando él hubo desaparecido, se acercó al haya con paso lento.

Se sentó a su lado y, mientras el haya fisgaba entre todas las piezas que ahora formaban el interior de esa chica que conocía tan bien, Erin preguntó: ¿debía marcharse?

No se marchó, igual que no le dijo al chico francés que le quería.

¿Pero y si lo hubiera hecho?

Forastero, déjame perderme en esa posibilidad. Deja que te cuente lo que habría sucedido si se hubiera marchado.

Se marcharía. Una maleta más grande que ella y una mochila para guardar toda su vida. Metería ahí los pedazos con los que estaba intentando reconstruirse, la llenaría con fotos de su gente y anotaría todos los datos de contacto de Diana en su diario para asegurarse de no perderlos. Pese a que se subiría a ese avión sin compañía, no se marcharía sola.

Duraría mucho más de lo que vaticinó el primer día de clase.

A los cinco meses, ella y sus maletas volverían a Valira.

Habría fracasado.

No, se corregiría cada vez que esa palabra volase a su mente. No había fracasado ni se había rendido. Había sido valiente para tomar la decisión más difícil y había visto que aquel no era su camino. Era una victoria, porque ella no había dado la guerra por perdida. Solo había aprendido que aquella no era su batalla.

Volvería a casa con la depresión rondándola, pero esta vez no sucumbiría. Sería más fuerte de lo que había sido en el pasado. Habría visto mundo. Habría conocido gente que se había enfrentado a problemas terribles. Su mundo ya no sería un pue-

blo demasiado pequeño ni una ciudad demasiado poco hospita-
laria.

Sus horizontes estarían mucho más lejos que aquel que es-
condían las montañas de su valle. Cuando el curso escolar
empezase de nuevo, ella ya estaría lejos de Valira, aunque esta
vez un poco más cerca. Se mudaría con el chico que escuchaba
a Sinatra y la chica con nombre de princesa, empezaría a estudiar empresariales. Las sombras se irían apagando poco a
poco, porque esta vez caminaría hacia un destino que ella misma habría elegido.

Y cuando mirase a su futuro, vería un pequeño hostal de
piedra en algún lugar del valle. Una decena de habitaciones y
una cocina pequeña, un salón con chimenea, decorado con flores y sillones donde los huéspedes descansarían de la montaña.

46

Todo es gris. No es que haya perdido color, sino que ahora veo que nunca lo tuvo. No tengo ni ganas ni fuerzas para hacer nada. Lo único que me apetece es estar en la cama, como mucho leer un libro. Los primeros días es todo cuanto hago. No salgo de mi habitación más que para comer. Cada poco tiempo, mis padres aparecen a mi lado, esté en mi habitación, en la cocina o en el lavabo. Estos días tienen mil cosas que decir: me sentaría bien ir a trabajar, comer un poco más no me haría daño, debería llamar a mis amigos, sería buena idea hablar con Diana.

Les aseguro que no hace falta. Solo estoy triste.

El problema es que estar triste me deja sin energías para hacer nada más.

También me deja sin espacio para sentir nada más. Tal vez Aurora tenía razón cuando dijo que yo era como las hadas, muy pequeña para contener más de un sentimiento a la vez. Estos primeros días de febrero me siento triste y nada más. Mi cuerpo no reacciona ni siquiera a los mensajes de Max.

Han pasado tres días desde el funeral del Abuelo Dubois y cuatro desde que vi a Max por última vez. Desde entonces solo ha aparecido en mi móvil. En ningún momento ha preguntado si necesito algo o si estoy bien. Una broma aquí, una imagen graciosa allá. A veces intento justificarlo diciéndome que a lo mejor no sabe por qué estoy de baja. Pero claro que lo sabe. Primero, por Victoria. Segundo, porque estaba ahí cuando Teo me dijo que al Abuelo Dubois le había dado un ataque al corazón. Es decir, no en ese preciso instante, pero sí un poco más tarde, cuando yo estaba sentada en uno de los sofás del hall, con Victoria a un lado, sujetándome el vaso de agua, y Judith al otro preguntando si deberíamos llamar a una ambulancia, proponiendo llevarme en coche a urgencias. Max estaba ahí, un poco retirado, junto a algunos forasteros más. No se acercó, y no sé si se marchó cuando llegó mi madre o antes. Lo único que sé es que lo vi y de repente ya no estaba.

Tampoco estuvo en el funeral. No me preguntó por qué no había ido a trabajar ni si me encontraba bien. Nada. Rompió el silencio cuando ya entraba la noche. Ni siquiera abrí la foto que me mandaba. Los mensajes que me ha enviado desde entonces siguen sin responder.

Lo último que quiero es hablar con él. Aurora tiene razón, definitivamente: solo tengo hueco para un sentimiento y ese es la tristeza. No puedo estar enfadada con Max; lo único que siento cuando pienso en él es una tristeza aún más profunda.

«No te prometo nada».

Pero siento que tengo derecho a pedir algo.

He estado a su lado cuando me ha necesitado. Dijo que no me prometía nada, pero me habla de su abuelo, llora sobre mi hombro. ¿Acaso no tengo derecho a esperar lo mismo de él? Una camisa y una hora en la iglesia. Una visita. Una llamada. Un sencillo «¿cómo estás?» bastaría.

Una mano tendida, eso es todo cuanto pido.

Él lo único que ofrece son bromas y yo no quiero reír.

Cuando llega al trabajo el lunes, yo ya estoy junto al remontador, ayudando a la primera pareja de huéspedes. Me como un bocadillo mientras paseo cerca del hotel y me marcho a casa sola. Solo hablo con Victoria —«Max ha vuelto a preguntarme cómo estás» es su nuevo «buenos días»—; las palabras que cruzo con Max no se pueden considerar conversaciones.

Has vuelto.

Sí.

Ya pensaba que te habías fugado con un camión de chocolate.

Ojalá.

El chico que te ha sustituido, el de los findes, es simpático. Es belga.

No lo conozco. ¿Ha habido algún problema?

Todo bien. Pero te prefiero a ti.

Más vale lo bueno conocido, dicen.

¿Comemos juntos?

No puedo.

¿Te espero para volver juntos?

No hace falta.

¿No me...?

No.

Casi veo la bombilla iluminarse encima de su cabeza cuando entiende que pasa algo raro. Desde ese momento repite todas las preguntas que me hubiera gustado escuchar hace más de una semana en la recepción del hotel o en la iglesia o en cualquier lugar: ¿Estás bien? ¿Qué te pasa? ¿Te pasa algo? ¿Necesitas algo? ¿Quieres hablar? ¿De verdad que no te pasa nada?

Mis respuestas son siempre vagas. Le dejo claro que no quiero hablar, eso sí, y día a día, el espacio que nos separa se hace más y más ancho.

El viernes, él llega antes que yo. Cuando salgo a la pista, está de pie junto al remontador.

—Has madrugado —le digo, mientras saco de mi bolsillo la llave de la caja del motor.

—Quería hablar contigo.

—Max, quedan cuatro minutos para las nueve —le digo, enseñándole la hora en mi reloj de pulsera.

—Pensaba que llegarías antes —repone, haciendo bailar los ojos entre la llave de mi mano y mis ojos—. ¿Podemos vernos cuando salgas?

Niego con la cabeza.

—No puedo.

—Solo un momento.

—No puedo —repito, esta vez dándole la espalda para abrir el cajetín del remontador.

—Erin, sé que...

—Después hablamos.

Lo interrumpo porque miente. No sabe *nada*. Lo tengo delante mirándome como si fuera un enigma. Max, la persona de la que me siento más cerca. Me he equivocado. Creía que sus murallas estaban hechas de miedo y que su verdadero yo era aquel Max que se mostró vulnerable en la montaña, el que hace unas semanas me habló de sus temores a la salida del bar. He creído lo que he querido creer y por eso me he equivocado. Max es lo que veo: un chico tan atractivo como seguro de que lo es, con la atención más puesta en los ojos de los demás que en los suyos propios y, al mismo tiempo, tan metido dentro de sí mismo que parece que viva rodeado de espejos.

No quiero hablar con este Max y, en estos días grises, no creo que exista otro.

47

Me equivoco, una vez más.

Unas horas después, cuando Max ya hace rato que ha terminado de trabajar y yo me estoy preparando para volver a casa, encuentro algo inesperado en mi taquilla. Es una tableta de chocolate, con un envoltorio tan lila como brillante, pegada a la puerta con cinta de embalar. Retiro la cinta con cuidado y, al darle la vuelta, descubro un trozo de papel adherido al plástico con un triángulo de cinta.

Postdata a nuestra conversación de las 8.56 a.m., en la pista de esquí del Hotel Grand Resort

Preguntas a Max Capdevila

¿Aún tiene en el traje de esquí el forfait de la primera vez que fuimos a esquiar juntos?
Sí.

¿Entiende qué le está pasando a Erin?
No.

¿Le está quitando el sueño no saberlo?
Sí.

Si ha sido algo que ha hecho él, ¿lo ha hecho a propósito?
No.

¿Quiere hablar con ella?
Sí. Sí. Sí.

Hablemos cuando salgas. Te esperaré en el aparcamiento.
Por favor.

Releo la nota al menos tres veces antes de que las palabras empiecen a cobrar sentido. Con el papel en una mano y el chocolate en la otra, la sonrisa aparece por arte de magia. Me obligo a destruirla. No sé cuánto rato me quedo apoyada en mi taquilla, con el abrigo puesto, la mochila colgada a la espalda y el móvil en la mano.

Salgo del hotel sin haber decidido qué hacer. Los minutos han pasado mientras decidía si quería hablar con Max o no. Ahora son casi las cinco y media. Ya no estoy tan convencida de que quede nada sobre lo que decidir. Max se habrá marchado a casa hace rato, convencido de que no iba a aparecer.

Me equivoco, una vez más, como tantas veces me equivoco con él.

Está ahí, apoyado contra una columna y los ojos en su móvil. Se gira con brusquedad al escuchar la puerta principal y no disimula su alegría al verme.

—Estás aquí —me dice, cuando llego a su lado, mientras se pone de pie.

—Estoy aquí.

No me detengo a saludarlo y él tampoco hace ademán de hacerlo; sencillamente, empieza a caminar a mi lado.

—¿Cómo ha ido el día?

—Bien.

—Supongo que habrías visto el chocolate y la nota.

Su voz tiene un punto de inseguridad que, no sé si por nuevo, me pone de buen humor.

—Sí. —Señalo la mochila—. Ya lo he guardado.

Caminamos un rato en silencio. Dejamos atrás la silueta del hotel, los coches, la carretera y, solo cuando estamos rodeados de árboles, en el camino que lleva a mi casa, Max abre la boca:

—Cuéntame qué te pasa.

—¿En serio me tienes que preguntar eso?

—Yo... —titubea—. Sí, no sé por qué...

—¿No sabes por qué he estado de baja? —No es una pregunta retórica. De verdad quiero saber si es un insensible o sencillamente ciego y sordo y tonto. Pone cara de cachorrito, como si no entendiera por qué de repente sueno tan enfadada—. Me viste en la recepción el otro día, no me digas que no porque te vi. Así que sabes que tuve un ataque de ansiedad. Y no me creo que no sepas por qué.

—Sí, pero...

—¿Pero qué? ¿No sabes que el Abuelo Dubois murió?

—Pero no era tu abuelo, ¿no? Victoria me dijo...

No entiende nada.

—¡Victoria! Ya, ya sé que no paras de preguntarle a Victoria cómo estoy. ¿No se te ha ocurrido que quizás a quien tienes que preguntarle es a mí?

—Pensaba que estabas mal y necesitabas...

—Que no te comportes como si no pasara nada, ¿por ejemplo? —meneo la cabeza de un lado a otro—. Esto no vale, Max.

—¿Qué no vale?

—¡Esto! —grito, levantando las manos para crear una burbuja invisible a nuestro alrededor—. Que me digas que no me prometes nada y que no somos nada y que vengas a llorar siempre sobre mi hombro, y que cuando a mí me pasa algo, finjas que todo va bien. No vale estar sin estar. No puedes pedirme algo que no estás dispuesto a dar.

—Erin, ya te dije que no podía prometerte nada.

Su voz es un susurro. Me recuerda los «buenas noches» que una madre le susurra a su hijo temiendo que despierte y empiece a berrear.

—¿Ni esto? ¿No te importo ni siquiera lo suficiente para preguntarme cómo estoy?

—Sí me importas. —Lo peor de todo es que parece sincero.

Le creo. Le miro y le creo y sé que no sabe hacerlo de otra forma.

—Pues no lo parece.

Bravo. Bravo, bravo, bravo. Cada una de esas cuatro palabras hace estallar una tormenta de aplausos en mi interior. Entre el enfado asoma un hilo de orgullo. No es la respuesta que querría darle, pero es la respuesta que merece y la única que soy capaz de pronunciar.

—Me importas mucho, Erin —insiste él.

—No lo parece.

—No sabía que estabas mal. Yo creía que había muerto tu abuelo, pero luego Victoria me dijo que no y pensé que no era tan grave. Por eso no dije nada. Al día siguiente no viniste y al siguiente tampoco y no sabía qué te pasaba. Te escribí y no me contestaste.

—Porque no quería hablar contigo.

—¿Pero por qué?

—Porque no quiero hablar con nadie, ¿vale? —Cierro los puños con tanta fuerza que siento las uñas en la palma de la mano a través de la tela de los guantes. Aprieto más el paso y hablo mientras él me sigue de cerca—: No sé qué os cuesta tanto entender. Mis padres están igual de obsesionados: Erin, habla; Erin, comunícate; Erin, no puedes pasarte el día encerrada en la habitación. No quiero hablar con nadie y no quiero hablar contigo en particular porque estoy cansada de todo. Y porque el Abuelo Dubois está muerto, ¿vale? No era mi abuelo, si es que eso importa tanto, pero como si lo fuera. Es el abuelo de mi mejor amiga y llevaba el carrusel. ¿Tú sabes la de veces que me subí a alguno de esos caballos cuando era pequeña? No era una persona cualquiera. —Siento tanta rabia que ni siquiera puedo llorar—. El Abuelo Dubois no está y tampoco Au ni Teo, Paula no va a volver al pueblo ni bajo amenazas de muerte y Ona está hablando de irse cuando termine la carrera. Todo se está cayendo a pedazos. Todo el mundo se acaba marchando, y ahora tú. —Hablo sin mirarle hasta que pronuncio esa última palabra. Veo su cara enmarcada por las lágrimas. Me pica la nariz—. Ahora tú también te vas.

Sin decir nada, da una zancada hacia mí y me rodea con los brazos, me aprieta contra él y hace reposar mi cara contra su pecho.

Susurra:

—No llores.

—Sí lloro —replico, con un hipido, y mi aliento impregna su abrigo—. Y tú no tienes derecho a decirme nada, tú menos que nadie.

—No llores —repite, y me levanta con suavidad el mentón para que le mire—. Te quiero demasiado para que llores.

Esas palabras me atraviesan el estómago y lo dejan en llamas. Él me mira, no sé si esperando una respuesta o simplemente a que deje de llorar. Trago saliva y lo rodeo la cintura con los brazos.

Ha dicho que me quiere.

¿No debería decirle que le quiero?

¿Pero le quiero?

No lo sé.

Sé que siento algo, pero no sé qué es.

Ha dicho que me quiere y aun así yo no tengo esas palabras en la boca para responderle. Ni siquiera ha sonado a un *te quiero* de verdad. En momentos así, desearía vivir en una película. Ahí todas las palabras significan siempre lo mismo, las reacciones son siempre las mismas. Vives un cliché gigantesco.

En la realidad, no sé a qué suena el «te quiero» de Max.

—Sí lloro —repito—. ¿Sabes por qué? Porque soy así. Soy una chica triste. Una *Chica Triste*, en mayúsculas. Eso me decía mi psicóloga —añado, con una sonrisa escurridiza en los labios y los ojos puestos en Max, que los entorna al oír esta última palabra—. ¿No has oído nada? Con lo que se habla en este pueblo…

—No.

El bosque de Valira me escucha hablar sin interrumpirme.

Se lo cuento todo: las cosas de las que la gente habla cuando yo no escucho —la marcha de Valira, la ansiedad, la terapia, la depresión, Diana, los temores de mi familia, el regreso a casa— y también aquellas de las que me cuesta hablar incluso conmigo misma —las noches mirando el techo, esas Navidades en las que solo podía pensar en cuerpos arrastrados por un tsunami, la oscuridad, la tristeza—. Solo dejo algo en el tintero: el haya.

—Siempre he sabido cómo soy. De pequeña me ponía de los nervios ver las noticias, después nunca podía dormir, y me dolía el estómago cada vez que salíamos de viaje en coche. Incluso antes del accidente ya…

—¿Tuviste un accidente de coche?

—No, mis abuelos. Chocaron contra un camión.

—¿Y tus abuelos…?

—Murieron.

—No lo sabía. Lo siento.

—Fue hace mucho, yo tenía once años. Pero es algo que sigue ahí y… Sigue ahí. Da igual, solo era un ejemplo. Cuando nos marchamos del pueblo pasé una muy mala época. Primero ansiedad, y luego la ansiedad llevó a la depresión y… Bueno. Pasó algo. Te juro que fue un accidente, mis padres dicen que me creen pero no estoy segura. Digo la verdad, no pretendía… No calculé bien o me hicieron más efecto del esperado, qué sé yo. Yo solo quería dormir. El caso es que tomé algunas pastillas de más y terminé en el hospital.

Mirando a Max me veo a mí misma en Nochevieja, descubriendo en lo alto de la montaña la cara oculta de un francés con planta y pose de estrella de cine.

Tiene los ojos clavados en mí tan fijamente que ni siquiera pestañea. Estamos avanzando lentamente, escuchando el crujido de nuestros pies.

—No me habías contado nada.

—Estuve mucho tiempo en terapia. Dejé la medicación hace solo unos meses.

La reacción de Max es la última que podría esperar:

—Así que somos dos locos.

Pronunciar esa palabra hace que pese menos.

—Todos estamos locos. —Esta frase empieza a sonar como un lema para nuestra relación—. Y contigo, siento que estar loca es menos malo. No quiero que me cures. No te pedía eso. Yo solo quería que estuvieras aquí, Max.

Se muerde el labio inferior, guarda las manos dentro de los bolsillos del abrigo.

—Lo siento.

—Ya. Pero eso no cambia nada.

Ojalá lo hiciera.

Ojalá fuera todo diferente.

No me cuesta nada imaginar un mundo en el que mi cabeza está vacía, los días oscuros no existen y Max está de una pieza.

Me cuesta horrores lidiar con la certeza de que, en la realidad, los dos estamos rotos. Ambos estamos locos y ese amor solo funciona en las películas.

Aquí, en este bosque, este amor es un desastre.

La revelación aparece como un relámpago, ilumina todos mis pensamientos y se marcha, dejándolo todo lleno de luz. Por un momento, lo veo todo claro. Tengo el bosque a mi alrededor, a Max arrepentido y un enredo de sentimientos que está empezando a taponarme la garganta.

Este amor, o lo que sea esto, es un desastre, y por eso aprovecho la soledad del bosque para murmurar:

—Creo que te quiero.

Es la única explicación lógica.

Él se detiene como si acabara de darse cuenta de que tiene una pared de cristal a tres centímetros de la nariz. Cuando se vuelve hacia mí, comprendo que el significado que él le ha querido dar a esas mismas palabras cuando las ha pronunciado hace un rato es muy diferente del que percibe en las mías.

—Erin... No puedo —susurra—. Eres muy importante para mí, ya lo sabes, pero eso...

—Tú has dicho que me querías —logro decir, entre dientes.

—Pero no... —Mira a hacia todos lados para evitar mis ojos. De repente, deja caer la mirada con la fuerza del granizo y la clava en la mía—: No puedes venir y decir que estás enamorada.

—Yo no he dicho que esté enamorada.

—Has dicho que me quieres.

—Y tú también.

—Porque eres importante para mí.

«Te quiero, pero como amiga». Vamos, Max. Dilo. Seamos una película de esas en las que todo el mundo se siente con la capacidad de ser guionista de Hollywood. Si de mi relación con Bruno no se escribiría ni un libro, tú y yo ya estamos escribiendo el guion de la nuestra. Porque sobre nosotros, Max, no se escribiría un libro; se rodaría una película.

Una vez más, Max me decepciona. No dice nada más. Solo me mira, con los ojos abiertos y asustados. Parece un cervatillo.

—Déjalo —digo, y echo a andar otra vez. Ya no queda mucho para llegar a mi casa y poder tumbarme en el sofá, leer y olvidarme de este día.

—No. Quiero saber qué me estás diciendo. ¿Que no estás enamorada de mí? ¿Esta conversación es para decirme eso?

—No lo sé.

»No sé si te quiero de esa forma. De lo que estoy segura es de que esto no es como antes. Yo no quería que pasara esto, y tú tienes razón, dijimos que no era nada serio. ¿Qué quieres que te diga? ¿Que no siento nada por ti? Si quieres lo hago, pero no sería verdad. Y no sé si te quiero, porque esto no se parece a lo de las pelis. No se parece a lo que he sentido antes. Yo no estoy segura de nada, Max. Lo que sé es lo que te digo: que me importas mucho. El otro día, cuando dijiste que te sentías solo... Vi que no lo decías por decir. Joder, lo vi, te lo juro. No es una forma de hablar, Max. Cuando te miro, juro que puedo ver dentro de ti. Y yo qué sé. Yo ya no creo en el amor. Ese de las pelis, el que todo lo puede. El que te hace ver las estrellas y sonreír como una idiota. Si eso es amor y eso es querer, ni te quiero ni estoy enamorada. No te veo perfecto, porque no lo eres. Eres un desastre, tienes razón. No hablas, te lo guardas todo dentro, finges que todo va bien y por dentro estás hecho una mierda, hablas con todo el mundo y no te comunicas con nadie. Hablas mucho y no dices nada, te preocupa más cómo te ven los demás que ser como quieres ser. Eres egoísta, no ves más allá de tus narices. No eres perfecto, ¿y qué? Por eso creo que te quiero, porque veo todo eso y aun así tengo ganas de estar contigo. Eso es querer, o al menos eso debería ser, ¿no? Comprender a la otra persona. ¿Y sabes qué? Que no entiendo las canciones de amor que oigo por ahí. Dicen que cuando quieres a alguien, todas las canciones te recuerdan a esa persona, pero cuando yo escucho cosas como bajarle la luna a alguien o morir por amor o verse perdido sin el otro… No siento nada, porque yo eso lo perdí, si es que lo he tenido alguna vez. Hace tiempo que no creo en esa clase de amor. Ya quise de esa forma y no quiero volver a hacerlo. Quiero querer bien, si es que te quiero. ¿Y qué más da? Hablo sobre si te quiero o sobre si estoy enamorada, ¿y qué? Son solo palabras, Max. Lo que importa es lo que siento: que te miro y sé que te entiendo y que tú me entiendes a mí. Me da igual el resto.

Ahora Erin tiene veinte inviernos en los ojos y cordilleras de hielo en la espalda. Toda ella es invierno. Todo luz durante el día, completa oscuridad cuando cae la noche. Es una mancha roja en esta plaza vacía.

Es de noche, tan tarde que el tañido de las campanas ya no llena el aire. Llega sola, caminando tan deprisa que pareciera que alguien la persigue. Cuando ha llegado, se ha detenido de golpe ante el carrusel y ahí sigue, en cuclillas.

La escucho pensar.

Siente el dolor de la pérdida por primera vez en mucho tiempo.

No es justo que ya no esté aquí. Estoy triste. No sé por qué estoy tan triste. Es verdad, no era mi abuelo. ¿Por qué estoy tan triste? Y qué voy a hacer. No quiero hablar con el haya y no puedo hablar con el Abuelo Dubois. Ya no está aquí. Se acabaron los buenos consejos, su sinceridad de hielo.

No para de repetir ese «eso no es suficiente» y de preguntarse qué le diría el Abuelo Dubois acerca de la conversación que ha tenido esta tarde con el muchacho francés.

Se pregunta también qué le diría su haya, pero no va a ir a verla. Ya no quiere sus consejos. Ya no confía en ella. Le dijo que debía quedarse con Bruno y no hacerle caso ha sido la mejor decisión de su vida.

¿En qué otras cosas se habrá equivocado?

Yo deseo que me pregunte a mí, pero no pronuncia mi nombre. Sigue con los labios bien apretados.

Piensa en Grég, aquel chico francés al que conoció hace un par de años. Cuánto le quiso. No compartieron mucho y, aun así, cuánto le quiso. ¿Que cuánto? Tanto que lo dejó marchar sin luchar. El haya se lo ordenó, así que lo hizo.

Se acuerda, no sabe muy bien por qué ahora, de Eric, el nieto de los Molina. ¿Qué hubiera pasado si le hubiera dicho que sí cuando le dijo que quería verla a solas? ¿Habría sido él su primer beso en lugar de Biel, el de su clase de francés? ¿Y si esa vez hace tantos años hubiera aceptado el regalo de cumpleaños del Abuelo Dubois y hubieran ido todos de excursión a la montaña para ver la lluvia de estrellas? Se acuerda también de la primera vez que habló con el haya. ¿Y si no le hubiera hecho caso? ¿Y si hubiera ido a la fiesta en lugar de quedarse en casa leyendo?

Quiero hablar. Bastaría que me preguntara y yo podría responderle. Podría contarle todo lo que tú sabes, forastero. Hablarle de la felicidad, de la alegría, del dolor, del crecimiento. Podría evitar que volviera a cometer el mismo error.

No me llama, de modo que sus preguntas quedan sin respuesta.

No puede saber qué hubiera pasado si hubiera tomado otras decisiones.

Nunca aprendió que plantar cara es la mejor forma de lucha, ni que las estrellas podían ser más que ciencia. No entendió que podía compartir con su familia todo lo que le pasaba por la cabeza después de ver los horrores del mundo en el televisor. No perdió y no aprendió a sobrevivir la pérdida más inocente. Nunca vivió esa noche en la que descubrió que la música abría todas sus ventanas y que bailar era la única forma de hacer volar bien lejos todos aquellos pensamientos terribles.

Nunca sabrá lo que había al final de todos los caminos que no tomó. Eso solo lo sabe el haya, el árbol que vio piedras y hierbajos y dolor en su camino y la alejó de todo cuanto pudiera lastimarla, sin saber, porque qué sabe un árbol de la vida de los mortales, que cuando las heridas sanan, la piel se fortalece.

Esta noche la chica que ama a los lobos es tan débil como un cachorro recién nacido. Pero como ellos, no tardará mucho en abrir los ojos y ver el mundo tal como es. Solo necesita luz y espacio para respirar, llenarse de aire y seguir caminando.

Con los ojos puestos en el carrusel, se pregunta si alguna de las otras figuras tendrá una magia tan real como la del corcel dorado. Tal vez alguna de ellas tenga una parte hecha con madera de su haya. ¿Y si ese carruaje blanco le susurrara al oído qué debe hacer ahora?

No.

No más trampas, se dice. Está cansada de los caminos fáciles. Ahora está preparada para arriesgar, equivocarse, levantarse y volver a empezar. Tomará sus decisiones. Ha sido capaz de decir basta, de vomitar todo el dolor en lugar de absorberlo, de hablar desde el corazón, con palabras sin filtrar, sin miedos. Ahora mismo, ante el carrusel, hace una promesa: hará lo que debería haber hecho hace mucho. Lo promete en silencio, tan aterrorizada como decidida.

Yo, en silencio, le hago una reverencia.

No me necesita.

Hoy, la chica que ama los lobos ha decidido que ha llegado el momento de enseñarle los dientes a la vida para demostrarle que una chica triste también puede ser valiente.

48

Estos últimos días han sido como fotogramas de una película. Cuando cierro los ojos, los veo unos cosidos con otros, como si formaran parte de un tapiz enorme que aún se está tejiendo. Las imágenes se mezclan sin orden —en la pista de esquí del hotel, subiendo por nuestro propio pie porque tenemos prohibido usar el remontador; comiendo juntos, unas veces en la cantina y otras en las mesas de la pista; en Santa Caterina de Aranés buscando unas botas de montaña para Max—. Las costuras de esos recuerdos se deshilachan cada día para hacer hueco a nuevas imágenes. Sean pocas o muchas, solos o en compañía, Max siempre está ahí, ofreciendo su sonrisa para hacernos olvidar que estos días de febrero corren sobre el eco de un ultimátum.

Los días pasan y decrecen, y nosotros… No voy a mentir. Nosotros no sé qué hacemos.

El tiempo nos está arrollando y hacemos como si no estuviéramos marcados por él.

—Entonces, estáis juntos —concluye Ona, acompañando la sentencia con el golpe del culo de su vaso sobre la mesa.

El bar está casi vacío, así que podemos hablar sin temor a que nos oigan. Además, aquí estamos a salvo de las Tres Marujitas; es lo bueno de quedar en el bar el Valle en lugar de en la pastelería Aldosa.

—No.

—Pues no lo entiendo.

No es la única.

Después del paseo por el bosque, creía que lo que fuera que hubiera entre nosotros se había roto y se quedaría así para siempre. Sin embargo, no ha cambiado nada entre nosotros. No mencionamos su marcha ni tampoco la conversación del viernes. Pasamos de puntillas alrededor de esos temas y damos un salto hacia atrás cuando cualquiera de los dos los roza. Ona me pregunta cómo me siento. Extraña, confundida, ofuscada, triste, feliz. Soy un revoltijo de emociones, demasiadas para mí. Voy a desbordarme. No me gusta la sensación de caminar sobre barro. No entiendo lo que hay entre nosotros y eso me quita el sueño. Y al mismo tiempo, me da igual. ¿Tiene sentido? Estoy perdiendo la última brizna de racionalidad que me quedaba. En estos días solo puedo pensar en que Max se marcha este domingo y que yo le he dicho ya dos veces que creo que le quiero. Odio no saber qué hay entre nosotros, ¿pero cómo puedo pedir nada cuando ni yo misma estoy segura de lo que quiero? Odio esta situación, es cierto, pero al mismo tiempo también me gusta saber que un «te quiero» no cambia las cosas entre nosotros.

—Tú misma dijiste que había que cambiar el guion de las películas —le recuerdo.

Ona se echa hacia atrás para observarme de arriba abajo.

—Ya lo sé —se queda callada, como masticando las palabras—. Pero esto…

—¿Qué?

—Que no está bien.

—¿Por qué?

—Porque, Erin, no estáis en el mismo nivel. Le has dicho que le quieres y…

—Que *creo* que le quiero.

Ona pone los ojos en blanco.

—Lo que tú digas, Señorita Racionalidad. Mira, te lo diré claro: estás enamorada hasta las trancas. El problema es que el discursito este de «no sé qué hay entre nosotros» te va mejor porque es más sencillo. Así, cuando se marche, fingirás que no ha pasado nada como hiciste con el otro francés, ese de hace un par de veranos, y ya está.

—No estoy tan segura, Ona.

—¿Qué necesitas, que baje un ángel del cielo con una carta donde te diga: «Felicidades, está usted enamorada»?

—No, pero Ona, yo sé que esto no es…

—No me toques las narices. Me has contado toda la historia, Erin —dice, mirando la patata de la vergüenza que queda en el plato que hay entre nosotras—. Te has enamorado. Cuánto, eso no lo sé. Si es un amor bueno o malo, eso tampoco. Pero que sientes algo muy fuerte por él, eso no te atrevas a negarlo.

—No he dicho que no, solo digo que no sé si es amor.

—Y qué va a ser, ¿un virus? —Ona ríe y su pelo baila—. Mira, te he visto con él. He visto cómo lo miras y cómo te preocupas por él. No hace tanto, saliste del bar corriendo tras él solo porque le viste mala cara. Yo estaba ahí, Erin, y le vi la misma cara de siempre. Pero tú viste algo más, porque lo conoces y porque sabes leerlo, y en cuanto te diste cuenta de que no estaba bien, fuiste con él aunque había llegado tarde y te había estado ignorando la mitad de la noche.

—Me preocupo por él —musito.

—Ya lo sé. Por eso te digo que le quieres. Lo miras como mirabas al otro francés.

—Grég.

—Eso, perdona. Se me había olvidado el nombre.

A mí no se me borra de la mente. Aún pienso en él de vez en cuando; a veces veo los lugares en los que estuvimos juntos y otras veces, todos los lugares (son muchísimos más) a los que prometimos ir y nunca fuimos. Grég es un recuerdo cada vez más borroso, pero eso no significa que olvide lo que sentí por él. El tiempo solo tiene el poder de borrar a las personas; lo que sentimos se queda con nosotros para siempre, aunque dejemos de asociarlo con aquellos a quienes olvidamos.

—Max es diferente.

—En eso estoy de acuerdo —accede Ona—. ¿Sabes por qué? Porque se notaba que Grég sentía algo por ti.

—¿Y Max?

Creo que no quiero oír la respuesta.

Yo tengo una y no me gusta: Max me quiere. Es verdad. Se lo veo en los ojos. No es mi imaginación dándome lo que deseo. Max me quiere, solo que no como debería. Su amor es un cántaro lleno de grietas, una promesa que queda vacía antes de llegar a mis manos.

Creo que ese «te quiero demasiado para que llores» no era una frase hecha. Le salió del corazón y se extendió por su cuerpo. El cariño de ese abrazo no puede fingirse, y por mucho que Max se parezca a ese actor francés, en realidad es un actor horrible.

—Max… está en otra parte. No está preparado para algo así —dice Ona.

—¿Algo como qué?

—Una relación de verdad —dice—. El amor de una buena chica. ¿No me has dicho que ese era uno de sus deseos? Cuéntate el cuento que te dé la gana, la verdad es que eso es lo que le has ofrecido. Y no solo una vez, además, ¿no? Tú misma lo has dicho: cuando las cosas van bien, va bien para los dos; cuando van mal, él se hunde y tú recoges sus pedazos. ¿Y a ti, quién te cuida?

—Tu pareja no tiene que ser tu niñera.

—No, es tu apoyo, y eso es lo que estás siendo tú para él. Lo que me pregunto es si él te cuida… Perdona, *te apoya* a ti.

—No es…

—Sí o no —Ona me corta sin miramientos—. ¿Ha estado ahí cuando le has necesitado? ¿Te ha preguntado alguna vez cómo estás después de la ruptura con Bruno? ¿Estuvo ahí cuando el Abuelo Dubois murió?

No.

No.

No.

Sabe todas las respuestas, por eso pregunta.

Acertar, sin embargo, no la alegra en absoluto. Mientras yo voy negando con la cabeza, ella esboza una mueca cada vez mayor.

—Yo no hago las cosas esperando qué él haga lo mismo.

—Ya lo sé, Erin —Ona utiliza su tono más dulce—. Por eso precisamente te lo digo: él es un náufrago y tú, su salvavidas. No hay más papeles en esta historia. Tú llevas el peso de todo. No es justo, Erin, no es una relación sana.

—¿Y qué quieres que haga? ¿Me quedo de pie mirando cómo se hunde?

—Tiene amigos.

—Yo soy su amiga.

—No eres solo eso.

—No, y justo por eso debo estar a su lado. Debes tratar a la gente como te gustaría que te trataran a ti.

—Pero él no se comporta así contigo.

—Porque no está bien, Ona. Ya te lo he dicho.

No todo. Le he hablado de la desaparición de su abuelo, de la terapia y de las pastillas. Le he dicho que su cabeza hace las mismas cosas que la mía. Me he guardado sus lágrimas de Nochevieja y esa noche en la que me habló de la soledad.

—¿Pero por qué tienes que ser tú?

—¿Quién, sino?

Ona bufa, vencida.

—¿Y tú?

—¿Qué pasa conmigo?

Ona apoya los codos sobre la mesa y con las manos unidas crea un cojín flotante sobre el que apoya la cabeza.

—¿Cómo estás tú?

No es fácil responder a esa pregunta.

49

Le quiero.

No le quiero.

Le quiero.

Qué más da.

Al fin y al cabo, todos nos vamos algún día. Él antes que nadie, al menos de mi lado.

No lo sé, Ona. No sé qué decirte.

A veces tengo ganas de llorar y que todo se apague.

Quiero que el tiempo se detenga y nos quedemos congelados, pero al mismo tiempo quiero que avance y él no esté aquí. Ja. Como si por irse dejara de existir.

Sé que no funcionaríamos juntos, Ona. ¿Que por qué? Porque tiene tantas grietas en su interior que no le quedan fuerzas más que para mantenerse de una pieza a sí mismo. Una vez me dijo que me quería, ¿sabes? Yo lloraba y él me pedía que no llorara, que me quería demasiado para verme llorar. Y yo le creo, Ona. Porque lo conozco. Sé cómo es. No conozco los nombres de sus padres ni de sus amigos, ni siquiera si tiene segundo nombre. Sé que suena estúpido, qué quieres que te diga. No puedo explicarlo.

No conozco sus *datos*.

Lo conozco a él.

Él, ¿me entiendes? ¿Tiene sentido?

Tengo miedo.

Quiero que el tiempo se detenga, porque me aterra el mañana.

¿Te das cuenta?

Todo el mundo se marcha, Ona. Paula, Au, mi hermano. Ya sé lo que es echar de menos y no creo que esté preparada para echar *tanto* de menos.

¿Sabías que se puede morir de un desengaño amoroso?

Se llama síndrome del Takotsubo. Es como un infarto, te puede dar después de un episodio de estrés emocional. Una muerte, una ruptura, lo que sea.

Puedes morir de desamor.

No es poesía, es ciencia.

Cállate, Ona.

Ya sé que *por esto* no me voy a morir.

50

Max se marcha mañana. No necesito un calendario con la fecha marcada en rojo porque mi cuerpo mide el tiempo por mí.

Soy una pequeña bolsa de nervios. Cuando Max llegue, mirará a través del cristal que hay junto a la puerta y me verá hecha un charquito. No estoy nerviosa por él. Estoy nerviosa por mí.

Lo tengo todo preparado.

Mis padres, en una casualidad que suena más a ayuda de Teo que del universo, se han marchado a pasar el día con su «hijo exiliado», como lo llaman. Tengo la casa para mí sola, así que no tengo que darle a nadie explicaciones de por qué en medio del comedor hay una manta de cuadros con una fuente de chocolate. En la cocina están el resto de las cosas: cruasanes de chocolate de la pastelería Aldosa, una bandeja de fruta cortada a trozos (fresas, plátano y naranja), dos tazas de chocolate caliente, tostadas con chocolate negro, sal y aceite y, como plato principal, una pizza de Nutella.

Cuando Max me dijo que no podíamos despedirnos esta noche porque sus dos compañeros de piso le habían pedido que les reservara la última cena, se me ocurrió esto.

Al principio no era más que una comida normal, con sus entrantes, su plato principal y su postre. Mientras buscaba inspiración por Internet, me crucé con la pizza de Nutella y tuve la idea de hacer una comida solo con chocolate. Ahora que contemplo mi obra, soy más consciente que nunca de la verdad que hay en eso de que el genio y la locura son hermanos. Mellizos, diría yo. Teo es el genio y yo, la locura. Pero esta es dulce, así que sonrío, orgullosa y me lanzo sobre en el sofá a esperar mientras escucho el chisporroteo de la chimenea.

El timbre suena diez minutos más tarde.

Me miro un segundo en el espejo antes de abrir la puerta. Vestido negro, medias tupidas, el pelo tan enmarañado como siempre, la cara lavada, tan blanca como la nieve. Muevo los dedos de los pies y, con dos golpes de talón, como Dorothy en Oz, abro la puerta.

Max.

Está aquí. Con su abrigo verde, la capucha puesta y la cara tras una bufanda, temblando tanto que su voz sale a trompicones.

—Me estoy helando.

—Puedes dejar ahí el abrigo —le digo, señalando el colgador junto a la puerta, al tiempo que cierro para dejar el invierno fuera.

—¿A qué huele? —pregunta él, mientras se desabrocha el abrigo. Olfatea el aire—. ¿De verdad has cocinado?

Tengo que admitir que yo también pondría la cara de emoción que pone Max cuando entra en la cocina y ve el menú del día. No será lo más sano del mundo, pero si la felicidad existe tiene que estar repartida entre todos estos platos.

—Solo he cocinado la pizza —le digo—. Ayúdame a llevar las cosas al salón, por favor.

Max asiente con energía.

—Muerte por chocolate —dice, mientras agarra el plato de pizza y se acerca para olerla. La cara se le arruga en una gran sonrisa complacida—. Qué gran muerte.

Tenemos la fuerza de voluntad de no probar absolutamente nada hasta que todo está en la mesa. Nos sentamos uno frente al otro y, con el gesto ceremonioso que requiere la ocasión, enciendo la fondue de chocolate. Contenemos la respiración hasta que la cascada empieza a derramarse. Ahora la estructura de metal es una cortina marrón, opaca y tan brillante como una perla.

No tardo ni diez segundos en mojar la primera fresa.

Por qué en casa utilizamos tan poco la fondue siempre será un misterio para mí. Si algún día quieren actualizar los pecados capitales, mi propuesta es que el octavo sea el chocolate. Y mezclado con fresas, el noveno. No para dejar de hacerlo, sino para aumentar el placer; todo el mundo sabe que todo apetece más cuando está prohibido.

Al principio comemos en silencio, compartiendo halagos y promesas de amor eterno a la comida mientras el fuego crepita. A medida que el chocolate va desapareciendo de los platos, empezamos a hablar más.

—Los cruasanes son de la pastelería de la familia de Au —le digo a Max cuando le da a uno el primer mordisco—. Los dos imprescindibles de Valira: las bravas y...

—Y los cruasanes —termina él—. Ya me acuerdo. ¿Vas a volver a meterte conmigo porque no los inventamos los franceses?

—No, aunque me alegra que hayas sido capaz de asumir la verdad —le digo, llevándome la mano al corazón y forzando una sonrisa socarrona.

Max se echa a reír.

—Parece que fue hace un siglo.

—Sí. —Otra vida. Casi siento las líneas del tatuaje cosquillearme la espalda. El hormigueo me trepa hasta la nariz—. ¿Sabes qué? Una vez, de pequeña, mis padres me castigaron mandándome a mi habitación y me prohibieron leer mis libros.

—Cerebrito.

—Ya. —Se me escapa una sonrisa—. Pues te lo voy a contar como lo cuentan mis padres: al parecer, ellos confiaban en que no tardara en aburrirme y bajara a disculparme, pero el tiempo pasaba y yo no decía nada, tampoco me oían... Así que subieron a ver qué hacía y, bueno, me encontraron leyendo. Estaban empezando a reñirme pero les dije que les había hecho caso, que no estaba leyendo mis libros.

—¿Qué estabas leyendo?

Prolongo el silencio hasta que tiene un regusto dramático y entonces confieso:

—El diccionario.

La cara de Max se arruga por el esfuerzo de contener la risa.

—El diccionario —logra murmurar entre dientes.

—Sí. Iba por la ce.

Su carcajada estalla tan fuerte que cuando me golpea, me contagia y yo también me echo a reír.

—¿Y qué tal la lectura? ¿Lo terminaste? —bromea.

—Pues sí, en realidad.

La risa se le congela, pero no se rompe sino que se extiende por todo su rostro, y cuando todo él es una gran sonrisa, su gesto se dulcifica.

—No sé por qué no me sorprende. ¿Descubriste alguna palabra interesante?

—Algunas —respondo, dándole un mordisco a una tostada con chocolate.

—¿Tu favorita?

—No tengo solo una.

—Dime alguna.

Engullo y saboreo el chocolate mientras pienso.

—Inefable.

—Inefable —repite Max—. Pensaba que ibas a decir algo como «melancolía» o «aurora» o esas cosas.

—Me gusta «inefable». La idea de que hay cosas que no se pueden explicar con palabras.

Max asiente. ¿Sabrá lo que me pasa ahora por la mente cuando pienso en algo inefable? ¿Lo compartirá?

Solo quedan tres cruasanes en los platos. La fuente ya está apagada. El fuego sigue ardiendo.

—Pero de intentarlo sale la música y la literatura.

—Y el arte —añado, con las pinturas de mi hermano en la cabeza—. Inefable —engullo la palabra junto a un trozo de cruasán—. Aunque te diré que las mejores palabras no están en el diccionario.

—¿Por ejemplo?

—*Petricor.* Es el olor del suelo mojado después de la lluvia. Me encanta. —Casi puedo olerlo—. O *limerencia*, que es el estado mental de estar enamorado, *muy* enamorado, hasta el punto de que empiezas a estar enfermo.

—¿Loco de amor?

—Loco de verdad.

Max sonríe y asiente.

—Buenas palabras. A mí, en francés, me gusta *silhouette*. Silueta. Suena… —enreda la palabra en el aire con la mano—, sugerente. Pero mi favorita es *vachement*. Significa «muy», pero literalmente es «vacunamente».

—Eso no lo sabía —le digo, con las cejas enarcadas, a lo que él responde con un gesto de triunfo y un grito.

—¡Aleluya! ¿Es un milagro? Yo creo que sí —celebra, acompañándose a él mismo con aplausos—. Me voy con la seguridad de haber cumplido algo importante —dice, y adopta su tono más formal para decir—: Le he enseñado algo a la cerebrito de Valira.

Le enseño la lengua y él me imita como un espejo.

—Idiota.

—*Ne te fâche pas*[8] —dice.

—¿Crees que hablar en francés evitaría que me enfadase?

Él se encoge de hombros.

—En este pueblo los franceses os gustamos, atrévete a negarlo. —Y la frase se queda ahí, inocente, con hilos que piden tirar de ellos y que prefiero ignorar. También Max, que al momento dice—: Aunque mi palabra favorita del mundo no es francesa. Es alemana: *waldeninsamkeit*. El sentimiento de estar solo en el bosque, conectado con la naturaleza.

Los árboles, la nieve por todas partes, los sonidos que no sabes de dónde vienen. El silencio que viene y que va.

La soledad, la luz.

---

8. No te enfades.

—Me gusta.

Max asiente casi en cámara lenta. Mientras yo saboreo el regusto que ha dejado esa palabra en mi boca, Max se pone de rodillas y se acerca a mí a gatas, luchando por una elegancia que aún le hace parecer más cómico. Se deja caer a mi lado, tan cerca que su aroma se impone al del chocolate.

—Me la enseñó mi abuelo —dice.

—*Waldeninsamkeit* —repito, echando mano de mis recuerdos de alemán—. ¿Lo venden en farmacias?

Max traza una sonrisa que le explota en los ojos y sin responder ni darme tiempo a decir más, me besa. No es el primer beso que hemos compartido desde la conversación en el bosque, y aun así, al sentir sus labios sobre los míos tengo la sensación de que llevaba siglos sin besarle. Porque mientras que los besos de esta semana han sido a escondidas, fugaces como una tormenta de verano, este es feroz.

Nos besamos como dice la canción: como si fuera nuestra última noche en la tierra. Compartimos lo poco que queda en los platos cuando nos separamos y entre beso y beso, mordisco y mordisco, nos vamos hundiendo más y más el uno en el otro.

51

¿Cómo te puedes sentir tan cerca de alguien y tan lejos de él al mismo tiempo? Max está aquí, tumbado a mi lado con los ojos cerrados. Los labios se mueven con la música. A veces sonríe. A veces, yo también lo hago. El gesto me trepa hasta los párpados y dejo que se cierren para evitar que la tristeza salga de mi cuerpo. Max está a mi lado, pero apenas nos rozamos. Hay algo que nos aleja más de lo que pronto van a hacer los kilómetros.

Max se mueve para coger su teléfono de la mesilla de noche. Cambia de canción, vuelve a tumbarse y, tras una sonrisa silenciosa, cierra de nuevo los ojos.

Los acordes de una guitarra llenan la habitación hasta que una voz masculina rasga la melodía.

Well, you're my friend
And can you see[9],

Max sonríe.

Many times we've been out drinkin'
Many times we've shared our thoughts[10]

Yo también.

---

9. Bueno, eres mi amigo y ya ves,

10. Hemos salido a beber muchas veces / Hemos compartido nuestros pensamientos muchas veces.

But did you ever, ever notice,
The kind of thoughts I got?[11]

Y mi sonrisa se cuartea y se rompe al escuchar ese verso, porque mi cabeza tiene lista la respuesta: lo sabe. Yo también sé la clase de pensamientos que tiene él en la cabeza.

No son buenos, ni los suyos ni los míos.

Son fríos y oscuros y ¿quién querría a alguien con semejantes cosas en la cabeza? A alguien que ve oscuridad en todas partes. Incluso ahora, a los pies de la cama. No es poesía: veo una niebla oscura que se remueve como la muerte ronda a un moribundo. No se acerca, pero tampoco desaparece. Así es ella: cuando no ataca, amenaza. «Recuerda que siempre estaré contigo», parece querer decir.

Y de repente, la palabra aparece de la nada entre la letra de la canción. *Darkness.* Oscuridad. ¿Me lo he imaginado? ¿Está esta canción leyendo mis pensamientos y creando la letra al mismo tiempo?

…see a darkness.
And then I see a darkness.
And then I see a darkness.
And then I see a darkness.[12]

Max me observa sin pestañear, casi sin respirar. Parece que tema romper la música si se mueve ni siquiera un milímetro.

Did you know how much I love you?
It's a hope that somehow you
Can save me from this darkness[13]

----

11. ¿Pero te has dado cuenta alguna vez del tipo de pensamientos que tengo?
12. Veo una oscuridad / Y después veo una oscuridad / Y después veo una oscuridad / Y después veo una oscuridad.
13. ¿Sabías cuánto te quiero? / Mi esperanza es que de algún modo tú / Puedas salvarme de esta oscuridad.

¿Sabías cuánto te quiero?

¿Puedes salvarme de esta oscuridad?

Max tiene los ojos cerrados, así que no puede saber que la canción está en mi boca y que la pregunta va dirigida a él. Su pecho sigue moviéndose arriba y abajo. Sus labios siguen dibujando la letra de la canción.

—Johnny Cash —dice, sobre las dos voces que se entrelazan en la pista.

Cierro los ojos. Ahora que estamos en silencio, no oigo más que todas esas cosas que quiero decirle y que durante esta semana he ido repitiendo en mi cabeza. ¿Y él, quiere decirme algo? ¿Quiere decirme algo con esa canción? ¿Eran las palabras de Johnny Cash las que llenaban la habitación o en realidad Max las había hecho suyas?

Tomo aire, me muevo. Miro al techo, clavo los ojos en la lámpara, la misma que tenía a los siete años y observaba cuando no podía dormir. Recuerdo noches interminables recorriendo sus esquinas con la mirada. Hoy prefiero cerrarlos para hablar. No quiero ver nada. No quiero sentir nada. Solo quiero vaciarme.

Separo los labios y lo que se escapa de mí no es una palabra, sino una lágrima. Me cosquillea el párpado inferior y se precipita contra el colchón.

No estoy preparada para echar tanto de menos y entender tan poco.

—Erin… —Mi nombre cae entre nosotros. Max está tumbado en la misma postura que yo, bocarriba, y me mira de lado con los ojos entornados—. ¿Estás bien?

El haya me diría que mintiera. Sí, estoy bien, hablemos del tiempo, ese es un tema seguro.

—Estoy triste —susurro. ¿Como excusa? ¿Como explicación? No lo sé—. No quiero que te vayas.

—Erin…

Su voz se entremezcla con la música que sale de su móvil.

—No te estoy pidiendo que te quedes. No es eso. Solo… Solo

quiero decirte que te echaré de menos. —Estoy hablando con los párpados apretados y las manos sobre el estómago, como si así pudiera contener ahí las emociones y detener la humedad de mis ojos—. Te quiero, Max. No sé cómo, pero de alguna forma tengo que quererte porque... Nunca me había sentido así. No entiendo qué me pasa, porque tienes razón, eres un desastre, y no pasa nada, ¿vale?, porque yo también lo soy y te entiendo, pero no es justo, porque cuando tú estás mal, yo estoy ahí para ti, y cuando soy yo quien está mal, tú desapareces. No es justo. —Abro los ojos para mirar de reojo a Max, que contempla el techo con tanta concentración que no se da cuenta de que le estoy observando—. Creo que es justo que me digas qué sientes por mí. Yo te lo he dicho más de una vez, y puede que no sea lo más normal decir «creo que te quiero», pero al menos es algo. Sabes cuánto me cuesta hablar. Para mí esto es mucho, Max. Es justo que me digas qué soy para ti, porque yo siento... No sé ni cómo decirlo, todo lo que pienso suena a niño de parvulario. Siento una conexión, no puedo explicarlo de otra manera. Es lo que sentí durante el viaje de esquí y, ahora que te conozco mejor, sé que es porque sentimos la vida de la misma manera. Eso es todo.

Podría seguir hablando durante horas: la conexión, nosotros dos vibrando en una misma frecuencia, el sentimiento de abandono que me acompañó durante el funeral del Abuelo Dubois y todos los días que le siguieron. Recuerdo las veces que no nos hemos visto porque ya tenía otros planes, cómo se escapó de mi habitación en plena noche. Y por encima de todo, su «no te prometo nada».

Soy tonta.

«No puedo cuidar de otra persona si no soy capaz ni de cuidarme a mí mismo».

Me lo advirtió, pero ya era tarde, ahora me doy cuenta.

Max carraspea.

—Sé que esperas una respuesta —dice, con un hilo de voz—. Pero no puedo. Estoy clavado al colchón por el estómago.

No dice más.

—Vale.

—Pero me importas mucho, Erin. Eres muy importante para mí.

Lo dice con los ojos enredados en los míos. Nos quedamos así mientras empieza a sonar otra canción, de alguien que no conozco. No pregunto ni escucho la letra ni él dice nada. No sé cuánto rato nos quedamos así. Solo sé que el tiempo se nos escurre y nosotros estamos gastando los últimos minutos juntos tumbados en mi cama, en silencio, sin rozarnos, sin hablar siquiera.

Es Max quien rompe la tensión. Se aclara la garganta y, mientras yo sigo aferrada a la esperanza de una respuesta, él dice:

—¿Te importa si me doy una ducha antes de irme?

El reloj marca que faltan treinta y siete minutos para que se vaya.

Y quiere gastar no sé cuántos de ellos duchándose.

—Claro —le digo. Él asiente mientras apaga el reproductor de música de su teléfono—. Ya sabes dónde está. Tienes toallas en el mueble verde.

—Gracias.

Me levanto justo cuando Max sale de la habitación y, con el sonido del agua corriendo por las cañerías de fondo, me voy vistiendo sin prisa. Estoy a punto de ponerme el primer calcetín cuando el teléfono de casa empieza a sonar.

Dudo si responder cuando veo el número de móvil de mi madre en la pantalla del fijo. Ahora no es el momento, mamá. Pero ¿y si llaman para decir que están de regreso y a punto de llegar? Además, si no respondes, se va a preocupar y volverá a llamar en dos minutos.

—¿Diga?

Falsa alarma, cortesía de mi mente paranoica. Mi madre solo quiere saber cómo estoy y si ya he comido y qué voy a hacer por la tarde y si volveré a casa sola por la noche, porque se anuncia nevada. Aún estoy escuchándola hablar cuando Max asoma la cabeza al salón.

—Mamá, tengo unas palomitas en el microondas, tengo que dejarte, luego te llamo. —Cuando me doy cuenta de que esa excusa no es válida cuando hablas con un teléfono inalámbrico, ya he colgado.

Max está bajo el dintel de la puerta, con los brazos caídos a los lados como dos pesos muertos. Su postura es la de alguien que ha estado caminando bajo la lluvia cuarenta minutos.

Tengo que acercarme para darme cuenta de que si hasta sus párpados parecen caídos es porque está escondiendo una mirada enrojecida y ligeramente hinchada.

—Te quería dar algo pero estabas hablando, te lo he dejado en la habitación —dice, y mueve la nariz como un ratón.

—Espera, voy a buscarlo.

Su brazo extendido contra el marco de la puerta me cierra el paso en el último momento.

—No —dice, dejando caer el brazo—, ya lo verás luego.

Asiento. En realidad, no importa.

Max camina hacia el recibidor observando hacia atrás por encima del hombro, como para asegurarse de que le sigo.

Se detiene justo delante de la puerta y yo frente a él, con los brazos cruzados sobre la barriga y las manos apoyadas en las caderas.

Max tose, yo abro la boca tan rápidamente como la vuelvo a cerrar, Max arruga los labios. Está claro que ninguno de los dos va a decir nada, así que avanzo hacia él, me pongo de puntillas y lo beso en los labios. Un cosquilleo breve que se convierte en palabras temblorosas:

—Te echaré de menos.

Lo acerco a mí y él me abraza, apoya su frente sobre la mía.

—Y yo a ti.

Lo sé. Asiento, busco su mirada y la encuentro, escurridiza. La atrapo el tiempo suficiente para ver que sus ojos brillan más de lo normal.

—Y quiero que sepas que estoy aquí. No voy a desaparecer.

—Yo tampoco.

—Y que aunque estemos lejos, eres importante para mí.

Dice que sí, sí, sí con la cabeza.

—Y tú para mí. —Me quita una lágrima de la mejilla (no sabía que estaba ahí) con un dedo y me seca con la palma. Me aparta para mirarme a los ojos y, con una sonrisa que ni siquiera roza sus mejillas, dice—: Estarás bien.

—Sí. Y tú también.

Él asiente al tiempo que abre la puerta. Un beso con complejo de estrella fugaz y está fuera, con la mano en el pomo exterior. Levanta la mano libre para decir adiós.

Lo veo alejarse con todo el cuerpo apoyado contra la puerta, descalza.

No se da la vuelta ni una vez.

52

«All good things are wild and free[14]».

La letra de Max es pequeña, inclinada como un árbol tocado por un rayo. Al pie de esa línea, el nombre de Thoreau.

Ha dejado la libreta sobre la cama, sin envoltorio ni bolsa, como un bombón sobre la almohada en un hotel de lujo, solo que la cama está deshecha. Para cualquiera que la vea, no será más que una libreta de tamaño cuartilla, cosida y con las tapas de tela. La cubierta está decorada por unos trazos de pintura blanca que se unen para crear el rostro de un lobo.

En la primera página, las palabras de Thoreau. En la segunda, las de Max. Le han bastado cinco líneas para despedirse y para dinamitar la presa que retenía mis lágrimas.

Cerebrito:

Usa esta libreta para tus listas.

Podrías empezar por una lista con palabras raras. Waldeninsamkeit puede ser la primera, ahora que ya sabes lo que significa.

(Por favor, con la definición, anota que la compartió contigo un francés que no sabe muy bien lo que hace pero que cuando piensa en esa palabra, también piensa en ti).

---

14. «Todas las cosas buenas son salvajes y libres».

Ni siquiera hay una firma. Tampoco la necesito, porque Max está encerrado en cada uno de estos trazos.

Leo la frase una y otra vez, hasta que las letras empiezan a mezclarse unas con otras y la maraña se hace cada vez más y más densa. Me dejo caer sobre la cama, y con la libreta a mi lado (como si fuera el fantasma de Max), dejo que todo el dolor que siento llene la habitación.

53

Este año, el calor tarda en llegar. Se marcha febrero, con sus días de menos, y también marzo y abril. No es hasta la primera semana de mayo cuando el Ayuntamiento de Valira convoca oficialmente la Fiesta de la Primavera.

El cinco de mayo amanece con un sol radiante. El blanco del pueblo se está transformando en un gris sucio que no inspira a celebrar nada. Lo único bueno de esta época es que la gente empieza a recuperar todas las plantas de los balcones que o bien murieron durante el invierno o bien escondieron antes de que el frío pudiera acabar con ellas. Pese al gris, el color está volviendo a Valira. Con cuentagotas, sí, pero lo está haciendo.

Eso es lo importante.

Estoy aprendiendo, muy poco a poco, a ver el lado positivo de las cosas. Lo que me dijo Bruno en el jardín de mi casa se me quedó grabado: lo veo todo siempre de color negro y por eso me esfuerzo tanto en parecer alegre. Me he esforzado tanto en parecer feliz esperando levantarme un día sintiéndome así de verdad, que he olvidado que ese es el camino largo. Por eso he vuelto a ver a Diana. ¿Por Max? Ella también me lo preguntó. Tengo la misma respuesta que le di a ella en su momento: no lo sé. Esta es otra de las cosas que he aprendido: a admitir que no tengo ni idea de algo. Hace tiempo que no hablo con el haya, así que ahora mis decisiones y yo estamos solas ante este abismo que dicen que es la vida adulta. Estoy aprendiendo a aceptar que nunca voy a saber nada. Ahora, cada vez que me quedo sin respuesta, me digo que la duda es el principio de la sabiduría. Si Aristóteles tenía razón, en unos años alcanzaré el mismo rango que Buda, porque nunca me he sentido tan perdida.

He dejado el trabajo.

Había tomado la decisión mucho antes de ese día de abril en que Judith vino a buscarme para hablar de mi vuelta a la recepción. No quiero recordar el disgusto de Victoria; prefiero quedarme con sus palabras de ánimo. Aunque me va a echar de menos, sabe que he hecho bien. Me convienen unos meses en los que me pueda dedicar al cien por cien a mí misma.

No estoy segura de haber acertado. Tampoco estoy segura de que marcharme de Valira sea la decisión correcta. Sin embargo, no puedo tomar otro camino: quiero que esa pequeña casa de huéspedes con la que sueño sea algún día una realidad, y para eso debo prepararme. No puedo salir al mundo esperando que el universo provea. Necesito unos estudios que Valira no puede darme. Aurora lleva dando saltos desde que, a falta de una matrícula universitaria que es puro trámite, es oficial que a partir de septiembre seré su nueva compañera de piso.

Mis padres están entre felices y asustados. Recuerdan bien lo que sucedió la última vez que estuve ahí. A pesar de eso, me animan a seguir adelante con el plan. La quinta no es tan comprensiva. Ona ve en mi marcha una traición más y Pau y Bardo se miran resignados cuando se lo cuento, como si ya supieran que tarde o temprano esto iba a suceder. Aún queda tiempo para que te vayas, dijo Pau; vivamos el momento.

Eso es lo que estoy haciendo. Por eso me he enfrentado a mis recuerdos y he salido de casa con mis padres para ir a la Fiesta de la Primavera.

Pese al sol, este lugar está lleno de fantasmas. Aquí fue donde Max me besó por primera vez. Al caminar entre la gente no puedo dejar de pensar en qué habría sucedido si Max no hubiera dado ese paso. ¿Seguiría con Bruno?

Qué más da.

Eso es solo historia-ficción. Lo que pasó, pasó. No fue perfecto y cometí mil errores. Hice daño a alguien que me quería y a quien yo quise. Le engañé por pensamiento, obra y omisión. Tengo el infierno asegurado. Al menos puedo decir que me arrepiento. Eso sí, con la boca pequeña, porque si bien es cierto que lamento haberle hecho daño a Bruno, no puedo jurar que no lo volvería a hacer. Soy imperfecta. Terriblemente imperfecta, si se me permite el apunte. Sí puedo jurar que he aprendido de mis errores y que nunca más dejaré que una relación llegue a ese punto. Sé escucharme, sé lo que quiero y sé lo que puedo dar. Ahora sé que si la ruptura con Bruno me dolió tan poco es porque yo ya había pasado por el duelo previo. También sé que no me estaba alejando de él, sino de la persona en quien me había convertido a su lado. Con Max conocí a otra Erin, y cuando la miré a los ojos, supe que ella era la persona a quien estaba buscando.

Se rompieron los cimientos de mi mundo, eso fue lo que pasó. Apareció alguien tan parecido a mí que fue como ponerse delante de un espejo. Alguien que se siente tan loco como yo.

Ya no me importa saber qué siento por él, porque he entendido que no siempre existen palabras para expresarnos. Sí sé que nunca habríamos funcionado juntos, porque tal y como está él y como estoy yo, no queda espacio para el amor.

Porque el amor no duele y querer no es lo más importante. Qué más da cuánto te quieran si no te quieren bien. Max quería lo que yo podía darle, pero no podía darme lo que yo necesitaba, así que su papel en mi vida es ahora una presencia al otro lado de una pantalla. Ambos cumplimos nuestras promesas: no hemos desaparecido. Seguimos siendo nosotros y, aunque todavía escuece la herida, la felicidad de ver que somos más fuertes que un «te quiero» me hace sentir bien.

—Erin.

Como tantas otras veces, durante unos instantes mi mente me engaña y hace que oiga a Max. No es él, como ya sé antes de darme la vuelta. Es Bruno, frente a quien soy incapaz de contener la sorpresa.

Tras el funeral del Abuelo Dubois, solo nos hemos cruzado por el pueblo. Nos hemos saludado como dos conocidos de vista. Un gesto con la mano, una sonrisa insegura y poco más.

—Bruno. —Esto de saludar a la gente por su nombre no me convence, suena demasiado formal—. ¿Cómo estás?

—Bien, he venido con estos a ver qué tal la fiesta de este año. ¿Y tú?

—Bien.

Para dos personas que han compartido dos años de su vida, esta conversación da un poco de lástima.

Bruno está como siempre. El mismo peinado, el mismo abrigo, los mismos guantes. Lo miro de arriba abajo y no siento más que un cosquilleo de tristeza en la garganta. ¿Por qué no puedo quererle?

Otra de las cosas que he aprendido en estos últimos meses es que no puedo enfrentarme a todo blandiendo la espada de la racionalidad. Me pasé dos años preguntándome por qué no podía querer a Bruno como él me quería a mí. Ahora tengo la respuesta: porque no. No hay más, porque el amor es irracional.

Pasamos por encima de todas las preguntas de cortesía corriendo, mirando cada poco tiempo hacia la fuente, no tengo muy claro si para ver si la ofrenda comienza o para tener una excusa para alejarnos de la incomodidad de esta conversación. Me gustaría pedirle perdón, pero no puedo hacerlo sin hacerle daño primero.

—Oye, quería decirte… —muchas cosas y solo te puedo decir algunas de ellas—, que llevé mal las cosas. Lo siento. Por el daño que te hice y por el que podría haber evitado. Lo siento.

Bruno parpadea, tuerce el gesto y se cruza de hombros.

—No pasa nada.

—Ya, pero Bruno, no fui justa contigo. Debí decirte mucho antes que algo no… no iba bien.

Preferí seguir en el juego y cargarle la responsabilidad de mi felicidad a Bruno antes que afrontar la verdad: que estaba en una relación infeliz. La voz de Johnny Cash canta en mi cabeza esa canción que he escuchado tanto estos últimos meses: *It's a hope that somehow you can save me from this darkness*[15]. Ese fue mi error: confiar en que por arte de magia él me hiciera estar bien. Jamás debí exigírselo, como tampoco debí desearlo aquella tarde de febrero con Max tumbado a mi lado. Pero, sobre todo, no debí intentar salvarlo a él. Ahora veo que si mi oscuridad es solo mía, la de Max es solo suya. Le tendí la mano para que saliera del pozo donde estaba y olvidé que yo estaba atrapada en el mismo lugar. Quise salvar a Max porque es más fácil luchar por otro que por uno mismo.

Creía que actuaba por nobleza, cuando lo cierto es que, de nuevo, lo hacía por miedo. No me sentía preparada para luchar contra mis demonios, así que luché contra los de otra persona.

—No pasa nada —repite, y tal vez sintiendo que estoy esperando algo más, se encoge de hombros y añade—: No es fácil.

No lo es, y por eso sonrío en respuesta. La campanilla empieza a sonar justo a tiempo, antes de que ninguno de los dos tenga tiempo de decir nada más. Nos despedimos con la mano y nos alejamos, él en busca de sus amigos y yo para acercarme a la fuente. Consigo abrirme paso hasta estar lo suficientemente cerca para ver a Carla, la niña elegida este año para realizar la ofrenda, avanzar con pasos cortos hasta la fuente. Lleva un vestido blanco y el pelo recogido en una trenza de pez, que se mueve vergonzosamente con cada salto que da. En las manos lleva un ramo de grandallas secas y un papel doblado. Deja las flores en el pequeño arco que crea la fuente y se coloca mirando hacia lo alto de la montaña, de espaldas a todos los que hemos venido a ver la ofrenda. El bosque se queda en silencio.

—Reina Enamorada, Reina sin Corona, Reina Valira. En la llegada de la primavera, te ofrecemos las últimas grandallas de la última primavera para que hables con las montañas. Pide por nosotros sol y agua y felicidad para las personas, los animales y las plantas de Valira. Y este año te pedimos también que hables

---

15. Mi esperanza es que de algún modo puedan salvarme de esta oscuridad.

con los bosques y los cielos para que cuiden del Abuelo Dubois, como él cuidó de la magia de su carrusel, construido con la madera de estos bosques. Gracias por escucharnos.

El bosque se llena con los aplausos de la gente, que golpea las manos con pudor, como si hacer demasiado ruido fuera ahora una ofensa. Los aplausos se funden lentamente a medida que la gente vuelve a hablar.

¿Puede un río correr de forma alegre?

Es lo que veo cuando miro la fuente: agua que hace volteretas sobre sí misma, que se golpea contra todas partes y se impone y salta y avanza. Mientras el invierno agoniza en las montañas, aquí en el bosque, todo es luz.

Ahora Erin es invierno, pero yo la veo y es fuerte como un lobo. Ella aún no lo sabe.

La fuente de Tristaina, la que yo construí, brotó hace unos días por primera vez este año y hoy el pueblo viene a celebrarlo. A hablarme, también, y aunque ellos solo jueguen, yo los escucho.

Lejos de aquí, el chico que ama la montaña escribe una carta pensando que nunca la enviará.

Escribe: yo era otra persona cuando nos conocimos. Llegué al pueblo buscando quién sabe qué, una conexión con mi abuelo, un propósito. Me sentía lleno de vida, con ganas de hacer cosas. Estaba medio loco entonces y no siempre terminaba bien, pero sentía que estaba en medio de algo importante. La puerta a algo nuevo.

Escribe: cuando nos vimos por última vez, me preguntaste qué sentía por ti. Te respondo ahora: sentí amor. Por ti y por la persona que yo era junto a ti. No existe nadie en la tierra que me entienda como tú. Sabías cómo funcionaba mi cabeza, me aceptabas, entendías que si me ponía a llorar a las dos de la madrugada a la salida de un bar era porque necesitaba llorar a las dos de la madrugada a la salida de un bar. Y no solo eso: te quedabas hasta el final. Ninguna persona ha hecho eso por mí.

Escribe: no tengo excusa. Sé que no te traté como merecías. Ojalá no sea muy tarde para esto, pero te pido que me perdones y te doy las gracias.

Escribe: lo que sucedió no fue perfecto, pero hubo momentos que, para mí, fueron de profunda felicidad.

Escribe: quizá nuestro amor ahora tenga otra forma. Pero estoy seguro de que esta es una forma del amor. No tengo otra manera de llamarlo.

Guarda la carta en un cajón. Aún no sabe que se la enviará a la chica que ama los lobos dentro de algunos meses, cuando la melancolía apriete tanto como una soga.

¿Y ella?

Ella la leerá con la mano apoyada en el pecho. Creerá que ya no le duele y por eso no entenderá por qué las lágrimas empiezan a brotar. Tendrán que pasar muchas lunas antes de que se dé cuenta de que llora porque él ha encontrado las palabras perfectas: esta es otra forma de amor. Es el amor que debería inspirar a poetas y artistas, el que hiere y no mata y vive incluso después de haberse aceptado la derrota.

La chica que ama los lobos se despertará un día y, al mirarse al espejo, creerá ver sus iris amarillos. Recordará las palabras de Colmillo Blanco, *las de su abuelo: «evita las cosas que te hacen daño para disfrutar de las que no te lo hacen». Ahora conoce las mentiras que oculta este consejo bienintencionado. Erin sabe mejor que nadie que evitar lo que duele no es siempre la mejor opción.*

Ha pasado muchas veces delante del pozo y jamás me ha hablado. Ahora ya no importa: por fin se está diciendo a sí misma lo que yo he deseado decirle durante tanto tiempo. Ahora ya no cierra los ojos y camina hacia donde otro le indica.

Por eso se marchará del pueblo con el corazón hecho trizas y los pulmones llenos de miedo. Por eso también decidirá volver a querer (y a dejarse querer) cuando aparezca alguien que lo merezca. Tomará decisiones que la arrastrarán hasta los infiernos, otras que la llevarán a lugares que ni siquiera sabía que existieran. Amará, perderá, querrá volver atrás en el tiempo, reirá, tendrá miedo, llorará, echará de menos, luchará contra una oscuridad que es tan parte de ella como su luz. Aprenderá a escucharla, no solo a verla, y también a quererla como se quiere a las cosas que te hieren. Cuando la oscuridad aparezca, Erin la escuchará, y cuando la luz vuelva, será más fuerte de lo que jamás fue. La oscuridad le enseñará cómo vencerla. No volverá a hablar con su haya, aunque cuando visite a sus padres, aún se sentará a sus pies.

¿Y el chico que ama la montaña? ¿Se acordará de él?

Muchas veces. Le querrá como se quiere a las cosas del pasado: con una sonrisa en los labios y un gracias bajo la lengua. Porque, pese a todos los errores, Erin no querrá cambiar ni una coma de su historia. Quiere recordarlo todo: las bolas de nieve sobre los ojos, el paseo a la fuente de Tristaina, el chocolate, ese beso en el lavabo del bar, la nota pegada en su taquilla, los días vacíos después de la muerte del Abuelo Dubois, los silencios de Max, su risa nerviosa. Todo. Quiere recordarlo para no olvidar cuánto es capaz de querer, pero sobre todo, para recordar siempre que el amor que uno da nunca puede pesar más que el que guarda para sí mismo.

Todo eso será algún día.

Ahora Erin aún es invierno, pero su hielo se derrite y nutre la tierra a su alrededor. Y un día, cuando ya no haya más lágrimas, se hará en ella la primavera.

Agradecimientos

Volví a Valira para darle a Erin la historia que merecía (y exigía) y me recibió un invierno al que no habría podido sobrevivir si lo hubiera enfrentado sola. A todos los que habéis estado ahí, gracias:

A Carlos, por leerme tantas veces.

A Xènia, por crear Valira conmigo.

A Yafri y Andrea, mis *ladies*. Soy afortunada de tener vuestra amistad y vuestras palabras. La literatura es más grande cuando puedo compartirla con vosotras. Gracias por liberarme y ayudarme a crecer, incluso con un océano de por medio.

A Unai, por ser mi perfecto Compañero de Aventuras en Busca de la Inspiración. Por todos los «¿y si…?», por todas las historias que inventas para mí.

A Dani Ojeda, por ser la luz de mis días grises y mi matrona en este parto literario. Por todos los que ya hemos compartido y todos los que están por llegar.

A Rocío Carmona, mi increíble editora, por creer que vale la pena escuchar lo que tengo que decir. Por todos los mensajes del universo que desciframos juntas y por toda la magia. Gracias.

A Laura, mi Mamut, que tiene la fuerza y la valentía de un ejército entero. Hermana pequeña, de mayor quiero ser como tú.

A mis padres, ahora y siempre, por seguir creyendo en mí. Gracias por no preguntarme jamás de qué iba a vivir siendo escritora. Gracias por llevarme a todas partes y permitirme vivir los inviernos de Andorra, porque sin ellos, ni esta novela ni yo seríamos las mismas.

A María, mi querida Prima la Loca, por ser tan bonita por dentro como por fuera. Especifico a qué María me refiero porque tenías razón cuando me dijiste que hay muchas Marías en el mundo, pero déjame puntualizar que como tú solo hay una. Aunque no te lo creas, eres tan fuerte como un lobo.

A Claudia, por ayudarme sin darte cuenta a reunir el valor para escribir esta historia.

A Esther Sanz, por todas las consultas y consejos.

A Leti, por coger el teléfono (pese a todo). Espero que para cuando leas esto, mi deuda de chuches ya esté saldada.

A Mariola, por tus grandes (y transoceánicos) planes.

A Laura Tárraga, por ayudarme a que el invierno de Valira brillara. Gracias por abrazar a Erin.

A Alice Kellen, por tener siempre una palabra de ánimo guardada en la manga. Gracias por darme cuerda tantas veces para que siguiera adelante.

A Andrea Izquierdo, por creer en Valira desde el primer día. Si cuando sea mayor no puedo ser como mi hermana pequeña, me pido ser como tú.

A Nico, por escuchar, asentir y buscar estaciones internacionales desde el balcón.

A todos aquellos que, como Erin, sienten que su cabeza funciona de otra manera: no estáis solos. El invierno siempre acaba, tarde o temprano.

A ti, lector, que te has quedado hasta aquí. Gracias por vivir el invierno de Valira con Erin. Gracias por leerme y darle sentido a este sueño.

A todos los que creéis en la magia: Valira es vuestra.

Y por último, ya sabéis: si alguien encuentra un pequeño pueblo de montaña con un carrusel mágico, avisadme.

PUCK

AVALON

Libros de *fantasy* y *paranormal* para jóvenes con los que descubrir nuevos mundos y universos.

LATIDOS

Los libros de esta colección desprenden amor y romance. Ideales para los lectores más románticos.

LILIPUT

La colección para niños y niñas de 9 a 14 años, con historias llenas de aventuras para disfrutar de verdad de la lectura.

SERENDIPIA

Una serendipia es un hallazgo inesperado y esto es lo que son los libros de esta colección: pequeños tesoros en forma de historias contemporáneas para jóvenes.

SINGULAR

Libros *crossover* que cuentan historias que no entienden de edades y que puede disfrutar tanto un niño como un adulto.

¿Cuál es tu colección?

Encuentra tu libro Puck en:
www.mundopuck.com
🐦 puck_ed
ⓕ mundopuck

ECOSISTEMA DIGITAL

NUESTRO PUNTO DE ENCUENTRO

www.edicionesurano.com

2 AMABOOK
Disfruta de tu rincón de lectura
y accede a todas nuestras **novedades**
en modo compra.
www.amabook.com

3 SUSCRIBOOKS
El límite lo pones tú,
lectura sin freno,
en modo suscripción.
www.suscribooks.com

DISFRUTA DE 1 MES
DE LECTURA GRATIS

1 REDES SOCIALES:
Amplio abanico
de redes para que
participes activamente.

4 APPS Y DESCARGAS
Apps que te
permitirán leer e
**interactuar con
otros lectores.**